或见或不见，花总在那里。

或盈或缺，月总在那里。

Yiyifenghepu

（台湾）张晓风 著

一一风荷举

Yiyifengheju

作家出版社

目录

序

续——

春日迟迟，有一天，闲来无事，打算来找一项资料——

唉！以上的句子中有一句其实是谎言，那就是"闲来无事"，
"闲来无事"其实是我的"良性幻想"，这件美好的事截至目前为
止尚未发生在我身上。不过，既是谎言，干吗要说？哎，因为古
人都是这么说的嘛！

所谓"有一天"，其实是午夜三点。平常，从早晨起床到深夜，
我都是一名像机械人一般的家庭主妇，子时以后，我开始做自己
的事。但那一天特别，已是凌晨三点，我还在考量新家装置的问题，
我依然是一名主妇——

但忽然想及一个问题，这问题以前也想过，只是没有去深入
查究，这一天显然也没法深入，已经三点了，难道要彻夜不眠吗？

于是，我稍微查了一下，但五点钟还是去睡了，等以后真的"闲
来无事"再说吧

我所说的这件事，其实相信注意到的人也不少，那就是，中
国人特别爱"续集"。说起来，中国命脉长（五千年），主流价值
观又稳定，再加上古人不像今人那么"爱自我表现"（台湾人常
说成"爱现"），凡事跟着别人走也没什么不可，为别人去"续一续"
也挺不错的，何必事事都来标榜什么"自我创意"呢？

所以，譬如说：有《世说新语》，就有《续世说》。有《文献
通考》，就有《续文献通考》。

依此类推，下面这些书都是"续书"（但限于篇幅不敢多列，且列十四本）：

1. 《续茶经》

2. 《续高僧传》

3. 《续方言》

4. 《续今古奇观》

5. 《续资治通鉴》

6. 《续孟子》

7. 《续西厢》

8. 《续列女传》

9. 《续诗品》

10. 《续画品》

11. 《续皇清经解》

12. 《续近思录》（此续集分别有"汉人版"和"韩人版"，两者不同）

13. 《续博物志》

14. 《续离骚》（其实，这是一本戏剧）

字面上没有"续"，而实际上是续的也很多，例如《西游补》是《西游记》的续集，《隔帘花影》是《金瓶梅》的续集……连张爱玲在少女时期，也居然写过摩登版的现代《红楼梦》，那也是某种续吧？

老中为什么特别爱持续呢？答案是：老中就是爱持续。

有本古老的近乎奇幻文学的书，叫《海内十洲记》（题为汉代东方朔所作，一般相信是六朝人的伪托。有趣的是古人的伪和今人的伪不同，古人的伪是自己写了作品却安上名人的名字，以求流传。今人的伪是剽窃别人，以求自利）。书中提到在西海凤麟洲有一种用凤嘴加麟角熬制成的黏胶，能把一切断裂的重行胶合，连弓弩的弦线断了，也能粘合。《博物志》（晋 张华）更形容汉武帝用此胶续接断弦，然后射了一整天，弓弦仍是好好的，便赐名为"续弦胶"。这样的故事，真令人一思一泫然。啊！让一切崩裂的重合，让一切断绝的重续，这是可能的吗？这果真是可能的吗？我所身属的这个奇怪民族竟是如此渴望续合。神话悄悄道出了整个民族的夙愿，我为那近乎宗教的求永求恒的渴望而泪下。

续续——

低眉信手续续弹
说尽心中无限事

这是白居易的诗《琵琶行》中的句子，写九世纪时某个月夜，江上女子弹琵琶的情事。

一千二百年过去了，但因为一首诗，我至今仍能恍见那夜江心秋月之白，仍能与船上宴客共聆那女子既安静又喧哗的心事。

这首我从十三岁起就深爱的诗，我本以为当年佩服的是白居易的诗才，能在白纸黑字间把音乐的听觉之美缕述无遗，真是大本领。但现在我知道不全然是，我所更爱的是那长安女子把一首曲子倾全力弹好的艺术尊严，这跟她的茶商丈夫有没有跑去景德镇附近贩茶一点关系也没有，她就是那天浔阳江上的第一小提琴手，哦，不，第一琵琶手——

然而，"续续弹"又是个怎样的弹法呢？

"继"和"续"原来都是"纟"部的字，和丝和纺织有关系。而这个和女子纺织有关的动作后来竟泛指一切和"永续"有关的事了。当然，反过来说，"断"字也跳离纺织的机杼而和一切的"断绝"有关联了。但，"续"字怎么和音乐挂上因缘的呢？

弹钢琴的人脚踩下踏板，是声音延绵，那叫不叫"续"呢？一音未绝另音已启叫不叫"续"呢？还是指弹弦者内心连贯如山脉千里起伏不断的思绪呢？

但无论如何，"低眉信手续续弹"都该是一个艺术工作者最好的写照。

低眉，是不张扬，不喧哗。低眉不一定指俯首看乐器而已，但至少这个动作使弹弦者和群众之间有了一点距离，她不再看群众了，因而有了其身为艺人的遗世独立的风姿。这里说的群众其实也是顾客（或消费者），艺术家是不该太讨好观众的，艺术家的眼睛要从群众身上移开，艺术家要低眉看自己的乐器。

信手，是基本功夫的娴熟，她不是努力用手去拨弦才迸出声音来，那声音是因熟极而流，在心而指——指而弦——之间根本已贯为一气了。

续续弹，其实或者也是续续谈，是因为心中有事要说，所以慢慢道来。

——哎，我有点明白了，白居易写的那个半夜在江上弹琵琶的女子不是什么"京城琵琶女"，他写的根本就是一千二百年后的我啊，我才是那个深夜灯下不寐，低眉信手续续写的女子啊！

续续弹本不是大难事，只要意志坚强咬紧牙撑下去就可以，但麻烦的是，有人在听吗？这一点，我必须感谢上天厚我，正如

4

浔阳江头的那女子，至少有一船的人在听她，在含泪听她。所以她可以一路弹，弹到曲终。

西淌河

在中原的图版上，河流总是浩浩汤汤，向东流去，所谓："一江春水向东流——"

可是在台湾这块小岛上却不然，大部分的河都源自纵走的中央山脉，而这号称中央的山，其实是"中间偏右"的。在台湾，许多河都是自东向西而流淌，如浊水溪，但也有少数向东入海的，如秀姑峦溪。

不过，我要说的其实不是那些古代神话中的"地陷东南"的故事，我要说的是另外一条西淌的河水。

在台湾，某些的文化二作者，其实都是西淌的河水，他们努力吸收、努力诠释、努力扬显的，其实正是故国文化。曾经万年亿载河水东流，曾经五千年来文化亦东流，但在台湾的文化之河却西向流注，虽然，它曾经由西土浮槎而来。

台湾还有另一种悲伤的"西淌河"，那是"老一代49移民的西望故乡而不得归的泪水"，这河常悬在他们的目眶之下，三寸长，却长流不息。

所有的河流，东向或西向的，终于都归纳入海，如儒者唐君毅先生所云："在遥远的地方，一切虔诚终必相遇。"一切的河，一切的河水，终必在大洋中相遇相逢。

在洋流深处，或者我会遇见

细细想来，或者，我才是那续弦之胶，企图胶住今昔岁月。我也是那低眉信手续续弹的女子，在江头，在月下，竟夕不辍，一弹，弹了五十年。（而你，肯是那临风当窗持杯一听的人吗？）我又是那西淌的河水，冲山撞石，跌跌滚滚，一路奔海而去，而在洋流深处，或者我会遇见泾水、渭水、洛水、漓江、钱塘江、珠江、松花江……

出版社希望我为这本书取一个感性且优美的名字，天哪，这不正是我半生所避之唯恐不及的玩意儿吗？但因懒得争辩，我便去偷了一句宋人周美成的词来用，"一一风荷举"，其实说得顺一点是"风荷一一举"，翻成白话就是"在风中，荷花一朵一朵挺立，且擎举其华美"。我因自己名字中有个"风"字，对风中的荷花也格外觉其十里清馨。世间万物，或如荷花，或如橘柚之花，皆各有其芳香郁烈，而我是那多事的风，把众香气来作四下播扬。

晓风

二零一零年三月三日

是日喜获次孙女

魔　季

　　蓝天打了蜡，在这样的春天。在这样的春天，小树叶儿也都上了釉彩。世界，忽然显得明朗了。

　　我沿着草坡往山上走，春草已经长得很浓了。唉，春天老是这样的，一开头，总惯于把自己藏在峭寒和细雨的后面，等真正一揭了纱，却又谦逊地为我们延来了长夏。

　　山容已经不再是去秋的清瘦了，那白绒绒的芦花海也都退潮了。相思树是墨绿的，荷叶桐是浅绿的，新生的竹子是翠绿的，刚冒尖儿的小草是黄绿的，还是那些老树的苍绿以及藤萝植物的嫩绿，熙熙攘攘地挤满了一山。我慢慢走着，我走在绿之上，我走在绿之间，我走在绿之下。绿在我里，我在绿里。

　　阳光的酒调得很淡，却很醇，浅浅地斟在每一个杯形的小野花里。到底是一位怎样的君王要举行野宴？何必把每个角落都布置得这样豪华雅致呢？让走过的人都不免自觉寒酸了。

　　那片大树下的厚毡是我们坐过的，在那年春天。今天我走过的时候，它的柔软仍似当年，它的鲜绿仍似当年，甚至连织在上面的小野花也都娇美如昔。啊，春天，那甜甜的记忆又回到我的心头来了——其实不是回来，它一直存在着的！我禁不住怯怯地坐下，喜悦的潮音低低地回响着。

　　清风在细叶间穿梭，跟着他一起穿梭的还有蝴蝶。啊，不快乐真是不合理的——在春风这样的旋律里。所有柔嫩的枝叶都被邀舞了，窸窣地响起一片搭虎绸和细纱相擦的衣裙声。四月是音乐季呢！（我们有多久不闻丝竹的声音了？）宽广的音乐台上，响着甜美渺远的木箫，古典的七弦琴以及琮琮然的小银铃，合奏着繁富而又和谐的曲调。

我们已把窗外的世界遗忘得太久了，我们总喜欢过着四面混凝土的生活。我们久已不能像那些溪畔草地上执竿的牧羊人以及他们仅避风雨的帐篷。我们同样也久已不能想像那些在垄亩间荷锄的庄稼人以及他们只足容膝的茅屋。我们不知道脚心触到青草时的恬适，我们不晓得鼻腔遇到花香时的兴奋。真的，我们是怎么会痴骏得那么厉害的！

那边，清澈的山涧流着，许多浅紫、嫩黄的花瓣上下飘浮，像什么呢？我似乎曾经想画过这样一张画——只是，我为什么如此想画呢？是不是因为我的心底也正流着这样一带涧水呢？是不是由于那其中也正轻搅着一些美丽虚幻的往事和梦境呢？啊，我是怎样珍惜着这些花瓣啊，我是多么想掬起一把来作为今早的晨餐啊！

忽然，走来一个小女孩。如果不是我看过她，在这样薄雾未散尽、阳光诡谲闪烁的时分，我真要把她当作一个小精灵呢！她慢慢地走着，好一个小山居者，连步履也都出奇地舒缓了。她有一种天生的属于山野的纯朴气质，使人不自已地想逗她说几句话。

"你怎么不上学呢？凯凯。"

"老师说，今天不上学，"她慢条斯理地说，"老师说，今天是春天，不用上学。"

啊，春天！噢！我想她说的该是春假，但这又是多么美的语误啊！春天我们该到另一所学校去念书的。去念一册册的山，一行行的水。去速记风的演讲，又计数骤云的变化。真的，我们的学校少开了许多的学分，少聘了许多的教授。我们还有许多值得学习的，我们还有太多应该效法的。真的呢，春天绝不该想鸡兔同笼，春天也不该背盎格鲁撒克逊人的土语，春天更不该收集越南情势的资料卡。春天春天，春天来的时候我们真该学一学鸟儿，站在最高的枝桠上，抖开翅膀来，晒晒我们潮湿已久的羽毛。

那小小的红衣山居者很好奇地望着我，稍微带着一些打趣的神情。

我想跟她说些话，却又不知道谈讲些什么。终于没有说——我想所有我能教她的，大概春天都已经教过她了。

慢慢地。她俯下身去，探手入溪。花瓣便从她的指间闲散地流开去。她的颊边忽然漾开一种奇异的微笑，简单的、欢欣的却又是不可捉摸的笑。我又忍不住叫了她一声——我实在仍然怀疑她是笔记小说里的青衣小童。（也许她穿旧了那袭青衣，偶然换上这件红的吧！）我轻轻地摸着她头上的蝴蝶结。

"凯凯。"

"嗯？"

"你在干什么？"

"我，"她踌躇了一下，茫然地说，"我没干什么呀！"

多色的花瓣仍然在多声的涧水中淌过，在她肥肥白白的小手旁边乱旋。忽然，她把手一握，小拳头里握着几片花瓣。她高兴地站起身来，将花瓣小小红裙里一兜，便哼着不成腔的调儿走开了。

我的心像是被什么击了一下，她是谁呢？是小凯凯吗？还是春花的精灵呢？抑或，是多年前那个我自己的重现呢？在江南的那个环山的小城里，不也住过一个穿红衣服的小女孩吗？在春天的时候她不是也爱坐在矮矮的断墙上，望着远远的蓝天而沉思吗？她不是也爱去采花吗？爬在树上，弄得满头满脸的都是乱扑扑的桃花瓣儿。等回到家，又总被母亲从衣领里抖出一大把柔柔嫩嫩的粉红。她不是也爱水吗？她不是一直梦想着要钓一尾金色的鱼吗？（可是从来不晓得要用钓钩和钓饵。）每次从学校回来，就到池边去张望那根细细的竹竿。俯下身去，什么也没有——除了那张又圆又憨的小脸。啊，那个孩子呢？那个躺在小溪边打滚、直揉得小裙子上全是草汁的孩子呢？她隐藏到什么地方去了呢？

在那边，那一带疏疏的树荫里，几只毛茸茸的小羊在啮草，较大的那只母羊很安详地躺着。我站得很远，心里想着如果能摸摸那羊毛该多么好。它们吃着、嬉戏着、笨拙地上下跳跃着。啊，春天，什么都是活泼的，都是喜洋洋的，都是嫩嫩的，都是茸茸的，都是叫人喜欢得不知怎么是好的。

稍往前走几步，慢慢进入一带浓烈的花香。暖融融的空气里加调上这样的花香真是很醉人的。我走过去，在那很陡的斜坡上，不知什么人种了一株栀子花。树很矮，花却开得极璀璨，白莹莹的一片，连树叶都几乎被遮光了。像一列可以采摘的六角形星子，闪烁着清浅的眼波。这样小小的一棵树，我想，她是拼却了怎样的气力才绽出这样的一树春华呢？四下里很静，连春风都被甜得腻住了——我忽然发现自己已经站了很久，哦，我莫不是也被腻住了吧！

乍酱草软软地在地上摊开，浑朴、茂盛，那气势竟把整个山顶压住了。那种愉快的水红色，映得我的脸都不自觉地热起来了！

山下，小溪蜿蜒。从高处俯视下去，阳光的小镜子在溪面上打着明晃晃的信号。啊，春天多叫人迷惘啊！他究竟是怎么回事呢？是谁负责管理这最初的一季呢？他想来应该是一个神奇的魔术师了，当他的魔术棒一招，整个地球便美妙地缩小了，缩成一束花球，缩成一方小小的音乐匣子。他把色与光给了世界，把爱与笑给了人类。啊，春天，这样的魔术季！

小溪比冬天涨高了，远远看去，那个负薪者正慢慢地涉溪而过。啊，走在春水里又是怎样的滋味呢？或许那时候会恍然以为自己是一条鱼吧？想来做一个樵夫真是很幸福的，肩上挑着的是松香（或许还夹杂着些山花野草吧），脚下踏的是碧色玻璃（并且是最温软的、最明媚的一种），身上的灰布衣任山风去刺绣，脚下的破草鞋任野花去穿缀。嗯，做一个樵夫真是很叫人嫉妒的。

而我，我没有溪水可涉，只有大片大片的绿罗裙一般的芳草，横生在我面前。我雀跃着，跳过青色的席梦思。山下阳光如潮，整个城市都沉浸在春里了。我遂想起我自己的那扇红门，在四月的阳光里，想必正焕发着红玛瑙的色彩吧！

他在窗前坐着，膝上放着一本布瑞克的国际法案，看见我便迎了过来。我几乎不能相信，我们已在一个屋顶下生活了一百多个日子。恍惚之间，我只觉得这儿仍是我们共同读书的校园。而此刻，正是含着惊喜在楼梯转角处偶然相逢的一刹那。不是吗？他的目光如昔，他的声音如昔，我怎能不误认呢？尤其在这样熟悉的春天，这样富于传奇气氛的魔术季。

前庭里，榕树抽着纤细的小芽儿。许多不知名的小黄花正摇曳着，像一串晶莹透明的梦。还有古雅的蕨草，也善意地沿着墙角滚着花边。啊，什么时候我们的前庭竟变成一列窄窄的画廊了。

我走进屋里，扭亮台灯，四下便烘起一片熟杏的颜色。夜已微凉，空气中沁着一些凄迷的幽香。我从书里翻出那朵栀子花，是早晨自山间采来的，我小心地把它夹入厚厚的大字典里。

"是什么？好香，一朵花吗？"

"可以说是一朵花吧，"我迟疑了一下，"而事实上是一九六五年的春天——我们所共同盼来的第一个春天。"

我感到我的手被一只大而温热的手握住，我知道，他要对我讲什么话了。

远处的鸟啼错杂地传过来，那声音纷落在我们的小屋里，四下遂幻出一种林野的幽深——春天该是很浓了，我想。

一九六五年五月二日

秋天·秋天

满山的牵牛藤起伏，紫色的小浪花一直冲击到我的窗前才猛然收势。

阳光是耀眼的白，像锡，像许多发光的金属。是哪个聪明的古人想起来以木象春而以金象秋的？我们喜欢木的青绿，但我们怎能不钦仰金属的灿白。

对了，就是这灿白，闭着眼睛也能感到的。在云里，在芦苇上，在满山的翠竹上，在满谷的长风里，这样乱扑扑地压了下来。

在我们的城市里，夏季上演得太长，秋色就不免出场得晚些。但秋是永远不会被混淆的——这坚硬明朗的金属季。让我们从微凉的松风中去认取，让我们从新刈的草香中去认取。

已经是生命中第二十五个秋天了，却依然这样容易激动。正如一个诗人说的："依然迷信着美。"

是的，到第五十个秋天来的时候，对于美，我怕是还要这样执迷的。

那时候，在南京，刚刚开始记得一些零碎的事，画面里常常出现一片美丽的郊野，我悄悄地从大人身边走开，独自坐在草地上。梧桐叶子开始簌簌地落着，簌簌地落着，把许多神秘的美感一起落进我的心里来了。我忽然迷乱起来，小小的心灵简直不能承受这种兴奋。我就那样迷乱地捡起一片落叶。叶子是黄褐色的，弯曲的，像一只载着梦的小船，而且在船舷上又长着两粒美丽的梧桐子。每起一阵风我就在落叶的雨中穿凌，拾起一地的梧桐子。必有一两颗我所未拾起的梧桐子在那草地上发了芽吧？二十年了，我似乎又能听到遥远的西风以及风里簌簌的落叶。

我仍然能看见那载着梦的船，航行在草原里，航行在一粒种子的希望里。

又记得小阳台上的黄昏，视线的尽处是一列古老的城墙。在暮色和秋色的双重苍凉里，往往不知什么人又加上一阵笛音的苍凉。我喜欢这种凄清的美，莫明所以地喜欢。小舅舅曾经带我一直走到城墙的旁边，那些斑驳的石头，蔓生的乱草，使我有一种说不出的感动。长大了读辛稼轩的词，对于那种沉郁悲凉的意境总觉得那样熟悉，其实我何尝熟悉什么词呢？我所熟悉的只是古老南京城的秋色罢了。

后来，到了柳州，一城都是山，都是树。走在街上，两旁总夹着橘柚的芬芳，学校前面就是一座山，我总觉得那就是地理课本上的十万大山。秋天的时候，山容澄清而微黄，蓝天显得更高了。

"媛媛，"我怀着十分的敬畏问我的同伴，"你说，教我们美术的龚老师能不能画下这个山？"

"能，他能。"

"能吗？我是说这座山全部。"

"当然能，当然，"她热切地喊着，"可惜他最近打篮球把手摔坏了，要不然，全柳州、全世界他都能画呢！"

沉默了好一会儿。

"是真的吗？"

"真的，当然真的。"

我望着她，然后又望着那座山，那神圣的、美丽的、深沉的秋山。

"不，不可能。"我忽然肯定地说，"他不会画，一定不会。"

那天的辩论后来怎样结束，我已不记得了，而那个叫媛媛的女孩子和我已经阔别了十几年。如果我能重见她，我仍会那样坚持的。

没有人会画那样的山，没有人能。

媛媛，你呢？你现在承认了吗？前年我碰到一个叫媛媛的女孩子，就急急地问她，她却笑着说已经记不得住过柳州没有了。那么，她不会是你了。没有人能忘记柳州的，没有人能忘记那苍郁的、沉雄的、微带金色的、不可描摹的山。

而日子被西风刮尽了，那一串金属性的、有着欢乐叮当声的日子。终于，人长大了，会念秋声赋了，也会骑在自行车上，想象着陆放翁"饱将两耳听秋风"的情怀了。

秋季旅行，相片册里照例有发光的记忆，还记得那次倦游回来，坐在游览车上。

"你最喜欢哪一季呢？"我问芷。

"秋天。"她简单地回答，眼睛里凝聚了所有美丽的秋光。

我忽然欢欣起来。

"我也是，啊，我们都是。"

她说了许多秋天的故事给我听，那些山野和乡村里的故事。她又向我形容那个她常在它旁边睡觉的小池塘，以及林间说不完的果实。

车子一路走着，同学沿站下车，车厢里越来越空虚了。

"芷，"我忽然垂下头来，"当我们年老的时候，我们生命的同伴一个个下车了，座位慢慢地稀松了，你会怎样呢？"

"我会很难过。"她黯然地说。

我们在做什么呢？芷，我们只不过说了些小女孩的傻话罢了，那种深沉的、无可如何的摇落之悲，又岂是我们所能了解的。

但，不管怎样，我们一起躲在小树丛中念书，一起说梦话的那段日子是美的。

而现在，你在中部的深山里工作，像传教士一样地工作着，从心里爱那些朴实的山地灵魂。今年初秋我们又见了一次面，兴致仍然那样好，坐在小渡船里，早晨的淡水河还没有揭开薄薄的蓝雾，橹声琅然，你又继续你的山林故事了。

"有时候，我向高山上走去，一个人，慢慢地翻越过许多山岭。"你说，"忽然，我停住了，发现四壁都是山！都是雄伟的、插天的青色！我吃惊地站着，啊，怎么会那样美！"

我望着你，芷，我的心里充满了幸福。分别这样多年了，我们都无恙，我们的梦也都无恙——那些高高的、不属于地平线上的梦。

而现在，秋在我们这里的山中已经很浓很白了。偶然落一阵秋雨，薄寒袭人，雨后常常又现出冷冷的月光，不由人不生出一种悲秋的情怀。你那儿呢？窗外也该换上淡淡的秋景了吧？秋天是怎样地适合故人之情，又怎样地适合银银亮亮的梦啊！

随着风，紫色的浪花翻腾，把一山的秋凉都翻到我的心上来了。我爱这样的季候，只是我感到我爱得这样孤独。

我并非不醉心春天的温柔，我并非不向往夏天的炽热，只是生命应该严肃、应该成熟、应该神圣，就像秋天所给我们的一样——然而，谁懂呢？谁知道呢？谁去欣赏深度呢？

远山在退，遥遥地盘结着平静的黛蓝。而近处的木本珠兰仍香着（香气真是一种权力，可以统辖很大片的土地），溪水从小夹缝里奔窜出来，在原野里写着没有人了解的行书，它是一首小令，曲折而明快，用以描绘纯净的秋光的。

而我的扉页空着，我没有小令，只是我爱秋天，以我全部的虔诚与敬畏。

愿我的生命也是这样的，没有太多绚丽的春花、没有太多飘浮的夏云、没有喧哗、没有旋转着的五彩，只有一片安静纯朴的白色，只有成熟生命的深沉与严肃，只有梦，像一树红枫那样热切殷实的梦。

秋天，这坚硬而明亮的金属季，是我深深爱着的。

一九六五年十月十七日

林木篇

行道树

　　每天，每天，我都看见他们，他们是已经生了根的——在一片不适于生根的土地上。

　　有一天，一个炎热而忧郁的下午，我沿着人行道走着，在穿梭的人群中，听自己寂寞的足音。忽然，我又看到他们，忽然，我发现，在树的世界里，也有那样完整的语言。

　　我安静地站住，试着去了解他们所说的一则故事：我们是一列树，立在城市的飞尘里。

　　许多朋友都说我们是不该站在这里的，其实这一点，我们知道得比谁都清楚。我们的家在山上，在不见天日的原始森林里。而我们居然站在这儿，站在这双线道的马路边，这无疑是一种堕落。我们的同伴都在吸露，都在玩凉凉的云。而我们呢？我们唯一的装饰，正如你所见的，是一身抖不落的煤烟。

　　是的，我们的命运被安排定了，在这个充满车辆与烟囱的工业城里，我们的存在只是一种悲凉的点缀。但你们尽可以节省下你们的同情心，因为，这种命运事实上也是我们自己选择的——否则我们不必在春天勤生绿叶，不必在夏日献出浓荫。神圣的事业总是痛苦的，但是，也唯有这种痛苦能把深度给予我们。

　　当夜来的时候，整个城市里都是繁弦急管，都是红灯绿酒。而我们在寂静里，我们在黑暗里，我们在不被了解的孤独里。但我们苦熬着把牙龈咬得酸疼，直等到朝霞的旗冉冉升起，我们就站成一列致敬——无论如何，我们这城市总得有一些人迎接太

12

阳！如果别人都不迎接，我们就负责把光明迎来。

这时，或许有一个早起的孩子走了过来，贪婪地呼吸着鲜洁的空气，这就是我们最自豪的时刻了。是的，或许所有的人都早已习惯于污浊了，但我们仍然固执地制造着不被珍惜的清新。

落雨的时分也许是我们最快乐的，雨水为我们带来故人的消息，在想像中又将我们带回那无忧的故林。我们就在雨里哭泣着，我们一直深爱着那里的生活——虽然我们放弃了它。

立在城市的飞尘里，我们是一列忧愁而又快乐的树。

故事说完了，四下寂然。一则既没有情节也没有穿插的故事，可是，我听到他们深深的叹息。我知道，那故事至少感动了他们自己。然后，我又听到另一声更深的叹息——我知道，那是我自己的。

枫

秋天，茜从日本来信说："能想像吗？满山满谷都是红叶，都是鲜丽欲燃的红叶。"

放下信，我摹想着，那是怎样的一座山呢？远看起来像一块剔透的鸡血石呢？还是像一抹醉眠的晚霞呢？

从来没有偏爱过红色，只是在清清冷冷的落叶季里，心中不免渴切地向往那一片有着热度的红。当满山红叶诗意地悬挂着，是多少美丽的忧愁啊！

那种脆薄的、锯齿形的叶子也许并不是最漂亮的，但那憔悴中仍然殷红的脉络总使我想起殉道者的血，在苍凉的世纪里独自红着。

有一天，当我不得不离开我曾经热爱过的世界，我愿有一双手，为我栽两株枫树。春天来时，青绿的叶影里仍然蕴藏着使我痴迷过的诗意。秋天，在霜滑的晚上，干干的红色堆积得很厚。像是故人亲切的问候，从群山之外捎来的。那时，我必定是很欣慰的。

我愿意如那一树枫叶，在晨风中舒开我纯洁的浅碧，在夕照中燃烧我殷切的灿红。

白千层

在匆忙的校园里走着，忽然，我的脚步停了下来。

"白千层"，那个小木牌上这样写着。小木牌后面是一株很粗壮很高大的树。它奇异的名字吸引着我，使我感动不已。

它必定已经生长很多年了，那种漠然的神色、孤高的气象，竟有些像白发斑皤的哲人了。

它有一种很特殊的树干，绵软的、细韧的，一层比一层更洁白动人。

必定有许多坏孩子已经剥过它的干子了，那些伤痕很清楚地挂着。只是整个树干仍然挺立得笔直，在表皮被撕裂的地方显出第二层的白色，恍惚在向人说明一种深奥的意义。

一千层白色，一千层纯洁的心迹，这是一种怎样的哲学啊！冷酷的摧残从没有给它带来什么，所有的，只是让世人看到更深一层的坦诚罢了。

在我们人类的森林里，是否也有这样一株树呢？

相思树

很小的时候就开始喜欢那一片细细碎碎的浓绿。每次坐在树下望天，那些刀形的小叶忽然在微风里活跃起来。像一些熙熙攘攘的船，航在青天的大海里，不用桨也不用楫，只是那样无所谓地漂浮着。

有时走到密密的相思林里，太阳的光层细细地筛了下来，在看不见的枝桠间，有一只淘气的鸟儿在叫着。那时候就只想找一段粗粗的树根为枕，静静地借草而眠，并且猜测醒来的时候，阳光会堆积得多厚。

有一次，一位从乡间来的朋友提起相思树，他说："那是一种很致密的木材，烧过以后是最好的木炭呢，叫做相思炭。"

我望着他，因激动而沉默了。相思炭！怎样美好的名字，"化作焦炭也相思"，一种怎样的诗情啊。

以后，每次看见那细细密密的叶子，心里不知怎么总是深深地感动着。

每一棵树都是一个奇迹，不是吗？

梧　桐

其实，真正高大古老的梧桐木，我是没有见过的。

也许由于没有见过，它的身影在我心中便显得愈发高大了。有时，打开窗子，面对着满山葱郁的林木，我的眼睛便开始在那片翠绿中寻找一株完全不同的梧桐，可是，它不在那里。想像中，它应该生长在冷冷的山阴里，孤独地望着蓝天，并且试着用枝子去摩挲过往的白云。

在离它不远的地方有山泉的细响，泠泠如一曲琴音。渐渐地，那些琴音嵌在它的年轮里，使得桐木成为最完美的音乐木材。

我没有听过梧桐所制的古琴，事实上我们的时代也无法再出现一双操琴的手了。但想像中，那种空灵而飘渺的琴韵仍然从不可知的方向来了，并且在我梦的幽谷里低回着。

我又总是想着庄子所引以自喻的凤鸟鹓鶵，"夫鹓鶵，发于南海而飞于北海。非梧桐不止，非练实不食，非醴泉不饮。"

一想到那金羽的凤鸟，栖息在那高大的梧桐树上，我就无法不兴奋。当然，我也没有见过鹓鶵，但我却深深地爱着它，爱它那种非梧桐不止的高洁，那种不苟于乱世的逸风。

然而，何处是我可以栖止的梧桐呢？

它必定存在着，我想——虽然我至今还没有寻到它，但每当我的眼睛在窗外重重叠叠的峦嶂里搜索的时候，我就十分确切地相信，它必定正隐藏在某个湿冷的山阴里。在孤单的岁月中，在渴切的等待中，聆听着泉水的弦柱。

愁乡石

到"鹅库玛"度假去的那一天，海水蓝得很特别。

每次看到海，总有一种瘫痪的感觉，尤其是看到这种碧入波心的、急速涨潮的海。这种向正前方望去直对着上海的海。

"只有四百五十海里。"他们说。

我不知道四百五十海里有多远，也许比银河还迢遥吧？每次想到上海，总觉得象历史上的镐京或是洛邑那么幽渺，那样让人牵起一种又凄凉又悲怆的心境。我们面海而立，在浪花与浪花之间追想多柳的长安与多荷的金陵，我的乡愁遂变得又剧烈又模糊。

可惜那一片江山，每年春来时，全交付给了千林啼鴂。

明孝陵的松涛在海浪中来回穿梭，那种声音、那种色泽，恍惚间竟有那么相像。记忆里那一片乱映的苍绿已经好虚幻好飘渺了，但不知为什么，老忍不住要用一种固执的热情去思念它。

有两三个人影徘徊在柔软的沙滩上，拣着五彩的贝壳。那些炫人的小东西像繁花一样地开在白沙滩上，给发现的人一种难言的惊喜。而我站在那里，无法让悲激的心怀去适应一地的色彩。

蓦然间，沁凉的浪打在我的脚上，我没有料到那一下冲撞竟有那么裂人心魄。想着海水所来的方向，想着上海某一个不知名的滩头，我便有一种恸哭的冲动。而哪里是我们可以恸哭的秦庭？哪里是申包胥可以流七日泪水的地方？此处是异国，异国寂凉的海滩。

他们叫这一片海为中国海，世上再没有另一个海有这样美丽沉郁的名字了。小时候曾经多么神往于爱琴海，多么迷醉于想像中那抹灿烂的晚霞，而现在，在这个无奈的多风的下午，我只剩下一个爱情，爱我自己国家的名字，爱这个蓝得近乎哀愁的中国海。

而一个中国人站在中国海的沙滩上遥望中国，这是一个怎样咸涩的下午！

遂想起那些在金门的日子，想起在马山看对岸的角屿，在湖井头看对岸的何厝。望着那一带山峦，望着那曾使东方人骄傲了几千年的故土，心灵便脆薄得不堪一声海涛。那时候忍不住想到自己为什么不是一只候鸟，犹记得在每个江南草长的春天回到旧日的梁前，又恨自己不是鱼，可以绕着故国的沙滩岩岸而流泪。

海水在远处澎湃，海水在近处澎湃，海水徒然地冲刷着这个古老民族的羞耻。

我木然地坐在许多石块之间，那些灰色的，轮流着被海水和阳光煎熬的小圆石。

那些岛上的人很幸福地过着他们的日子，他们在历史上从来不曾辉煌过，所以他们不必痛心。他们没有骄傲过，所以无须悲哀。他们那样坦然地说着日本话，给小孩子起日本名字，在国民学校的旗杆上竖着别人的太阳旗，他们那样怡然地顶着东西、唱着歌，走在美国人为他们铺的柏油路上。

他们有他们的快乐。那种快乐是我们永远不会有也不屑有的。我们所有的只是超载的乡愁，只是世家子弟的那份茕烛。

海浪冲逼而来，在阳光下亮着残忍的光芒。海雨天风，在在不放过旅人的悲思。我们向哪里去躲避？我们向哪里去遗忘？

小圆石在不绝的浪涛中颠簸着，灰白的色调让人想起流浪者的霜鬓。我拣了几个，包在手绢里，我的臂膀遂有着十分沉重的感觉。

忽然间，就那样不可避免地忆起了雨花台，忆起那闪亮了我整个童年的璀璨景象。那时候，那些彩色的小石曾怎样地令我迷惑。有阳光的假日，满山的拣石者挑剔地品评着每一块小石子。那段日子为什么那么短呢？那时候我们为什么不能预见自己的命运？在去国离乡的岁月里，我们的箱箧里没有一撮故国的泥土，更不能想像一块雨花台石子的奢侈了。

灰色的小圆石一共是七块，它们停留在海滩上想必已经很久了，每一次海浪的冲撞便使它们更浑圆一些。

雕琢它们的是中国海的浪头，是来自上海的潮汐，日日夜夜，它们听着遥远的消息。

把七块小石转动着，它们便发出琅然的声音，那声音里有着一种神秘的回响，呢喃着这个世纪最大的悲剧。

"你拣的就是这个？"

游伴们从远远近近的沙滩上走了回来，展示着他们彩色缤纷的贝壳。

而我什么也没有，除了那七颗黯淡的灰色石子。

"可是，我爱它们。"我独自走开去，把那七颗小石压在胸口上，直压到我疼痛得淌出眼泪来。在流浪的岁月里我们一无所有，而今，我却有了它们。我们的命运多少有些类似，我们都生活在岛上，都曾日夜凝望着一个方向。

"愁乡石！"我说，我知道这必是它的名字，它决不会再有其他的名字。

我慢慢地走回去，鹅库玛的海水在我背后蓝得叫人崩溃，我一步一步艰难地摆脱它。而手绢里的愁乡石响着，响久违的乡音。

无端地，无端地，又想起姜白石，想起他的那首八归。

最可惜那一片江山，每年春来时，全交付给了千林啼鴂。

愁乡石响着，响一片久违的乡音。

后记：鹅库玛系冲绳岛极北端之海滩，多有异石悲风。西人设基督教华语电台于斯，以其面对上海及广大的内陆地域。余今秋曾往一游，去国十八年，虽望乡亦情怯矣。是日徘徊低吟，黯然久之。

初绽的诗篇

白莲花

二月的冷雨浇湿了一街的路灯，诗诗。

生与死，光和瑨，爱和苦，原来都这般接近。

而诗诗，这一刻，在待产室里，我感到孤独，我和你，在我们各人的世界里孤独，并且受苦。诗诗，所有的安慰，所有怜惜的目光为什么都那么不切实际？谁会了解那种疼痛，那种曲扭了我的身体，击碎了我的灵魂的疼痛，我挣扎，徒然无益地哭泣，诗诗，生命是什么呢？是崩裂自伤痕的一种再生吗？

雨在窗外，沉沉的冬夜在窗外，古老的炮仗在窗外，世界又宁谧又美丽，而我，诗诗，何处是我的方向？如果我死，这将是我躺过的最后一张床，洁白的，隔在待产室幔后的床。我留我的爱给你，爱是我的名字，爱是我的写真。有一天，当你走过蔓草荒烟，我便在那里向你轻声呼喊——以风声，以水响。

诗诗，黎明为什这样遥远，我的骨骼在山崩，我的血液在倒流，我的筋络像被灼般地纠起，而诗诗，你在哪里？

他们推我入产房，诗诗，人间有比这更孤绝的地方吗？那只手被隔在门外——那终夜握着我的手，那多年前在月光下握着我的手。他的目光，他的祈祷，他的爱，都被关在外面，而我，独自步向不可测的命运。

所有的脸退云，所有的往事像一支弃置的牧笛。室中间，一盏大灯俯向我仰起的脸，像一朵倒生的莲花，在虚无中燃烧着千层洁白。花是真，花是幻，花是一切，诗诗。

21

今夜太长，我已疲倦，疲于挣扎，我只想嗅嗅那朵白莲花，嗅嗅那亘古不散的幽香。

花是你，花是我，花是我们永恒的爱情，诗诗。

四月的迷迭香

似乎是四月，似乎是原野，似乎是蝶翅乱扑的花之谷。

"呼吸，深深地呼吸吧！"从遥远的地方，有那样温柔的声音传来。

我在何处，诗诗，疼痛渐远，我听见金属的碰撞声，我闻着那样沁人的香息。你在何处，诗诗。

"用力！已经看见头了！用力！"

诗诗，我是星辰，在崩裂中涣散。而你，诗诗，你是一颗全新的星，新而亮，你的光将照彻今夜。

诗诗，我望着自己，因汗和血而潮湿的自己，忽然感到十字架并不可怕，髑髅地并不可怕，荆棘冠冕并不可怕，孤绝并不可怕——如果有对象可以爱，如果有生命可为之奉献，如果有理想可前去流血。

"呼吸，深深地呼吸。"

何等的迷迭香，诗诗，我就浮在那样的花香里，浮在那样无所惧的爱里。

早晨已经来，万象寂然，宇宙重新回到太古，混沌而空虚，只有迷迭香，沁人如醉的迷迭香，诗诗，你在哪里？

我仍清楚地感到手术刀的宰割，我仍能感到温热的血在流，血，以及泪。

我仍感觉到我苦苦的等待。

歌　手

像高悬的瀑布，你猝然离开了我。

"恭喜啊，是男孩。"

"谢谢。"我小声地说，安慰，而又悲哀。

我几乎可以听到他们剪断脐带的声音，我们的生命就此分割了，分割了，以一把利剪。诗诗，而今而后，虽然表面上我们将住在一个屋子里，我将乳养你，抱你，亲吻你，用歌声送你去每晚的梦中，但无论如何，你将是你自己了。你的眼泪，你的欢笑，都将与我无份，你将扇动你自己的羽翼，飞向你自己的晴空。

诗诗，可是我为什么哭泣，为什么我老想着要挽回什么。

世上有什么角色比母亲更孤单，诗诗，她们是注定要哭泣的，诗诗，容我牵你的手，让我们尽可能地接近。而当你飞翔时，容我站在较高的山头上，去为你担心每一片过往的云。

他们为什么不给我看你的脸，我疲惫地沉默着。但忽然，我听见你的哭。

那是一首诗，诗诗。

这是一种怎样的和谐呢？啼哭，却充满欢欣，你像你的父亲，有着美好的 tenor 嗓子，我一听就知道。

而诗诗，我的年幼的歌手，什么是你的主题呢？一些赞美？一些感谢？一些敬畏？一些迷惘？但不管如何，它们感动了我，那样简单的旋律。

诗诗，让你的歌持续，持续在生命的死寂中。诗诗，我们不常听到流泉，我们不常听到松风，我们不常有伯牙，不常有华格纳，但我们永远有婴孩。有婴孩的地方便有音乐，神秘而美丽，像传抄自重重叠叠的天外。

诗诗，歌手，愿你的生命是一支庄严的歌，有声，或者无声，去充满人心的溪谷。

丁大夫和画

丁大夫来自很远的地方，诗诗，很远很远的爱尔兰，你不曾知道他，他不曾知道你。当他还是一个吹着风笛的小男孩，他何尝知道半个世纪以后，他将为一个黑发黑睛的孩子引渡？诗诗，是一双怎样的手安排他成为你所见到的第一张脸孔？

他有多么好看的金发和金眉，他和善的眼神和红扑扑的婴儿般的脸颊使人觉得他永远都在笑。

当去年初夏，他从化验室中走出来，对我说"恭喜你"的时候，我真想吻他的手。他明亮的浅棕色的眼睛里充满了了解和美善，诗诗，让我们爱他。

而今天早晨，他以钳子钳你巨大的头颅，诗诗，于是你就被带进世界。

当一切结束，终夜不曾好睡的他舒了一口气。有人在为我换干净的褥单，他忽然说："看啊，我可以到巴黎去，我画得比他们好。"

满室的护士都笑了，我也笑，忽然，我才发现我疲倦得有多么厉害。

他们把那幅画拿走了，那幅以我的血我的爱绘成的画，诗诗，那是你所见的第一幅画，生和死都在其上，诗诗，此外不复有画。

推车，甜蜜的推车，产房外有忙碌的长廊，长廊外有既忧苦又欢悦的世界，诗诗。

丁大夫来到我的床边，和你愣然的父亲握手。

"让我们来祈祷。"他说，合上他厚而大的巴掌——那是医治者的掌，也是祈祷者的掌，我不知道我更爱他的哪一种掌。

> 上帝，我们感谢你
> 因为你在地上造了一个新的人
> 保守他，使他正直
> 帮助他，使他有用

诗诗，那时，我哭了。

诗诗，二十七年过去，直到今晨，我才忽然发现，什么是人，我才了解，什么是生存，我才彻悟，什么是上帝。

诗诗，让我们爱他，爱你生命中第一张脸，爱所有的脸——可爱的以及不可爱的，圣洁的以及有罪的，欢愉的以及悲哀的。直爱到生命的末端，爱你黑瞳中最后的脸。

诗诗。

红　樱

无端地，我梦见夹道的红樱。

梦中的樱树多么高，多么艳，我的梦遂像史诗中的特洛伊城，整个地被燃着了，我几乎可以听见火焰的噼啪声。

而诗诗，我骑一辆跑车，在山路上曲折而前。我觉得我在飞。

于是，我醒来，我仍躺在医院白得出奇的被褥上。那些樱花呢？那些整个春季里真正只能红上三五天的樱瓣呢？

因此就想起那些山水，那些花鸟，那些隔在病室之外的世界。诗诗，我曾狂热地爱过那一切，但现在，我却被禁锢，每天等待四小时一次的会面，等待你红于樱的小脸。

当你偶然微笑，我的心竟觉得容不下那么多的喜悦，所谓母亲，竟是那么卑微的一个角色。

但为什么，当我自一个奇特的梦中醒来，我竟感到悲哀。春花的世界似乎离我渐远了，那种悠然的岁月也向我挥手作别。而今而后，我只能生活在你的世界里，守着你的摇篮，等待你的学步，直到你走出我的视线。

我闭上眼睛，想再梦一次樱树——那些长在野外、临水自红的樱树，但它们竟不肯再来了。

想起十六岁那年，站在女子中学的花园里所感到的眩晕。那年春天，波斯菊开得特别放浪，我站在花园中间，四望皆花，真怕自己会被那些美所击昏。

而今，诗诗，青春的梦幻渐渺，余下唯一比真实更真实，比美善更美善的，那就是你。但诗诗，你是什么呢？是我多梦的生命中最后的一梦吗？

祝福那些仍眩晕在花海中的少年，我也许并不羡慕他们。但为什么？诗诗，我感到悲哀，在白贝壳般的病房中，在红樱亮得人眼花的梦后。

在静夜里

你洞悉一切，诗诗，虽然言语于你仍陌生。而此刻，当你熟睡如谷中无风处的小松，让我的声音轻掠过你的梦。

如果有人授我以国君之荣，诗诗，我会退避，我自知并非治世之才。如果有人加我以学者之尊，我会拒绝，诗诗，我自知并非渊博之士。

但有一天，我被封为母亲，那荣于国君尊于学者的地位，而我竟接受，诗诗。因此当你的生命在我的腹中被证实，我便惶然，如同我所孕育的不止是一个婴儿，而是一个宇宙。

世上有何其多的女子，敢于自卑一个母亲的位分，这令我惊奇，诗诗。

我曾努力于做一个好的孩子，一个好的学生，一个好的教师，一个好的人。但此刻，我知道，我最大的荣誉将是一个好的母亲。

当你的笑意，在深夜秘密的梦中展现，我就感到自己被加冕。而当你哭，闪闪的泪光竟使东方神话中的珠宝全为之失色。当你的小膀臂如萝藤般缠绕着我，每一个日子都是神圣的母亲节。当你晶然的小眼望着我，遍地都开着五月的康乃馨。

因此，如果我曾给你什么，我并不知道。我只知道，你给我的令我惊奇，令我欢悦，令我感戴。

想像中，如果有一天你已长大，大到我们必须陌生，必须误解，那将是怎样的悲哀。故此，我们将尽力去了解你，认识你，如同岩滩之于大海。我愿长年地守望你，熟悉你的潮汐变幻，了解你的每一拍波涛。我将尝试着同时去爱你那忧郁沉静的蓝和纯洁明亮的白——甚至风雨之夕的灰浊。

如果我的爱于你成为一种压力，如果我的态度过于笨拙，那么，请你原谅我，诗诗，我曾诚实地期望为你作最大的给付，我曾幻想你是世间最幸福的孩童。如果我没有成功，你也足以自豪。

我从不认为"天下无不是的父母"，如果让全能者来裁判，婴儿永远纯洁于成人。如果我们之间有一人应向另一人学习，那便是我。帮助我，孩子，让我自你学习人间的至善。我永不会要求你顺承我，或者顺承传统，除了造物者自己，大地上并没有值得你顶礼膜拜的金科玉律。世间如果有真理，那真理自在你的心中。

若我有所祈求，若我有所渴望，那便是愿你容许我更多爱你，并容许我向你支取更多的爱。在这无风的静夜里，愿我的语言环绕你，如同远远近近的小山。

如果你是天使

如果你是天使，诗诗，我怎能想像如果你是天使。

若是那样，你便不会在夜静时啼哭，用那样无助的声音向我说明你的需要，我便不会在寒冷的冬夜里披衣而起，我便无法享受拥你在我的双臂中，眼见你满足地重新进入酣睡的快乐。

如果你是天使，诗诗，你便不会在饥饿时转动你的颈子，噘着小嘴急急地四下索乳。诗诗，你永不知道你那小小的动作怎样感动着我的心。

如果你是天使，在每个宁馨的午觉后，你便不会悄无声息地爬上我的大床，攀着我的脖子，吻我的两颊，并且咬我的鼻子，弄得我满脸唾津，而诗诗，我是爱这一切的。

如果你是天使，你不会钻在桌子底下，你便不会弄得满手污黑，你便不会把墨水涂得一脸，你便不会神通广大地把不知何处弄到的油漆抹得一身，但，诗诗，每当你这样做时，你就比平常可爱一千倍。如果你是天使，你便不会扶着墙跌跌撞撞地学走路，我便无缘欣赏倒退着逗你前行的乐趣。而你，诗诗，每当你能够多走几步，你便笑倒在地，你那毫无顾忌的大笑，震得人耳麻，天使不会这些，不是吗?

并且，诗诗，天使怎会有属于你的好奇，天使怎会蹲在地下看一只细小的黑蚁，天使怎会在春天的夜晚讶然地用白胖的小手，指着满天的星月，天使又怎会没头没脑地去追赶一只笨拙的鸭子，天使怎会热心地模仿邻家的狗吠，并且学得那么酷似。

当你做坏事的时候，当你伸手去拿一本被禁止的书，当你蹑着脚走近花钵，你那四下溜目的神色又多么令人绝倒，天使从来不做坏事，天使温驯的双目中永不会闪过你做坏事时那种可爱的贼亮，因此，天使远比你逊色。

而每天早晨，当我拿起手提包，你便急急地跑过来抱住我的双腿，你哭喊、你撕抓，作无益的挽留——你不会如此的，如果你是天使——但我宁可你如此，虽然那是极伤感的时刻，但当我走在小巷里，你那没有掩饰的爱便使我哽咽而喜悦。

如果你是天使，诗诗，我便不会听到那样至美的学话的呀呀，我不会因听到简单的"爸爸""妈妈"而泫然，我不会因你说了串无意义的音符便给你那么多亲吻，我也不会因你在"爸妈"之外，第一个会说的字是"灯"便肯定灯是世间最美丽的东西。

如果你是天使，你决不会唱那样难听的歌，你也不会把小钢琴敲得那么刺耳，不会撕坏刚买的图画书，不会扯破新买的衣服，不会摔碎妈妈心爱的玻璃小鹿，不会因为一件不顺心的事而乱蹬着两条结棍的小腿，并且把小脸涨得通红。但为什么你那小小的坏事使我觉得可爱，使我预感到你性格中的弱点，因而觉得我们的接近，并且因而觉得宠爱你的必要。

也许你会有更清澈的眼睛，有更红嫩的双颊，更美丽的金发和更完美的性格——如果你是天使。但我不需要那些，我只满意于你，诗诗，只满意于人间的孩童。

让天使们在碧云之上鼓响他们快乐的翅，我只愿有你，在我的梦中，在我并不强壮的臂膀里。

贝 展

让我们去看贝壳展览，诗诗，让我们去看那光彩的属于海上的生命。

而海，诗诗，海多么遥远，那吞吐着千浪的海，那潜藏着鱼龙的海，那使你母亲的梦境为之芬芳的海。

海在何处？诗诗，它必是在千山之外，我已久违了那裂岸的惊涛，我已遗忘了那溺人的柔蓝，眼前只有贝，只有博物馆灯下的彩晕向我见证那澎湃的所在。

诗诗！这密雨的初夏，因一室的贝壳而忧愁了，那些多色的躯壳，似乎只宜于回响一首古老的歌，一段被人遗忘的诗。但人声嘈杂，人潮汹涌，有谁回顾那曾经蠕动的生命，有谁怜惜那永不能回到海中的旅魂。

而你，你童稚的黑睛中只曾看见彩色的斑斓，那些美丽于你似乎并不惊奇，所有的美好，在你都是一种必然，因你并不了解丑陋为何物。丑陋远在你的经验之外。

从某一个玻璃柜走过，我突然驻足不前，那收藏者的名字乍然刺痛了我，那曾经响亮的名字如今竟被压在一列寂寞的贝壳之下，记得他中年后仍炯然的双目，他的多年来仍时常夹着激愤的声音，但数年不见，何图竟在冷冷的玻璃板下遇见他的名字，想着他这些年的岁月，心中便凄然，而诗诗，你不会懂得这些——当然，也许有一天你会懂。啊，想到你会懂，我便欲哭。当初我的母亲何尝料到我会懂这一切，但这一天终会来的，伊甸园的篱笆终会倾倒。

且让我们看这些贝，诗诗，这些空洞的躯壳多么像一畦春花，明艳而闪烁。看那碎红，看那皎白，看那沉紫，看那腻黄，诗诗，看那悲剧性的生命。

六月的下午，诗诗，站在千形的贝前，我们怎得不垂泪，为死去的贝，为老去的拾贝人，为逝去的恋海的梦。

诗诗，不要抬起你惊异的小眼，不要探询，且把玩这一枚我为你买的透明的小贝。有一天，或许一天，我们把它带回海边，重放它入那一片不损不益的明蓝。

蝉鸣季

七月了，诗诗。蝉鸣如网，撒自古典的蓝空，蝉鸣破窗而来，染绿了我们的枕席。

诗诗，你的小嘴吱然作声，那么酷似地模仿着？像模仿什么美丽的咏叹调。而诗诗，蝉在何处，在油加利最高的枝梢上，在晴空最低的流云上，抑或在你常红的两唇上。

而当你笑，把七月的绚丽，垂挂在你细眯的眼睫外，你可曾想及那悲剧的生命，那十几年在地下，却只留一夏在南来的薰风中的蝉？而当他歌唱，我们焉知那不是一种深沉的静穆？

蝉鸣浮在市声之上，蝉鸣浮在凌乱的楼宇之上，蝉鸣是风，蝉鸣是止不住的悲悯。诗诗，让我们爱这最后的、挣扎在城市里的音乐。

曾有一天黄昏，诗诗，曾有一天黄昏，你的母亲走向阳明山半山的林荫里。年轻人的营地里有一个演讲会。一折入那鼓着山风的小径，她的心便被回忆夺去。十年了，小径如昔，对面观音山的霞光如昔，千林的蝉声如昔。但十年过去，十年前柔蓝的长裙不再，十年前的马尾结不再，诗诗，我该坦然，或是驻足太息。

那一年，完整的四个季节，你的母亲便住在这山上，杜鹃来潮时，女孩子的梦便对着穿户的微云绽开。那男孩总是从这条山径走来——那男孩，诗诗，曾和你母亲在小径上携手的，会和你母亲在山泉中濯足的，现在每天黄昏抱你在他的膝上，让你用白蚕似的小指头去探他的胡楂。

诗诗，蝉声翻腾的小径里，十年便如此飞去。诗诗，那男孩和那女孩的往事被吹在茫然的晚风里，美丽，却模糊——如同另一个山头的蝉鸣。

偶低头，一只尚未脱皮的蝉正笨拙地走向相思林，微温的泥沾在它身上，一种说不出的动人。

她，你的母亲，或者说那女孩吧——我并不知道她是谁——把它捡起。

它的背上裂着一条神秘的缝，透过那条缝，壳将死，蝉将生，诗诗，蝉怎能不是一首诗。

那天晚上，灯下的蝉静静地层示出它黑艳的身躯，诗诗，这是给你的。诗诗，蝉声恒在，但我们只能握着今岁的七月，七月的风，风中的蝉。

七月一过，蝉声便老。薰风一过，蝉便不复是蝉，你不复是你。诗诗，且让我们听长夏欢悦而惆怅的咏叹词，听这生命的神秘跫音，响自这城市中最后的凉柯。

花　担

诗诗，春天的早晨，我看见一个女人沿着通往城市的路走来。

她以一根扁担，担着两筐子花。诗诗你能不惊呼吗？满满两大筐水晶一般硬挺而透明的春花。

一筐在前，一筐在后，她便夹在两筐璀璨之间。半截青竹剖成的扁担微作弓形，似乎随时都准备要射发那两筐箭镞般的待放的春天。

淡淡的清芬随着她的脚步，一路散播过来。当农人在水田里插那些半吐的青色秧针，她便在黑柏油的路上插下恍惚的香气。诗诗，让我们爱那些香气，从春泥中酿成的香气。

当她行近，诗诗，当她的脸骤然像一张距离太近的画贴近我时，我突然怔住了。汗水自她的额际流下，将她的土布衫子弄湿了。我忍不住自责，我只见到那些缤纷的彩色，但对她而言，那是何等的负荷，她吃力地走着，并不强壮的肩膀被压得微微倾斜。

诗诗，生命是一种怎样的负担？

当她走远，我仍立在路旁，晨露未晞，青色的潮意四面环绕着我们。诗诗，我迷惘地望着她和她，那逐渐没入市尘的模糊的花担。

她是快乐的呢？还是痛苦的呢？

诗诗，担着那样的担子是一种怎样的感觉的呢？走这样的一段路又是怎样的一段路呢？想着想着，我的心再度自责，我没有资格怜悯她，我只该有敬意——对负重者的敬意。

那天早晨，当我们从路旁走开，我忽然感到那担子的重量也压在我的两肩上。所有美丽的东西似乎总是沉重的——但我们的痛苦便是我们的意义，我们的负荷便是我们的价值。诗诗，世上怎能有无重量的鲜花？人间怎能有廉价的美丽？

诗诗，且将你的小足举起，让我们沿着那女人走过的路回去。诗诗，当你的脚趾初履大地的那一天，荆棘和碎石便在前路上埋伏着了。诗诗，生命的红酒永远榨自破碎的葡萄，生命的甜汁永远来自压干的蔗茎。今年春天，诗诗，今年春天让我们试着去了解，去参透。诗诗，让我们不再祈祷自己的双肩轻松，让我们只祈祷我们挑着的是满筐满篓的美丽。

诗诗,愿今晨的意象常在我们心中,如同光热常在春阳中。

第一首诗

诗诗,冬天的黄昏,雨的垂帘让人想起江南,你坐在我的膝上,美好的宽额有如一块湿润的白玉。

于是,开始了我们的第一首诗:

床前明月光
疑是地上霜
举头望明月
低头思故乡

诗诗,简单的字,简单的旋律,只两遍,你就能上口了。你高兴地嚷着,把它当成一支新学会的歌,反复地吟诵,不满两岁的你竟能把抑扬顿挫控制得那么好。

满城的灯光像秋后的果实,一枚枚地在窗外亮了起来,我却木然地垂头,让泪水在渐沉的暮霭中纷落。

诗诗,诗诗,怎样的一首诗,我们的第一首诗。在这样凄惶的异乡黄昏,在窗外那样陌生的棕榈树下,我们开始了生命中的第一首诗,那样美好的,又那样哀伤的绝句。

八岁,来到这个岛上,在大人的书堆里搜出一本唐诗,糊里糊涂地背了好些,日子过去,结了婚,也生了孩子,才忽然了解什么是乡愁。想起那一年,被爷爷带着去散步,走着走着,天蓦地黑了,我焦急地说:"爷爷,我们回家吧!"

"家？不，那不是家，那只是寓。"

"寓？"我更急了，"我们的家不是家吗？"

"不是，人只有一个家，一个老家，其他的地方都是寓。"

如果南京是寓，新生南路又是什么？

诗诗，请停上念诗吧，客中的孤馆无月也无霜。我不明白我为什么在冬日的黄昏里想起这首诗，更不明白为什么把它教给稚龄的你。诗诗，故乡是什么，你不会了解，事实上，连我也不甚了解。除了那些模糊的记忆，我只能向故籍中去体认那"三秋桂子"的故国，那"十里荷香"的故国。但于你呢？永忘不了那天你在客人面前表演完了吟诗，忽然被突来的问题弄乱了手脚。

"你的故乡在哪里？"

你急得满房子乱找，后来却又宽慰地拍着口袋说："在这里。"满堂的笑声中我却忍不住地心痛如绞。

在哪里呢？诗诗，一水之隔，一梦之隔，在哪里呢？

诗诗，当有一天，当你长大，当你浪迹天涯，在某一个月如素练的夜里，你会想起这首诗。那时，你会低首无语，像千古以来每个读这首诗的人。那时候，你的母亲又将安在？她或许已阖上那忧伤多泪的眼，或许仍未阖上，但无论如何，她会记得，在那个宁静的冬日黄昏，她曾抱你在膝上，一起轻诵过那样凄绝的句子。

让我们念它，诗诗，让我们再念：

床前明月光

疑是地上霜

举头望明月

低头思故乡

雨之调

雨 荷

有一次，雨中走过荷池，一塘的绿云绵延，独有一朵半开的红莲挺然其间。

我一时为之惊愕驻足，那样似开不开，欲语不语，将红未红，待香未香的一株红莲！

漫天的雨纷然而又漠然，广不可及的灰色中竟有这样一株红莲！像一堆即将燃起的火，像一罐立刻要倾泼的颜色！我立在池畔，虽不欲捞月，也几成失足。

生命不也如一场雨吗？你曾无知地在其间雀跃，你曾痴迷地在其间沉吟——但更多的时候，你得忍受那些寒冷和潮湿，那些无奈与寂寥，并且以晴日的幻想来度日。

可是，看那株莲花，在雨中怎样地唯我而又忘我，当没有阳光的时候，它自己便是阳光，当没有欢乐的时候，它自己便是欢乐！一株莲花里有多么完美自足的世界！

一池的绿，一池无声的歌，在乡间不惹眼的路边——岂只有哲学书中才有真理？岂只有研究院中才有答案？一笔简单的雨荷可绘出多少形象之外的美善，一片亭亭青叶支撑了多少世纪的傲骨！

倘有荷在池，倘有荷在心，则长长的雨季何患？

秋声赋

一夜，在灯下预备第二天要教的课，才念两行，便觉哽咽。

那是欧阳修的秋声赋. 许多年前, 在中学时, 我曾狂热地耽于那些旧书, 我曾偷偷地背诵它!

可笑的是少年无知, 何曾了解秋声之悲, 一心只想学几个漂亮的句子, 拿到作文簿上去自炫!

但今夜, 雨声从四窗夹叩, 小楼上一片零落的秋意, 灯光如雨, 愁亦如雨, 纷纷落在秋声赋上, 文字间便幻起重重波涛, 掩盖了那一片熟悉的文字。

每年十一月. 我总要去买一本 Idea 杂志, 不为那些诗, 只为异国那份辉煌而又黯然的秋光。那荒漠的原野, 那大片宜于煮酒的红叶, 令人恍然有隔世之想。可叹的是故国的秋色犹能在同纬度的新大陆去辨认, 但秋声呢? 何处有此悲声寄售?

闻秋声之悲与不闻秋声之悲, 其悲各何如?

明朝, 穿过校园中发亮的雨径, 去面对满堂稚气的大一新生的眼睛, 秋声赋又当如何解释?

秋灯渐暗, 雨声不绝, 终夜吟哦着不堪一听的浓愁。

青楼集

在傅斯年图书馆当窗而坐, 远近的丝雨成阵。

桌上放着一本被蠹鱼食余的青楼集, 焦黄破碎的扉页里, 我低首去辨认元朝的、焦黄破碎的往事。

一壁抄着。忍不住的思古情怀便如江中兼天而涌的浪头, 忽焉而至。那些柔弱的名字里有多少辛酸的命运: 朱帘秀、汪怜怜、翠娥秀、李娇儿……一时之间, 元人的弦索、元人的箫管, 便盈耳而至。音乐中浮起的是那些苍白的, 架在锦绣之上, 聪明得悲哀的脸。

当别的女孩在软褥上安静地坐着，用五彩的丝线织梦，为什么独有一班女孩在众人的奚落里唱着人间的悲欢离合？而如果命运要她们成为被遗弃的，却为什么要让她们有那样的冰雪聪明去承受那种残忍？

　　"大都"，辉煌的元帝国，光荣的朝代，何竟有那些黯然的脸在无言中沉浮？当然，天涯沦落的何止是她们，为人作色的何止是她们。但八百年后在南港，一个秋雨如泣的日子，独有她们的身世这样沉重地压在我的资料卡上，那古老而又现代的哀愁。

　　雨在眼，雨在耳，雨在若有若无的千山。南港的黄昏，在满楼的古书中无限凄清！萧条异代，谁解此恨！相去几近千年，她们的忧伤和屈辱却仍然如此强烈地震撼着我。

　　雨仍落，似乎已这样无奈地落了许多世纪。山渐消沉，树渐消沉，书渐消沉，只有蠹鱼的蛀痕顽强地咬透八百年的酸辛。

劫　后

那天早晨大概是被白云照醒的，我想。云影一片接一片地从窗前扬帆而过，带着秋阳的那份特殊的耀眼。

阳光是真的出现了，阳光差不多可以嗅得出来——在那么长久的风雨和阴晦之后。我没有带伞便走了出去，澄碧的天空值得信任。

瑠公圳的水退了，两岸的垂柳仍沾惹着黯淡的黑泥，那一夜它们必然曾经浸在泥泞的大水中。还有那些草，不知它们那一夜曾以怎样的荏弱去抗拒怎样的刚强。我只知道——凭着今天的阳光我知道，有一天，柳丝将仍毵毵如金，芳草将仍萋萋胜碧，生命永不会被击倒。

有些孩子赤着脚在退去的水中嬉玩，手里还捏着刚捉到的泥腥的小鱼。欢乐仍在，游戏仍在，贫困中自足的怡情仍在。

巷子里，巷子外，快活的工人爬在屋顶和墙头上。调水泥的声音，砌砖块的声音，钉木桩的声音，那么协调地响在发亮的秋风里。受创的记忆忽然间变得很遥远，眼前只有音乐——这灾劫之后美丽的重建之声。于是便想起战争，想起使人类恐惧了很久却仍未出现的战争。忽然觉得并没有什么可怕，如果在那时只剩下一对男女，他们仍将削木为梳，裁叶为衣，并且举火为炊。生活的弦将永不辍断。

局促的瓦屋前，人人将团花的旧被撑在椅子上。微温的阳光下，那俗艳的花朵竟已出奇地动人。今夜，松香的软褥上，将升起许多安恬的梦。今夜将无风，今夜将无雨，今夜是可预料的甜蜜。

街头重新有了拥挤不堪的车辆和人群，车子停滞不前，大家都耐心地等着。灾劫之后，似乎人性变得和善了一些，也不十分在乎这几分钟的耽延了。交通车里，平常不交一言的同事也开始互相问询："府上还好吗？"

"还好，没有什么。"

"只进了一尺水。"

"我们家的水已经齐胸了。"

话题很愉快，余痛已不再写在脸上。每个人都高高兴兴地像负了伤仍然自豪的战士，去努力于恢复旧有的秩序。似乎大家都发现能有一张餐桌可供食，有一张干燥的旧床可供憩息是多么美好幸福的事。

菜场里再度熙攘起来，提着篮子的主妇愉快地穿梭着，并且重新有了还价的兴致。我第一次发现满筐的鸡蛋看来竟有那么圆润可爱。那微赤带褐的洛岛红，那晶莹欲穿的来亨，都像是什么战争中赢来的珠宝，被放在显要的位置上炫耀它所代表的胜利——在十一级的风之后，在十二级的水之后。

隔楼的琴声在久久的沉寂后终于响起，那既不成熟又不动听的旋律却令人几乎垂泪。在灾变之后，我忽然关心起那弹琴的小女孩，想她必然也曾惊悸过，哭泣过。而此刻，她的琴声里重新响起稳定而幸福的感觉，像一阕安眠曲，平伏了日间的忧伤。

简单的琴声里，我似乎渐渐能看见那些山石下的死者，那些波涛中的生者，一刹那间，他们仿佛都成了我的弟兄。我与那些素未谋面的受难者同受苦难，我与那些饥寒的人一同饥寒。有时候，我甚至能亲切地想到几万年前的古人，在那个落地玻璃被吹破，黑暗中榉木地板上流着雨水的夜里，我便那么确实地感到他们的战栗以及他们的不屈。我第一次稍稍了解那些在矿灾之后地震之余的手足。我第一次感到他们的眼泪在我的眼眶中流转，我第一次感到他们的悲哀在我的血管中翻腾。

于是学会了为阳光感谢——因为阴晦并非不可能。学会了为平静而索味的日子感谢——因为风暴并非不可能。学会了为粗食淡饭感谢——因为饥饿并非不可能。甚至学会了为一张狰狞的面目感谢——因为有一天，我们中间不知谁便要失去这十分脆弱的肉体。

并且，那么容易地便了解了每一件不如意的事，似乎原来都可以更不如意。而每一件平凡的事，都是出于一种意外的幸运。日光本来并不是我们所应得的。月光也未曾向我们索取过户税。还有那些焕然一天的星斗，那些灼热了四季的玫瑰，都没有服役于我们的义务。只因我们已习惯于它们的存在，竟至于习惯得不再激动，不再觉得活着是一种恩惠，不再存着感戴和敬畏。但在风雨之后，一切都被重新思索，这才忽然惊喜地发现，一年之中竟有那么多美好的日子——每一天，都是一个欢欣的感恩节。

有一天，当许多许多年之后，或许在一个多萤的夏夜，或许在一个炉火半温的冬天黄昏，我们会再提起艾尔西和芙劳西，会提起那交加的风灾雨劫，但我们会欢欣地复述，不以它为祸，只以它为一则奇妙耐听的老故事。

我们将淡忘那些损失，我们不复记忆那些恐惧。我们只将想到那停电的夜中，家人共围着一支小红烛的美好画面。我们将清晰地记起在四方风雨中，紧拥着一个哭泣的孩童，并且使他安然入睡的感觉，那时候那孩子或许已是父亲。我们更将记得灾劫之后的阳光，那样好得无以复加地落在受难者的门楣上。

替古人担忧

同情心，有时是不便轻易给予的，接受的人总觉得一受人同情，地位身份便立见高下，于是一笔赠金，一句宽慰的话，都必须谨慎。但对古人，便无此限，展卷之余，你尽可痛哭，而不必顾到他们的自尊心，人类最高贵的情操得以维持不坠。

千古文人，际遇乡苦，但我却独怜蔡邕，书上说他："少博学，好辞章……妙操音律，又善鼓琴，工书法，闲居玩古，不交当也……"后来又提到他下狱时"乞黥首刖足，续成汉史，不许。士大夫多矜救之，不能得，遂死狱中。"

身为一个博学的，孤绝的，"不交当也"的艺术家，其自身已经具备那么浓烈的悲剧性，及至在混乱的政局里系狱，连司马迁的幸运也没有了！甚至他自愿刺面斩足，只求完成一部汉史，也竟而被拒，想象中他满腔的悲愤直可震陨满天的星斗。可叹的不是狱中冤死的六尺之躯，是那永不为世见的焕发而饱和的文才！

而尤其可恨的是身后的污蔑，不知为什么，他竟成了民间戏剧中虐待赵五娘的负心郎，陆放翁的诗里曾感慨道：

> 古道斜阳赵家庄，
> 盲翁负鼓正作场。
> 身后是罪谁管得，
> 满城争唱蔡中郎。

让自己的名字在每一条街上被盲目的江湖艺人侮辱，蔡邕死而有知，又怎能无恨！而每一个翻检历史的人，每读到这个不幸的名字，又怎能不感慨是非的颠倒无常。

李斯，这个跟秦帝国连在一起的名字，似乎也沾染着帝国的辉煌与早亡。

当他年盛时，他曾是一个多么傲视天下的人，他说："诟莫大于卑贱，而悲莫甚于贫困，久处卑贱之位，困苦之地，非世而恶利，自托于无为，此非士之情也！"他曾多么贪爱那一点点醉人的富贵。

但在多舛的宦途上，他终于付上自己和儿子以为代价，临刑之际，他黯然地对儿李由说："吾欲与若复牵黄犬，俱出上蔡东门，逐狡兔，岂可得乎？"

幸福被彻悟时，总是太晚而不堪温习了！

那时候，他曾想起少年时上蔡的春天，透明而脆薄的春天！

异于帝都的春天！他会想起他的老师荀卿，那温和的先知，那为他相秦而气愤不食预言家，他从他学了"帝王之术"，却始终参不透他的"物禁太盛"的哲学。

牵着狗，带着儿子，一起去逐野兔，每一个农夫所可触及的幸福，却是秦相李斯临刑的梦呓。

公元前二零八年，咸阳市上有被腰斩的父子，高踞过秦相，留传下那么多篇疏壮的刻石文，却不免于那样惨刻的终局！

看剧场中的悲剧是轻易的，我们可以安慰自己"那是假的"，但读史时便不知该如何安慰自己了。读史者有如屠宰业的经理人，自己虽未动手杀戮，却总是以检点流血为务。

我们只知道花蕊夫人姓徐，她的名字我们完全不晓，太美丽的女子似乎注定了只属于赏识她的人，而不属于自己。

古籍中如此形容她："拜贵妃，别号花蕊夫人，意花不足拟其色，似花蕊翾轻也，又升号慧妃，如其性也。"

花蕊一样的女孩，怎样古典华贵的女孩。由于美丽而被豢养的女孩！

而后来，后蜀亡了，她写下那首有名的亡国诗：

君王城上竖降旗，
妾在深宫哪得知。
十四万人齐解甲，
更无一个是男儿。

无一个男儿，这又奈何？孟昶非男儿，十四万的披甲者非男儿，亡国之恨只交给一个美女的泪眼，交给那柔于花蕊的心灵。

国亡赴宋，相传她曾在薛萌的驿壁上留下半首采桑子，那写过百首宫词的笔，最后却在仓皇的驿站上题半阕小词：

初离蜀道心将碎，离恨绵绵，春日如年，马上时时闻
杜鹃……

半阕！南唐后主在城破时，颤抖的腕底也是留下半首词。半阕是人间的至痛，半阕是永劫难补的憾恨！马上闻啼鹃，其悲竟如何？那写不下去的半段比写出的更哀绝。

蜀山蜀水悠然而青，寂寞的驿壁在春风中穆然而立，见证着一个女子行过蜀道时凄于杜鹃鸟的悲鸣。

词中的"何满子",据说是沧州显者临刑时欲以自赎的曲子，不获免，只徒然传下那一片哀结的心声。

《乐府杂录》中曾有一段有关这曲子戏剧性的记载：

> 刺史李灵曜置酒，坐客姓骆唱何满子，皆称其绝妙，白秀才曰："家有声妓，歌此曲，音调。"召至，令歌，发声清越，殆非常音，骆遽问曰："是宫中胡二子否？"妓熟视曰："不同君岂梨园骆供奉邪？"相对泣下，皆明皇时人也。

异地闻旧音，他乡遇故知，岂都是喜剧？白头宫女坐说天宝固然可哀，而梨园散失沦落天涯，宁不可叹？

在伟大之后，渺小是怎样地难忍，在辉煌之后，黯淡是怎样地难受，在被赏识之后，被冷落又是怎样地难耐，何况又加上那凄恻的何满子，白居易所说的："一曲四词歌八叠，从头便是断肠声"的何满子！

千载以下，谁复记忆胡二子和骆供奉的悲哀呢？人们只习惯于去追悼唐明皇和杨贵妃，谁去同情那些陪衬的小人物呢？但类似的悲哀却在每一个时代演出，"天宝"总是太短，渔阳鼙鼓的余响敲碎旧梦，马嵬坡的夜雨滴断幸福，新的岁月粗糙而庸俗，却以无比的强悍逼人低头。玄宗把自己交给游仙的方士，胡二子和骆供奉却只能把自己交给比永恒还长的流浪的命运。

灯下读别人的颠沛流离，我不知该为撰曲的沧州歌者悲，或是该为唱曲的胡二子和骆供奉悲——抑或为西渡岛隅的自己悲。

许士林的独白

——献给那些暌违母颜比十八年更长久的天涯之人

驻马自听

我的马将十里杏花跑成一掠眼的红烟，娘！我回来了！

那尖塔戳得我的眼疼，娘，从小，每天，它嵌在我的窗里，我的梦里，我寂寞童年唯一的风景，娘。

而今，新科的状元，我，许士林，一骑白马一身红袍来拜我的娘亲。

马踢起大路上的清尘，我的来处是一片雾，勒马蔓草间，一垂鞭，前尘往事，都到眼前。我不需有人讲给我听，只要溯着自己一身的血脉往前走，我总能遇见你，娘。

而今，我一身状元的红袍，有如十八年前，我是一个全身通红的赤子，娘，有谁能撕去这袭红袍，重还我为赤子？有谁能抟我为无知的泥，重回你的无垠无限？

都说你是蛇，我不知道，而我总坚持我记得十月的相依，我是小渚，在你初暖的春水里被环护，我抵死也要告诉他们，我记得你乳汁的微温。他们总说我只是梦见，他们总说我只是猜想，可是，娘，我知道我是知道的，我知道你的血是温的，泪是烫的，我知道你的名字是"母亲"。

而万古乾坤，百年身世，我们母子就那样缘薄吗？才甫一月，他们就把你带走了。有母亲的孩子可聆母亲的音容，没母亲的孩子可依向母亲的坟头，而我呢，娘，我向何处破解恶狠的符咒？

有人将中国分成江南江北，有人把领域划成关内关外，但对我而言，娘，这世界被截成塔底和塔上。塔底是千年万世的黝黑混沌，塔外是荒凉的日光，无奈的春花和忍情的秋月……

塔在前，往事在后，我将前去祭拜，但，娘，此刻我徘徊伫立，十八年，我重溯断了的脐带，一路向你泅去，春阳暖暖，有一种令人没顶的怯惧，一种令人没顶的幸福。塔牢牢地楔死在地里，像以往一样牢，我不敢相信你驮着它有十八年之久，我不能相信，它会永永远远镇住你。

十八年不见，娘，你的脸会因长期的等待而萎缩干枯吗？有人说，你是美丽的，他们不说我也知道。

认　取

你的身世似乎大家约好了不让我知道，而我是知道的，当我在井旁看一个女子汲水，当我在河畔看一个女子洗衣，当我在偶然的一瞥间看见当窗绣花的女孩，或在灯下纳鞋的老妇，我的眼眶便乍然湿了。娘，我知道你正化身千亿，向我絮絮地说起你的形象。娘，我每日不见你，却又每日见你，在凡间女子的颦眉瞬目间，将你一一认取。

而你，娘，你在何处认取我呢？在塔的沉重上吗？在雷峰夕照的一线酡红间吗？在寒来暑往的大地腹腔的脉动里吗？

是不是，娘，你一直就认识我，你在我无形体时早已知道我，你从茫茫大化中拼我成形，你从冥漠空无处抟我成体。

而在峨眉山，在竞绿赛青的千岩万壑间，娘，是否我已在你的胸臆中。当你吐纳朝霞夕露之际，是否我已被你所预见？我在你曾仰视的霓虹中舒昂，我在你曾倚以沉思的树干内缓缓引升，我在花，我在叶。当春天第一声小草冒地而生并欢呼时，你听见我。在秋后零落断雁的哀鸣里，你分辨我，娘，我们必然从一开头就是彼此认识的。娘，真的，在你第一次对人世有所感有所激的刹那，我潜在你无限的喜悦里，而在你有所怨有所叹的时分，我藏在你的无限凄凉里，娘，我们必然是从一开头就彼此认识的，你能记忆吗？娘，我在你的眼，你的胸臆，你的血，你的柔和如春桨的四肢。

湖

娘，你来到西湖，从叠烟架翠的峨眉到软红十丈的人间，人间对你而言是非走一趟不可的吗？但里湖、外湖、苏堤、白堤，娘，竟没有一处可堪容你。千年修持，抵不了人间一字相传的血脉姓氏，为什么人类只许自己修仙修道，却不许万物修得人身跟自己平起平坐呢？娘，我一页一页地翻圣贤书，一个一个地去阅人的脸，所谓圣贤书无非要我们做人，但为什么真的人都不想做人呢，娘啊！阅遍了人和书，我只想长哭，娘啊，世间原来并没有人跟你一样痴心地想做人啊！岁岁年年，大雁在头顶的青天上反复指示"人"字是怎么写的，但是，娘，没有一个人在看，更没有一个人看懂了啊！

南屏晚钟，三潭印月，曲院风荷，文人笔下西湖是可以有无限题咏的。冷泉一径冷着，飞来峰似乎想飞到那里去，西湖的游人万千，来了又去了，谁是坐对大好风物想到人间种种就感激欲泣的人呢，娘，除了你，又有谁呢？

雨

西湖上的雨就这样来了，在春天。

是不是从一开头你就知道和父亲注定不能天长日久做夫妻呢？茫茫天地，你只死心踏地眷着伞下的那一刹那温情。湖色千顷，水波是冷的．光阴百代，时间是冷的，然而一把伞，一把紫竹为柄的八十四骨的油纸伞下，有人跟人的聚首，伞下有人世的芳馨，千年修持是一张没有记忆的空白，而伞下的片刻却足以传诵千年。娘，从峨眉到西湖，万里的风雨雷雹何尝在你意中，你所以眷眷于那把伞，只是爱与那把伞下的人同行，而你心悦那人，只是因为你爱人世，爱这个温柔绵缠的人世。

而人间聚散无常，娘，伞是聚，伞也是散，八十四支骨架，每一支都可能骨肉撕离。娘啊！也许一开头你就是都知道的，知道又怎样，上天下地，你都敢去较量，你不知道什么叫生死。你强扯一根天上的仙草而硬把人间的死亡扭成生命，金山寺一斗，胜利的究竟是谁呢，法海做了一场灵验的法事，而你，娘，你传下了一则喧腾人口的故事。人世的荒原里谁需要法事？我们要的是可以流传百世的故事，可以乳养生民的故事，可以辉耀童年的梦寐和老年的记忆的故事。

而终于，娘，绕着那一湖无情的寒碧，你来到断桥，斩断情缘的断桥。故事从一湖水开始，也向一湖水结束，娘，峨眉是再也回不去了。在断桥，一场惊天动地的婴啼，我们在彼此的眼泪中相逢，然后，分离。

合　钵

一只钵，将你罩住，小小的一片黑暗竟是你而今而后头上的苍穹。娘，我在噩梦中惊醒千回，在那份窒息中挣扎。都说雷峰塔会在凄美的夕照里跌坐，千年万世，只专为镇压一个女子的情痴，娘，镇得住吗？我是不信的。

世间男子总以为女子一片痴情，是在他们身上，其实女子所爱的哪里是他们，女子所爱的岂不也是春天的湖山，山间的晴岚，岚中的万紫千红，女子所爱的是一切好气象，好情怀，是她自己一寸心头万顷清澈的爱意，是她自己也说不清道不尽的满腔柔情。像一朵菊花的"抱香枝头死"，一个女子紧紧怀抱的是她自己亮烈美丽的情操，而一只法海的钵能罩得住什么？娘，被收去的是那桩婚姻，收不去的是属于那婚姻中的恩怨牵挂，被镇住的是你的身体，不是你的着意飘散如暮春飞絮的深情。

——而即使身体，娘，他们也只能镇住少部分的你，而大部分的你却在我身上活着。是你的傲气塑成我的骨，是你的柔情流成我的血。当我呼吸，娘，我能感到属于你的肺纳，当我走路，我想到你在这世上的行迹。娘，法海始终没有料到，你仍在西湖，在千山万水间自在地观风望月并且读圣贤书，想天下事，与万千世人摩肩接踵——借一个你的骨血揉成的男孩，借你的儿子。

不管我曾怎样凄伤，但一想起这件事，我就要好好活着，不仅为争一口气，而是为赌一口气！娘，你会赢的，世世代代，你会在我和我的孩子身上活下去。

祭　塔

而娘，塔在前，往事在后，十八年乖隔，我来此只求一拜——人间的新科状元，头簪宫花，身着红袍，要把千般委屈，万种凄凉，都并作纳头一拜。

娘！

那豁然撕裂的是土地吗？

那倏然崩响的是暮云吗?

那颓然而倾斜的是雷峰塔吗?

那哽咽垂泣的是娘，你吗?

是你吗? 娘，受孩儿这一拜吧!

你认识这一身通红吗? 十八年前是红通通的赤子，而今是宫花红袍的新科状元许士林。我多想扯碎这一身红袍，如果我能重还为你当年怀中的赤子，可是，娘，能吗?

当我读人间的圣贤书，娘，当我援笔为文论人间事，我只想到，我是你的儿，满腔是温柔激荡的爱人世的痴情。而此刻，当我纳头而拜，我是我父之子，来将十八年的亏疚无奈并作惊天动地的一叩首。

且将我的额血留在塔前，做一朵长红的桃花:笑傲朝霞夕照，且将那崩然有声的头颅击打大地的声音化作永恒的暮鼓，留给法海听，留给一骇而倾的苍听。

人间永远有秦火焚不尽的诗书，法钵罩不住的柔情，娘，唯将今夕的一凝目，抵十八年数不尽的骨中的酸楚，血中的辣辛，娘!

终有一天雷峰会倒，终有一天尖耸的塔会化成飞散的泥尘，长存的是你对人间那一点执拗的痴!

当我驰马而去，当我在天涯海角，当我歌，当我哭，娘，我忽然明白，你无所不在地临视我，熟知我，我的每一举措于你仍是当年的胎动，扯你，牵你，令你惊喜错愕，令你隔着大地的腹部摸我，并且说:"他正在动，他正在动，他要干什么呀?"

让塔骤然而动，娘，且受孩儿这一拜!

　　后记:许士林是故事中白素贞和许仙的儿子，大部分的叙述者都只把情节说到"合钵"为止，平剧中《祭塔》

一段也并不经常演出，但我自己极喜欢这一段，我喜欢那种利剑斩不断、法钵罩不住的人间牵绊，本文试着细细表出许士林叩拜囚在塔中的母亲的心情。

饮啄篇

一饮一啄无不循天之功，因人之力，思之令人五内感激；至于一桌之上，含哺之恩，共箸之情，乡关之爱，泥土之亲，无不令人庄严——

白　柚

每年秋深的时候，我总要去买几只大白柚。

不知为什么，这件事年复一年地做着，后来竟变成一件慎重其事有如典仪一般的行为了。

大多数的人都只吃文旦，文旦是瘦小的、纤细的、柔和的，我嫌它甜得太软弱。我喜欢柚子，柚子长得极大，极重，不但圆，简直可以算做是扁的，好的柚瓣总是胀得太大，把瓣膜都能胀破了，真是不可思议。

吃柚子多半是在子夜时分，孩子睡了，我和丈夫在一盏灯下慢慢地剥开那芳香喂人的绿皮。柚瓣总是让我想到宇宙，想到彼此牵绊互相契合的万类万品。我们一瓣一瓣地吃完它，情绪上几乎有一种虔诚。

人间原是可以丰盈完整，相与相洽，像一只柚子。

当我老时，秋风冻合两肩的季节，你，仍偕我去市集上买一只白柚吗？灯下一圈柔黄——两头华发渐渐相对成两岸的芦苇，你仍与我共食一只美满丰盈的白柚吗？

面包出炉时刻

我最不能抗拒的食物，是谷类食物。

面包、烤饼、剔圆透亮的饭粒都使我忽然感到饥饿。现代人从某种意义上来说是"吃肉的一代"，但我很不光彩地坚持着喜欢面和饭。

有次，是下雨天，在乡下的山上看一个陌生人的葬仪，主礼人捧着一箩谷子，一边撒一边念，"福禄子孙——有喔——"忽然觉得眼眶发热，忽然觉得五谷真华丽，真完美，黍稷的馨香是可以上荐神明，下慰死者的。

是三十岁那年吧，有一天，正慢慢地嚼着一口饭，忽然心中一惊，发现满口饭都是一粒一粒的种子。一想到种子立刻凛然敛容，不知道吃的是江南那片水田里的稻种，不知是经过几世几劫，假多少手流多少汗才到了台湾，也不知它是来自嘉南平原还是遍野甘蔗被诗人形容甜如"一块方糖"的小城屏东。但不管这稻米是来自何处，我都感激，那里面有叨叨絮絮的深情切意，从唐虞上古直说到如今。

我也喜欢面包，非常喜欢。

面包店里总是涨溢着烘焙的香味，我有时不买什么也要进去闻闻。

冬天下午如果碰上面包出炉时刻真是幸福，连街上的空气都一时喧哗哄动起来，大师傅捧着个黑铁盘子快步跑着，把烤得黄脆焦香的面包神话似的送到我们眼前。

我尤其喜欢那种粗大圆涨的麸皮面包，我有时竟会傻里傻气地买上一堆。传说里，道家修仙都要"辟谷"，我不要"辟谷"，我要做人，要闻它一辈子稻香麦香。

我有时弄不清楚我喜欢面包或者米饭的真正理由，我是爱那淡白质朴远超乎酸甜苦辣之上的无味之味吗？我是爱它那一直是穷人粮食的贫贱出身吗？我是迷上了那令我恍然如见先民的神圣肃穆的情感吗？或者，我只知是爱那炊饭的锅子乍掀，烤炉初启的奇异喜悦呢？

我不知道，我只知道在这个杂乱的世纪能走尽长街，去伫立在一间面包店里等面包出炉的一刹那，是一件幸福的事。

球与煮饭

我每想到那个故事，心里就有点酸恻，有点欢忭，有点惆怅无奈，却又无限踏实。

那其实不是一则故事，那是报尾的一段小新闻，主角是王贞治的妻子，那阵子王贞治正是热门，他的全垒打眼见要赶到美国某球员的前面去了。

他果真赶过去了，全日本守在电视机前的观众疯了！他的两个孩子当然更疯了！

事后照例有记者去采访，要王贞治的妻子发表感想——记者真奇怪，他们老是假定别人一脑子都是感想。

"我当时正在厨房里烧菜——听到小孩大叫，才知道的。"

不知道那是她生平的第几次烹调，孩子看完球是要吃饭的，丈夫打完球也是得侍候的，她日复一日守着厨房——没人来为她数记录，连她自己也没数过。世界上好像没有女人为自己的一日三餐数算记录，一个女人如果熬到五十年金婚，她会烧五万四千多顿饭，那真是疯狂，女人硬是把小小的厨房用馨香的火祭供成了庙宇了。她自己是终身以之的祭司，比任何僧侣都虔诚，一日三举火，风雨寒暑不断，那里面一定有些什么执着，一定有些什么令人落泪的温柔。

让全世界去为那一棒疯狂，对一个终身执棒的人而言，每一棒全垒打和另一棒全垒打其实都一样，都一样是一次完美的成就，但也都一样可以是一种身清气闲不着意的有如呼吸一般既神圣又自如的一击。东方哲学里一切的好都是一种"常"态，"常"字真好，有一种天长地久无垠无限的大气魄。

那一天，全日本也许只有两个人没有守在电视机前，只有两个人没有盯着记录牌看，只有两个人没有发疯，那是王贞治的妻子和王贞治自己。

香　椿

香椿芽刚冒上来的时候，是暗红色，仿佛可以看见一股地液喷上来，把每片嫩叶都充了血。

每次回屏东娘家，我总要摘一大抱香椿芽回来。孩子们都不在家，老爸老妈坐对四棵前后院的香椿，当然是来不及吃的。

记忆里妈妈不种什么树，七个孩子已经够排成一列树栽子了，她总是说"都发了人了，就发不了树啦！"可是现在，大家都走了，爸妈倒是弄了前前后后满庭的花，满庭的树。

我踮起脚来，摘那最高的尖芽。

不知为什么，椿树在传统文学里被看作一种象征父亲的树。对我而言，椿树是父亲，椿树也是母亲，而我是站在树下摘树芽的小孩。那样坦然地摘着，那样心安理得地摘，仿佛做一棵香椿树就该给出这些嫩芽似的。

年复一年我摘取，年复一年，那棵树给予。

我的手指已习惯于接触那柔软潮湿的初生叶子的感觉，那种攀摘令人惊讶浩叹，那不胜柔弱的嫩芽上竟仍把得出大地的脉动，所有的树都是大地单向而流的血管，而香椿芽，是大地最细致的微血管。

我把主干拉弯，那树忍着，我把支干扯低，那树忍着，我把树芽采下，那树默无一语。我撇下树回头走了，那树在伤痕上自己努力结了疤，并且再长新芽，以供我下次攀摘。

我把树芽带回台北，放在冰箱里，不时取出几枝，切碎，和蛋，炒得喷香的放在餐桌上，我的丈夫和孩子争着嚷说炒得太少了。

我把香椿挟进嘴里，急急地品味那奇异的芳烈的气味，世界仿佛一霎时凝止下来，浮士德在魔鬼给予的种种尘世欢乐之后仍然迟迟说不出口的那句话，我觉得我是能说的："太完美了，让时间在这一瞬间停止吧！"

不纯是为了那树芽的美味，而是为了那背后种种因缘，岛上最南端的小城，城里的老宅，老宅的故园，园中的树，象征父亲也象征母亲的树。

万物于人原来是可以如此亲和的。吃，原来也可以像宗教一般庄严肃穆的。

韭菜合子

我有时绕路跑到信义路四段，专为买几个韭菜合子。

我不喜欢油炸的那种，我喜欢干炕的。买韭菜合子的时候，心情照例是开朗的，即便排队等也觉高兴——因为毕竟证明吾道不孤，有那么多人喜欢它！我喜欢看那两个人合作无间的一个擀，一个炕，那种美好的搭配间仿佛有一种韵律似的。那种和谐不下于钟跟鼓的完美互足，或日跟夜的循环交替。

我其实并不喜欢韭菜的冲味，但却仍旧去买——只因为喜欢买，喜欢看热烫鼓腹的合子被一把长铁叉翻取出来的刹那。

我又喜欢"合子"那两个字，一切"有容"的食物都令我觉得神秘有趣，像包子、饺子、春卷，都各自含容着一个奇异的小世界，像宇宙包容着银河，一只合子也包容着一片小小的乾坤。

合子是北方的食物，一口咬下仿佛能咀嚼整个河套平原，那些麦田，那些杂粮，那些硬茧的手！那些一场骤雨乍过在后院里新剪的春韭。

我爱这种食物。

有一次，我找到漳州街，去买山东煎饼（一种杂粮混制的极薄的饼），但去晚了，房子拆了，我惆怅地站在路边，看那趺扈的大厦傲然地在搭钢筋，我不知到哪里去找那失落的饼。

而韭菜合子侥幸还在满街贩卖。

我是去买一样吃食吗？抑是去找寻一截可以摸可以嚼的乡愁？

瓜　子

丈夫喜欢瓜子，我渐渐也喜欢上了，老远地跑到西宁南路去买，只为他们在封套上印着"徐州"两个字。徐州是我没有去过的故乡。

人是一种麻烦的生物。

我们原来不必有一片屋顶的，可是我们要。

屋顶之外原来不必有四壁的，可是我们要。

四壁之间又为什么非有一盏秋香绿的灯呢？灯下又为什么非

有一张桌子呢？桌子上摆完了三餐又为什么偏要一壶茶呢？茶边凭什么非要一碟瓜子不可呢？

可是，我们要，因为我们是人。我们要属于自己的安排。

欲求，也可以是正大光明的，也可以是"此心可质天地的"。偶尔，夜深时，我们各自看着书或看着报，各自嗑着瓜子，有一搭没一搭地聊着，上一句也许是愁烦小女儿不知从哪里搞来一只猫，偷偷放在阳台上养，中间一句也许是谈一个二十年前老友的婚姻，而下面一句也许忽然想到组团到美国演出还差多少经费。

我们说着话，瓜子壳渐渐堆成一座山。

许多事，许多情，许多说了的和没说的全在嗑瓜子的时刻完成。

孩子们也爱瓜子，可是不会嗑，我们把嗑好的白白的瓜子仁放在他们白白的小手上，他们总是一口吃了，回过头来说："还要！"

我们笑着把他们支走了。

嗑瓜子对我来说是过年的项目之一。小时候，听大人说："有钱天天过年，没钱天天过关。"

而嗑瓜子让我有天天过年的错觉。

事实上，哪一夜不是除夕呢？每一夜，我们都要告别前身，每一黎明，我们都要面对更新的自己。

今夜，我们要不要一壶对坐，就着一灯一桌共一盘瓜子，说一兜说不完的话？

蚵仔面线

我带小女儿从永康街走过，两侧是饼香葱香以及烤鸡腿烤玉米烤番薯的香。

走过"米苔目"和肉焿的摊子，我带她在一锅蚵仔面线前站住。

"要不要吃一碗？"

她惊奇地看着那黏糊糊的面线，同意了，我给她叫了一碗，自己站在旁边看她吃。

她吃完一碗说："太好吃了，我还要一碗！"

我又给她叫一碗。

以后，她变成了蚵仔面线迷，又以后，不知怎么演变的，家里竟定出了一个法定的蚵仔面线日，规定每星期二一定要带他们吃一次，作为消夜。这件事原来也没有认真，但直到有一天，因为有事不能带他们去，小女儿竟委屈地躲在床上偷哭，我们才发现事情原来比我们想像的要顶真。

那以后，到了星期二，即使是下雨，我们也只得去端一锅回来。不下雨的时候，我们便手拉手地去那摊边坐下，一边吃，一边看满街流动的彩色和声音。

一碗蚵仔面线里，有我们对这块土地的爱。

一个湖南人，一个江苏人，在这个岛上相遇，相爱，生了一儿一女，四个人坐在街缘的摊子上，摊子在永康街（多么好听的一条街），而台北的街市总让我又悲又喜，环着永康的是连云，是临沂，是丽水，是青田（出产多么好的石头的地方啊）！而稍远的地方有属于孩子妈妈原籍的那条铜山街，更远一点，有属于孩子父亲的长沙街，我出生的地方叫金华，金华如今是一条街，我住过的地方是重庆和南京和柳州，重庆、南京和柳州也各是一条路。临别那块大陆是在广州，一到广州街总使我黯然。下船的地方是基隆，奇怪，连基隆也有一条路。

台北的路伸出纵横的手臂抱住中国的版图，而台北却又不失其为台北。

只是吃一碗蚵仔面线，只是在小小窄窄的永康街，却有我们和我们儿女对这块土地无限的爱。

念你们的名字

——寄阳明医学院大一新生

孩子们，这是八月初的一个早晨，美国南部的阳光舒迟而透明，流溢着一种让久经忧患的人鼻酸的、古老而宁静的幸福。助教把期待已久的发榜名单寄来给我，一百二十个动人的名字，我逐一地念着，忍不住覆手在你们的名字上，为你们祈祷。

在你们未来漫长的七年医学教育中，我只教授你们八个学分的国文，但是，我渴望能教你们如何做一个人——以及如何做一个中国人。

我愿意再说一次，我爱你们的名字，名字是天下父母满怀热望的刻痕，在万千中国文字中，他们所找到的是一两个最美丽最醇厚的字眼——世间每一个名字都是一篇简短质朴的祈祷！

"林逸文""唐高骏""周建圣""陈震寰"，你们的父母多么期望你们是一个出类拔萃的孩子。"黄自强""林进德""蔡笃义"，多少伟大的企盼在你们身上。"张鸿仁""黄仁辉""高泽仁""陈宗仁""叶宏仁""洪仁政"，说明了儒家传统对仁德的向往。"邵国宁""王为邦""李建忠""陈泽浩""江建中"，显然你们的父母曾把你们奉献给苦难的中国。"陈怡苍""蔡宗哲""王世尧""吴景农""陆恺"，含蕴着一个古老圆融的理想。我常惊讶，为什么世人不能虔诚地细味另一个人的名字？为什么我们不懂得恭敬地省察自己的名字？每一个名字，不论雅俗，都自有它的哲学和爱心。如果我们能用细腻的领悟力去叫人的名字，我们便能学会更多的互敬和互爱，这世界也可以因此更美好。

这些日子以来，也许你们的名字已成为乡梓邻里间一个幸运的符号，许多名望和财富的预期已模模糊糊和你们的名字联在一起，许多人用钦慕的眼光望着你们，一方无形的匾已悬在你们的眉际。有一天，"医生"会成为你们的第二个名字，但是，孩子们，什么是医生呢？一件比常人更白的衣服？一笔比平民更饱涨的月入？一个响亮荣耀的名字？孩子们，在你们不必讳言的快乐里，抬眼望望你们未来的路吧！

　　什么是医生呢？孩子们，当一个生命在温湿柔韧的子宫中悄然成形时，你，是第一个宣布这神圣事实的人。当那蛮横的小东西在尝试转动时，你，是第一窥得他在另一个世界的心跳的人。当他陡然冲入这世界，是你的双掌，接住那华丽的初啼。是你，用许多防疫针把成为正常的权利给了婴孩。是你，辛苦地拉动一个初生儿的船纤，让他开始自己的初航。当小孩半夜发烧的时候，你是那些母亲理直气壮打电话的对象。一个外科医生常像周公旦一样，是一个在简单的午餐中三次放下食物走入急救室的人。有的时候，也许你只须为病人擦一点红汞水，开几颗阿司匹林，但也有时候，你必须为病人切开肌肤，拉开肋骨，拨开肺叶，将手术刀伸入一颗深藏在胸腔中的鲜红心脏。你甚至有的时候必须忍受眼看血癌吞噬一个稚嫩无辜的孩童而束手无策的裂心之痛！一个出名的学者来见你的时候，可能只是一个脾气暴烈的牙痛病人，一个成功的企业家来见你的时候，可能只是一个气结的哮喘病人。一个伟大的政治家来见你的时候，也许什么都不是，他只剩下一口气，拖着一个中风后的瘫痪的身体。挂号室里美丽的女明星，或者只是一个长期失眠的、神经衰弱的、有自杀倾向的患者——你陪同病人经过生命中最黯淡的时刻，你倾听垂死者最后的一声呼吸，探察他最后的一槌心跳。你开列出生证明书，你在死亡证明书上签字，你的脸写在婴儿初闪的瞳仁中，也写在垂死者最后的凝望里。你陪同人类走过生、老、病、死，你扮演的是一个怎样的角色啊！一个真正的医生怎能不是一个圣者。

事实上，作为一个医者的过程正是一个苦行僧的过程，你需要学多少东西才能免于自己的无知。要保持怎样的荣誉心，才能免于自己的无行。你要几度犹豫才能狠下心拿起解剖刀切开第一具尸体，你要怎样自省，才能在千万个病人之后免于职业性的冷静和无情。在成为一个医治者之前，第一需要被医治的，应该是我们自己。在一切的给予之前，让我们先成为一个"拥有"的人。

孩子们，我愿意把那则古老的"神农氏尝百草"的神话再说一遍。《淮南子》上说："古者民茹草饮水，采树木之实，食赢蛖之肉，时多疾病毒伤之害，于是神农氏乃始教民播种五谷，尝百草之滋味，水泉之甘苦，令民知所辟就，当此之时，一日而遇七十毒。"

神话是无稽的，但令人动容的是一个行医者的投入精神以及那种人饥己饥、人溺己溺、人病己病的同情。身为一个现代的医生当然不必一天中毒七十余次，但贴近别人的痛苦，体谅别人的忧伤，以一个单纯的"人"的身份，恻然地探看另一个身罹疾病的"人"仍是可贵的。

记得那个"悬壶济世"的故事吗？"市中有老翁卖药，悬一壶于肆头，及市罢，辄跳入壶中，市人莫之见。"——那老人的药事实上应该解释成他自己。孩子们，这世界上不缺乏专家，不缺乏权威，缺乏的是一个"人"，一个肯把自己给出去的人。当你们帮助别人时，请记得医药是有时而穷的，唯有不竭的爱能照亮一个受苦的灵魂。古老的医术中不可缺的是"探脉"，我深信那样简单的动作里蕴藏着一些神秘的象征意义，你们能否想象用一个医生敏感的指尖去探触另一个人的脉搏的神圣画面。

因此，孩子们，让我们自忧自惕，让我们清醒地推开别人加给我们的金冠，而选择长程的劳瘁。诚如耶稣基督所说："非以役人，乃役于人。"真正伟人的双手并不浸在甜美的花汁中，它们常忙于处理一片恶臭的脓血。真正伟人的双目并不凝望最翠拔的高峰，它们低俯下来看一个卑微的贫民的病容。孩子们，让别人去享受"人上人"的荣耀，我只祈求你们善尽"人中人"的天职。

我曾认识一个年轻人，多年后我在纽约遇见他，他开过计程车，做过跑堂，试过各式各样的生存手段——他仍在认真地念社会学，而且还在办杂志。一别数年，恍如隔世，但最安慰的是当我们一起走过曼哈顿的市声，他无愧地说："我抱持着我当年那一点对人的好奇，对人的执着。"其实，不管我们研究什么，可贵的仍是那一点点对人的诚意。我们可以用赞叹的手臂拥抱一千条银河，但当那灿烂的光泛贴近我们的前胸，其中最动人的音乐仍是一分钟七十二响的雄浑坚实如祭鼓的人类的心跳！孩子们，尽管人类制造了许多邪恶，人体还是天真的可尊敬的奥秘的神迹。生命是壮丽的、强悍的，一个医生不是生命的创造者——他只是协助生命神迹保持其本然秩序的人。孩子们，请记住你们每一天所遇见的不仅是人的"病"，也是病的"人"，人的眼泪，人的微笑，人的故事，孩子们，这是怎样的权利！

作为一个国文老师，我所能给你们的东西是有限的，几年前，曾有一天清晨，我走进教室，那天要上的课是《诗经》——而我们刚得到退出联合国的消息。我捏着那古老的诗册，望着台下而哽咽了。眼前所能看见的是二十世纪的烽烟，而课程的进度却要我去讲三千年前的诗篇。诗中有的是水草浮动的清溪，是杨柳依依的水湄，是麀鹿呦呦的草原，是温柔敦厚的民情。我站在台上，望着台下激动的眼神，乃然决定讲下去。那美丽的四言诗是一种永恒，我告诉那些孩子们有一种东西比权力更强，比疆土更强，那是文化——只要国文尚在，则中国尚在，我们仍有安身立命之所。孩子们，选择做一个中国人吧！你们曾由于命运生为中国之人。但现在，让我们以年轻的、自由的肩膀，选择担起这份中国人的轭。但愿你们所医治的，不仅是一个病人的沉疴，而是整个中国的羸弱。但愿你们所缝补的不仅是一个病人的伤痕而是整个中国的痈疽。孩子们，所有的良医都是良相——正如所有的良相都是良医。

长窗外是软碧的草茵，孩子们，你们的名字浮在我心中，我浮在四壁书香里，书浮在黯红色的古老图书馆里，图书馆浮在无际的紫色花浪间，这是一个美丽的校园。客中的岁月看尽异国的异景，我所缅怀的仍是台北三月的杜鹃。孩子们，我们不曾有一个古老幽美的校园，我们的校园等待你们的足迹使之成为美丽。

孩子们，求全能者以广大的天心包覆你们，让你们懂得用爱心去托住别人。求造物主给你们内在的丰富，让你们懂得如何去分给别人。某些医生永远只能收到医疗费，我愿你们收到的更多——我愿你们收到别人的感念。

念你们的名字，在乡心隐动的清晨。我知道有一天将有别人念你们的名字，在一片黄沙飞扬的乡村小路上，或者曲折迂回的荒山野岭间，将有人以祈祷的嘴唇，默念你们的名字。

春之怀古

　　春天必然曾经是这样的：从绿意内敛的山头，一把雪再也撑不住了，扑哧的一声，将冷脸笑成花面，一首渐渐然的歌便从云端唱到山麓，从山麓唱到低低的荒村，唱入篱落，唱入一只小鸭的黄蹼，唱入软溶溶的春泥——软如一床新翻的棉被的春泥。

　　那样娇，那样敏感，却又那样混沌无涯。一声雷，可以无端地惹哭满天的云，一阵杜鹃啼，可以斗急了一城杜鹃花。一阵风起，每一棵柳都吟出一则则白茫茫、虚飘飘说也说不清、听也听不清的飞絮，每一丝飞絮都是一株柳的分号。反正，春天就是这样不讲理、不逻辑，而仍可以好得让人心平气和。

　　春天必然曾经是这样的：满塘叶黯花残的枯梗抵死苦守一截老根，北地里千宅万户的屋梁受尽风欺云压犹自温柔地抱着一团小小的空虚的燕巢。然后，忽然有一天，桃花把所有的山村水廓都攻陷了。柳树把皇室的御沟和民间的江头都控制住了——春天有如旌旗鲜明的王师，因长期虔诚的企盼祝祷而美丽起来。

　　而关于春天的名字，必然曾经有这样的一段故事：在《诗经》之前，在《尚书》之前，在仓颉造字之前，一只小羊在啮草时猛然感到的多汁，一个孩子在放风筝时猛然感觉到的飞腾，一双患风痛的腿在猛然间感到的舒活，千千万万双素手在溪畔在塘畔在江畔浣纱的手所猛然感到的水的血脉……当他们惊讶地奔走互告的时候，他们决定将嘴噘成吹口哨的形状，用一种愉快的耳语的声量来为这季节命名——"春"。

　　鸟又可以开始丈量天空了。有的负责丈量天的蓝度，有的负责丈量天的透明度，有的负责用那双翼丈量天的高度和深度。而所有的鸟全不是好的数学家，他们吱吱喳喳地算了又算，核了又核，终于还是不敢宣布统计数字。

至于所有的花，已交给蝴蝶去点数。所有的蕊，交给蜜蜂去编册。所有的树，交给风去纵宠。而风，交给檐前的老风铃去——记忆、——垂询。

春天必然曾经是这样，或者，在什么地方，它仍然是这样的吧？穿越烟囱与烟囱的黑森林，我想走访那踯躅在湮远年代中的春天。

爱情篇

两 岸

我们总是聚少离多，如两岸。

如两岸——只因我们之间恒流着一条莽莽苍苍的河。我们太爱那条河，太爱太爱，以致竟然把自己站成了岸。

站成了岸，我爱，没有人勉强我们，我们自己把自己站成了岸。

春天的时候，我爱，杨柳将此岸绿遍，漂亮的绿绦子潜身于同色调的绿波里，缓缓地向彼岸游去。河中有萍，河中有藻，河中有云影天光，仍是国风关雎篇的河啊，而我，一径向你泅去。

我向你泅去，我正遇见你，向我泅来——以同样柔和的柳条。我们在河心相遇，我们的千丝万绪秘密地牵起手来，在河底。

只因为这世上有河，因此就必须有两岸以及两岸的绿杨堤。我不知我们为什么只因坚持要一条河，而竟把自己矗立成两岸，岁岁年年相向而绿，任地老天荒，我们合力撑住一条河，死命地呵护那千里烟波。

两岸总是有相同的风，相同的雨，相同的水位。乍酱草匀分给两岸相等的红，鸟翼点给两岸同样的白，而秋来兼葭露冷，给我们以相似的苍凉。

蓦然发现，原来我们同属一块大地。

纵然被河道凿开，对峙，却不曾分离。

年年春来时，在温柔得令人心疼的三月，我们忍不住伸出手臂，在河底秘密地挽起。

定义及命运

年轻的时候，怎么会那么傻呢？

对"人"的定义？对"爱"的定义，对"生活"的定义，对莫明其妙的刚听到的一个"哲学名词"的定义……

那时候，老是慎重其事地把左掌右掌看了又看，或者，从一条曲曲折折的感情线，估计着感情的河道是否决堤。有时，又正经地把一张脸交给一个人，从鼻山眼水中，去窥探一生的风光。

奇怪，年轻的时候，怎么什么都想知道？定义，以及命运。年轻的时候，怎么就没有想到过，人原来也可以有权不知不识而大剌剌地活下去。

忽然有一天，我们就长大了，因为爱。

去知道明天的风雨已经不重要了，执手处张发可以为风帜，高歌时，何妨倾山雨入盏，风雨于是不重要了，重要的是找一方共同承风挡雨的肩。

忽然有一天，我们把所背的定义全忘了，我们遗失了登山指南，我们甚至忘了自己，忘了那一切，只因我们已登山，并且结庐于一弯溪谷。千泉引来千月，万窍邀来万风，无边的庄严中，我们也自庄严起来。

而长年的携手，我们已彼此把掌纹叠印在对方的掌纹上，我们的眉因为同蹙同展而衔接为同一个名字的山脉，我们的眼因为相同的视线而映出为连波一片，怎样的看相者才能看明白这样的两双手的天机，怎样的预言家才能说清楚这样两张脸的命运？

蔷薇几曾有定义，白云何所谓其命运，谁又见过为劈头迎来的巨石而焦灼的流水？

怎么会那么傻呢，年轻的时候。

从　俗

当我们相爱——在开头的时候——我们觉得自己清雅飞逸，仿佛有一个新我，自旧我中飘然游离而出。

当我们相爱时，我们从每一寸皮肤、每一缕思维伸出触角，要去探索这个世界，拥抱这个世界，我们开始相信自己的不凡。

相爱的人未必要朝朝暮暮相守在一起——在小说里都是这样说的，小说里的男人和女人一眨眼便已暮年，而他们始终没有生活在一起，他们留给我们的是凄美的回忆。

但我们是活生生的人，我们不是小说，我们要朝朝暮暮，我们要活在同一个时间，我们要活在同一个空间，我们要相厮相守，相牵相挂，于是我们放弃飞腾，回到人间，和一切庸俗的人同其庸俗。

如果相爱的结果是使我们平凡，让我们平凡。

如果爱情的历程是让我们由纵横行空的天马变而为忍辱负重行向一路崎岖的承载驾马，让我们接受。

如果爱情的轨迹总是把云霄之上的金童玉女贬为人间烟火中的匹妇匹夫，让我们甘心。

我们只有这一生，这是我们唯一的筹码，我们要合在一起下注。

我们只有这一生，这是我们唯一的戏码，我们要同台演出。

于是，我们要了婚姻。

于是，我们经营起一个巢，栖守其间。

有厨房，有餐厅，那里有我们一饮一啄的牵情。

有客厅，那里有我们共同的朋友以及他们的高谈阔论。

有兼为书房的卧房，各人的书站在各人的书架里，但书架相衔，矗立成壁，连我们那些完全不同类的书也在声气相求。

有孩子的房间，夜夜等着我们去为一双娇儿痴女念故事，并且盖他们老是踢掉的棉被。

至于我们曾订下的山之盟呢？我们所渴望的水之约呢？让它等一等，我们总有一天会去的，但现在，我们已选择了从俗。

贴向生活，贴向平凡，山林可以是公寓，电铃可以是诗，让我们且来从俗。

地泉（一）

有一种东西，我们称之为"诗"。

有人以为诗在题诗的壁上，扇上，搜纳奇句的古锦囊里，或一部毛诗，一卷杜子美里。其实，不是的，诗是地泉，掘地数寻，它便翻涌而出，只要一截长如思绪的汲埂，便可汲出一挑挑一担担透明的诗。

相传佛陀初生，下地即走，而每走一步即地涌金莲。至于我们常人的步履，当然什么也引不起。在我们立脚之地，如果掘下去，便是万斛池泉。能一步步踩在隐藏的泉脉之上，比地涌金莲还令人惊颤。

读一切的书，我都忍不住去挖一下，每每在许多最质朴的句子里，蕴结着一股股地泉。古书向来被看作是丧气难读的，其实，古书却是步步地泉，令人忍不住吓一跳，却又欣喜不已的。

虎皮讲座

名臣言行录外集里这样记载：张横渠在京中，坐虎皮说《易经》，忽一日和二程谈易，深获于心，第二天便撤去虎皮，令诸生师事二程。

不知为什么，理学家总被常人看作是乏味的一群，但至少，我一想到张横渠，只觉诗意弥弥。

我喜欢那少年好剑，跅弛豪纵的关中少年，忽有一天，他发现了比剑还强，比军事还强的东西，那是理。

他坐在一张斑斓的虎皮上，以虎虎的目光，讲生气虎虎的《易经》。

多么迷人多么漂亮的虎皮讲座，因为那样一个人，因为那样一张讲座，连易经素黯的扉页都辉亮起来。庖牺氏的八卦从天玄地黄雷霆雨电中浮出，阴爻阳爻从风火云泽中涌现，我一想起来就觉得那样的易经讲座必然是诗——雄性的诗。

更动人的是他后来一把推开虎皮椅的决然，那时候，他目光烂烂，是岩下的青电，他推掉了一片虎皮的斑采，但他已将自己化为一只蓊风的巨虎，他更谦逊，更低卑，更接近真理，他炳炳烺烺，是儒门的虎。

那个故事真的是诗——虽然书上都说那是理学家的事迹。

那一千七百二十九只鹤

清朝人赵之谦曾梦见自己进入一片鹤山，在梦中，他仰视满天鹤翅，而且非常清楚地记得有一千七百二十九只，正在这一刹那间，他醒了。

忽然，他急急地打开书箧，把所有的藏书和自己的作品一一列好，编列了一套"仰视一千七百二十九只鹤斋丛书"。

如果把这样的梦境叙述给弗洛伊德听，他会怎么说？

一千七百二十九只鹤，在梦里，在鹤山之上的蓝天！

忽然，他了解，鹤是能飞的书。

而书，他明白了，书是能隐的鹤。

当他梦见鹤，他梦见的是激越的白翅凌空，是直冲云霄的智慧聚舞。每一只鹤是一篇素书。

曾经，他的书只是连篇累牍沉重的宋版或什么版，但梦醒时，满室皆鹤，他才发现每一个人自有他的鹤山供鹤展翅，自有他的寒塘能渡鹤影，知识在一梦之余已化生为智慧。

那真是多么像诗的一个梦啊！

照田蚕

照田蚕的故事，使我读起来想哭，记载的人是范成大，范成大的诗我有时喜欢有时也不怎么佩服，倒是他援笔直书的记载真的让我想哭。

"村落则以秃帚、若麻秸、竹枝，燃火炬，缚长竿之杪，以照田，烂然遍野，以祈丝谷。"

怎样的夜，怎样的火炬，怎样的属于农业民族的一首祈祷诗！

腊月里，田是冷的，他们给他火！

半夜里，田是黑的，他们给他亮！

烂然照遍田野的，与其说是火炬，不如说是一双双灼然烨然期待的眼睛。

田地！当我们烛照你，我们也烛照了自己的心田，心是田，田是心，我们是彼此命脉之所系！

给我们丝，给我们谷——而我们，则给你从头到脚的每一寸力量每一分爱……

给我们丝，给我们谷，当火光温柔地舔着你，冷冷的腊月，残酷的空间都因这一舌火光而有情起来……

给我们丝，给我们谷，你这腊月冬残时一无所有，却又生机无限无所不有的田地。

给我们银子似的丝，给我们金子似的谷，我们的土地必须光灿夺目——像一阙梦一样夺目，像一注祷词一样丰富。

给我们丝，给我们谷……

读着，读着，我会蓦然一惊，仿佛在宋朝的田埂上走着，在火炬的红光中喃哺自祷的人竟是我自己。

《尔　雅》

释诂、释言、释训、释亲、释宫、释器、释乐、释天、释地、释丘、释山、释水、释草、释木、释虫、释鱼、释鸟、释兽、释畜。

记不得上一次读《尔雅》是什么时候了，好像是大三那年，那时候修"训诂学"，大多数同学其实也只需要看笔记，我大概还算认真一点的，居然去买了一部《尔雅》来圈点。

圈《尔雅》真是累人的，《尔雅》根本是一部字典。好在很薄，我胡乱把它看完了。

许多年过去，忽然有一天我心血来潮地又买了一本《尔雅音图》来看，不是为学分，不是为一份年轻气盛的好强，仅仅出于一种说不出的眷恋。那一年，走进大三的教室，面对黑板做学生——而今，走进大三教室，背负着黑板做老师。时光飞逝，而《尔雅》仍是二千年前的《尔雅》。

一翻目录，已先自惊动了，一口气十九个释，我从前怎么就没看出这种美来，那时的天地是怎样有情，看得出那时代的人自负而快乐，天地山川，日月星辰，草木虫鱼，乃至最不可捉摸的音乐，最现实的牛棚马厩以及最复杂的亲属关系，以及全中国的语言文字，都无一不可了解，因此也就无一不可释义。读尔雅，只觉世界是如此简单壮丽，如此明白晓畅，如此婴儿似的清清楚楚一览无遗。仿佛那时代的人早晨一起床，世界便熟悉地向他走拢来，世界对他而言是一张每个答案都知道的考卷，他想不出有什么不心安的事。

"……鲁有大野……楚有云梦……西南之美者有华山之金石焉……东方有比目鱼，不比不行……南方有比翼鸟焉，不比不飞……"

前足皆白的马叫骦，后足皆白的叫馵……珪大尺二寸谓之玠，璧大六寸谓之宣……

总之，他们知道前脚或后脚白的马，他们知道所佩的玉怎么区分，他们甚至知道遥远的楚国有一片神秘的大沼泽，而最遥远的边区是神话——介于有与无之间，介于知与不可知之间——比目鱼在东方游着，比翼鸟在南方飞着……汉民族在其间成长着。

读尔雅，原来也是可以读得人眼热的！

一人泉

明一统志：一人泉在钟山高峰绝顶，仅容一勺，挹之不绝，实山之胜处也。

福建通志：在福建、龙溪县东鹤鸣山，其泉仅供一人之吸，故名。

"一人泉"在南京和福建都有。

也许正像马鞍山、九曲桥，或者桃花溪、李家庄，是在大江南北什么地方都可能有的地名。

记得明信片上的罗马城，满街都是喷泉，他们硬是把横流的水扭成反弹向天的水晶柱，西方文明就有那么喧嚣光耀，不由人不目夺神移。

但在静夜我查书查到"一人泉"的时候，却觉得心上有一块什么小塞子很温柔地揭开了——不是满城喷泉，而是在某个绝高的峰顶上，一注小小的泉，像一颗心，只能容纳一个朝圣者，但每一次脉搏，涌出的是大地的血髓，千年万世，把一涓一滴的泉给了水勺。

脉脉涌动，挹之不绝，一注东方的泉。在龟山，在福建龙溪县的东鹤鸣山以及在我心的绝峰上。

地泉（二）

> 譬犹万斛泉源的不择地而出，我在读古书时，总是
> 欣然于这些夺地而出的思想泉脉。

米　泉

白居易的诗里有"米泉之精"的字句，"米泉"指的是酒。用"米泉"称酒，真的差不多有一种现代诗的美感了！

酿酒的应该是最神奇的魔术家，酿者真的在从事一种比炼金术还奇异的法术。

"米泉"那两个字用得太好，仿佛从米上凿了一眼泉，而酒，就欣然地涌跃出来，涌成甘醴。

有时候不必去读一首诗，单只读一个酒的绰号，已令人心驰。

笔　星

彗星，中国人也将之称为笔星。

"笔星"两字也的确诗意得紧。

设想在一张幽玄的大纸上，倏地有人挥上光灿的一笔，你惊惧四顾，笔已摧折，而那笔酣墨润的一笔已成绝响。怎么的笔，千年万世，蓄势而发，只待写下那一画！所有的光华，只爆作长夜中一弹指的灿烂。

夏夜的长空，我读那些一行行惊心动魄的绝笔。

地　气

对汉民族而言，地气是真的存在的。续汉书上这样记载：候气之法，于密室中以来为案，置十二律瑄，各如其方，实以葭灰，覆以缇谷，气至则一律飞灰。

我始终没有去做过那样的实验，对这种事情，我竟完全不疑古，我宁可承认土地有生命，它会呼吸，会吐纳，会在松松白白的雪毯下冬眠，而且会醒来，会长啸。并且相传会用它胸臆的一股气托住一只鸡蛋，使之不倾跌，会顽皮地飞腾而起，像一个吹蛋糕上蜡烛的孩子，他鼓满一口气，吹散葭灰——季节就在满室掌声中开始了！

做实验吗，当然不必，土地一定是有生命的，他负责把稻子往上托，把麦子往上送，他在玉蜀黍田里释放出千条绿龙，他蒸腾得桃树李树非花不可，催得瓜果非熟不可——世界上怎么可能没有地气！

想出"地气"那两字的人，是一个诗人。

万物伙伴

三百年前，十七世纪的中叶，一群学者和诗人，将他们辛苦辑成的一大套丛书，呈给龙椅上的康熙皇帝。后来，那批编者死了，那皇帝读者也死了，而那套书却印了出来，可以在今天任何一个有规模的图书馆里找到，那本书是"咏物诗"，包括中国历代大诗人对万物的歌咏。

吃满汉全席，也许是皇族特有的口福，但读诗，读咏物诗，却已是每一个小老百姓的权利。诗，从来不会不属于人类全体。

西洋人论诗，每每强调叙事诗、抒情诗或者牧歌，但中国人却喜欢说咏物、咏史、咏怀。"物"在中国已经成为一种可以歌颂，可以细描，可以玩味的诗歌题材了。正如在艺术方面中国人不习惯说画"画"，我们一定要说画山水、画人物、画花鸟、画四君子……

咏物诗在中国诗的历史中当然不能算最优秀的作品，但令人惊讶的是，"物"在中国，有其比西洋诗中更高贵的形象。"天人合一"是比较抽象不易捉摸的，"物我无间"倒比较合乎中国人更实际的生活，庄子说："天地与我并立，而万物与我为一。"事实上，天，经常被看作"物"，连人，也是"人物"，人既为"万物之灵"，也是万物的一支吧！人死了，变成鬼，就中国人来看，仍是"物"，是"异物"。

中国上古史里的圣王当然都是最有智慧最深沉的人，然而他们获得智慧的方法既不是"面壁"，也不是"闭关"，相反，他们"仰则观象于天"，"俯则观法于地"，"视鸟兽之文与地之宜"，然后，他们获得了统驭的智慧。中国的政治家，是透过"自然观察家"、

"哲学家"而成为"政治理论家"的。中国的君子懂得"自强不息"的道理，是因为有感于"天行健"。中国的圣人是看到"逝者如斯"的东流水，震撼于"不舍昼夜"的自然力量，方会回身观照，急于想把自己冲激成一川洪流。

这不仅是士大夫的观念，事实上取法自然，从万物体悟人生，也是一般小百姓的想法。武侠小说里固然有时也承认密笈的权威，但一派宗师在融会贯通天下武学之际，总是独凌绝峰，并且从大海日出、白鹤腾空、瀑布断流、风舞琼花等现象获得灵感上的突破。在这种事上，武学分明又是一种诗学，一种美学。在中国，几乎所有的智慧体悟都来自对万物的观察。

中国的文字，就其象形本质而论，是采取"画成其'物'，随体诘诎"的办法。你可以不认识"稷"字，但你知道它是禾的一种，是广大田野中青青的翠意。你可以不认识"麋"，但你知道它是鹿族里的一脉，是浅溪旁呼伴饮水的善良生物。你可以不认识"雯"，但却可以想像它是一种美丽的天象，是云霞的妹妹。

作为一个中国人，每天，在每一个文字上遇见万物的速写像。我们在一张简单的报纸上重见"日""月"山""川"，它们仍然那样传神地勾画着初民对万物的惊喜赞叹。当我们看到"册"字，它向我们显示那穿在一条线上厚实整齐的竹简。当我们看到"果"字，它沉甸甸地悬在最高枝的喜悦感仍然是极真实的，我们不由得感到与万物有亲有故的那份真切情意。

然后，忽焉一声炸雷，我们就看到"物竞天择"、"弱肉强食"的新旗号，我们还来不及分辨这句话在生物学上的正确意义，它已经就变成政客和野心家的金科玉律了……

但是，我们仍然记得我们是来自一个和万物有亲有故的民族。

这个民族，曾产生庄子。他像一个小学老师，他第一次把我们引离教室，带我们站在春天的原野上，教我们看天、看云、看花草、看尘泥，然后告诉我们说："物无贵贱。"我们认真地想着他所说的"齐物论"，直等到一只蜻蜓误停在我们的肩上，我们终于相信我们都只不过是一个小小的客旅，我们之间并无大小之差尊卑之别。金星难道比土星高贵吗？太阳比月亮美丽吗？人比蜉蝣活得更长吗？

韩愈说："有其翼者去其角。"在中国人看来，没有谁是绝对的强者，如果说"适者生存"，则万物莫不是"适者"，上天不会造一只有翅膀的老虎，也不会造一只生有大角的老鹰。柔弱无依的墨鱼，在事急时也有它"防御性的武器"。换句话说，这是一个"有饭大家吃"、"人人都有得混"的众生平等的世界。

在这种观念之下，万物都各安其位，各得其所，大如山的自然可以入画，小如沙砾亦自有景观（近世有显微摄影，一幅盐结晶的构图，一幅"精子力争上游图"，莫不动人良深）。明灿如钻石的是美，沉黯如黑玉的也是美。刚如削壁虽足取法，柔似春水也能给人许多启示。像虎豹一样强，固然可以傲啸山林，像小蜥蜴一样弱，也有资格享受成色十足的阳光……

因此，张横渠会说："民吾同胞，物吾与也。"翻成白话文就是："人类，是我的手足弟兄，万物，是我一伙的朋友。"

既不是逞能地去霸占万物，也不是无能地役于万物，只是一个欢欢喜喜的孩子，走在欢欢喜喜的阳光里，觉得眼前一切鸟兽虫鱼花树草木全都与自己有亲有故的那种心情。也因此，程颢会写下"万物静观皆自得，四时佳兴与人同"的句子，朱晦庵会持有"好鸟枝头亦朋友，落花水面皆文章"的烂漫天机。

旧式塾师的诗学教育，也是从万物之情体会出来的，老师说"天"，学生要懂得说"地"，老师说"桃红"，学生对"柳绿"。

就这样，在对对子——这种师生间的"合法抬杠"——中，中国小孩学会了写诗，学会了陆机所说的那种"挫万物于笔端"的本领。

当然，反过来说，中国诗里也充满了"物"的和谐。孔子劝儿子读诗的理由之一是"可以在诗里认识鸟兽草木"。一本《诗经》，是从一条河畔写起的，水鸟和鸣，荇菜飘浮，好一卷澄澈无渣滓的歌。《楚辞》里是另一种植物，兰芷苣蕙，一派南国风物。连汉代乐府，也每每无缘无故地要拿"青青河畔草"做开头的固定格式。

可是，中国诗里写物跟美国诗人狄谨荪写蛇、康明思写蚱蜢是不相同的。"非人磨墨墨磨人"写的是墨吗？"百花发，我不发，我若发，都骇杀"写的是秋菊吗？咏物者常常弄不清楚自己手绘的是一幅蝴蝶，还是一幅自己，咏物者终于发现自己在万物里，万物在自己里。

不单诗，中国戏剧也惯于以物体贯穿剧情。《汉宫秋》里，前前后后只是那一把琵琶的抑扬悲欢。《桃花扇》，整个大明朝的兴亡全在一个金陵女子的扇底说完了。而《荆钗记》，一枝小小的木棒做的头钗，却是贫微夫妻的爱情保障……

生命也是如此啊，几片瓦，一口井，一口老黑锅，故事就绕着小小的道具而推展。在那个古老的时代，每一件物都有先人的手泽，都有亲切的情意。不幸那时代远了，我们身处在一个"银货两讫"的商业社会里，我们是按着定价购物的一代，杯子只是杯子，笔只是笔，今年的衣服是明年的垃圾，月亮在荧光幕上自会出现，不必麻烦去看天上的那一轮。我们有无限膨胀的物欲，却不能通一点物情物趣。

学院的教育把我们变成善于分析的说明符号"："，不知从什么时候开始，我们竟再也不会发出一声惊叹号"！"。

"江畔何人初见月？江月何年初照人？"

江畔见月者何止万万千千个，江月照人何止万万千千年？但谁是真正的"江畔见月人"呢？那必是一个带一声惊呼就穆然肃然把一颗心交给月光去浸得清极莹极的一位吧！而谁又是江月所真正愿意倾光相授的传人呢？那必是让月光也为之一震的光风霁月的君子吧？

与万物摩踵擦肩而过，谁是那得物趣、通物情、能友物、能契物的人呢？

我认识一位教植物学的老教授，他说："我年轻的时候，用显微镜观察叶子的组织，那时代的显微镜不够好，我们能看到的东西不够多，我常希望有更高倍数的显微镜出现，我们就会明白得多些。现在，我老了，这种显微镜出现了。奇怪的是，放大倍数增加以后，看到了更多的东西，引出的问题反而更多了，我忽然发现我比以前更不了解那些组织了！"

在他自己承认"不了解"的谦逊和敬畏中，我看到了他的"了解"。

让科学帮助我们"了解"我们的"不了解"，这样，我们反而可以算为不太讨厌的"解人"。

让我们爱万物以及造物的天、成物的人。江月会一直俯照着春江，但见者自见，不见者自不见，不见者只能行在黑色的长夜里。万物是我们并生的伴侣，但侣者自侣，不侣者自不侣，失侣者只好孤单封闭地走完一生。

在一盏茶里饮千古的风流，在瓦斯炉前遥想燧人氏的风采，由一张纸上想见汉文明，捧一碗饭时懂得感谢嘉南平原上的老农，让事事物物都关情，让我们生活得更好奇，更惊讶，更感激。

一开头，我曾经说过，三百年前，有一批学者战战兢兢地编了一部"咏物诗"给皇帝看。而今，我所编的是一本《咏物散文》——

不再编给皇帝看（皇帝已于七十年前走下千古的龙椅），而是编给更尊贵的一位——你——看的。你，一个中国人，配接受这一切的献呈。

半　局

楔　子

汉武帝读司马相如的《子虚赋》，忽然怅恨地说：

"朕独不得与此人同时哉！"

他错了，司马相如并没有死，好文章不一定都是古人做的，原来他和司马相如活在同一度的时间里。好文章、好意境加上好的赏识，使得时间也有情起来。

我不是汉武帝，我读到的也不是《子虚赋》，但蒙天之幸，让我读到许多比汉赋更美好的"人"。

我何幸曾与我敬重的师友同时，何幸能与天下人同时，我要试着把这些人记下来。千年万世之后，让别人来羡慕我，并且说："我要是能生在那个时代多么好啊！"

大家都叫他杜公——虽然那时候他才三十几岁。

他没有教过我的课——不算我的老师。

他和我有十几年之久在一个学校里，很多时候甚至是在一间办公室里——但是我不喜欢说他是"同事"。

说他是朋友吗？也不然，和他在一起虽可以聊得逸兴遄飞，但我对他的敬意，使我始终不敢将他列入朋友类。

说"敬意"几乎又不对，他这人毛病甚多，带棱带刺，在办公室里对他敬而远之的人不少，他自己成天活得也是相当无奈，高高兴兴的日子虽有，唉声叹气的日子更多。就连我自己，跟他也不是没有斗过嘴，使过气，但我惊奇我真的一直尊敬他，喜欢他。

原来我们不一定喜欢那些老好人,我们喜欢的是一些赤裸、直接的人——有瑕的玉总比无瑕的玻璃好。

杜公是黑龙江人,对我这样年龄的人而言,模糊的意念里,黑龙江简直比什么都美,比爱琴海美,比维也纳森林美,比庞培古城美,是榛莽渊深,不可仰视的。是千年的黑森林,千峰的白积雪加上浩浩万里、裂地而奔窜的江水合成的。

那时候我刚毕业,在中文系里做助教,他是讲师,当时学校规模小,三系合用一个办公室,成天人来人往的,他每次从单身宿舍跑来,进了门就嚷:"我来'言不及义'啦!"

他的喉咙似乎曾因开刀受伤,非常沙哑,猛听起来简直有点凶恶(何况他又长着一副北方人魁梧的身架),细听之下才发觉句句珠玑,令人绝倒。后来我读到唐太宗论魏征(那个凶凶的、逼人的魏征),却说其人"妩媚",几乎跳起来,这字形容杜公太好了——虽然杜公粗眉毛,瞪凸眼,嘎嗓子,而且还不时骂人。

有一天,他和另一个助教谈西洋史,那助教忽然问他那段历史中兄弟争位后来究竟是谁死了,他一时也答不上来,两个人在那里久久不决,我听得不耐烦:"我告诉你,既不是哥哥死了,也不是弟弟死了,反正是到现在,两个人都死了。"

说完了,我自己也觉一阵悲伤,仿佛《红楼梦》里张道士所说的一个吃它一百年的疗妒羹——当然是效验的,百年后人都死了。

杜公却抚掌大笑:"对了,对了,当然是两个都死了。"

他自此对我另眼看待,有话多说给我听,大概觉得我特别能欣赏——当然,他对我特别巴结则是在他看上跟我同住的女孩之后,那女孩后来成了杜夫人,这是后话,暂且不提。

杜公在学生餐厅吃饭,别的教职员拿到水淋淋的餐盘都要小心地用卫生纸擦干(那是十几年前,现在已改善了),杜公不然,只把水一甩，便去盛两大碗饭，他吃得又急又多又快，不像文人。

"擦什么？"他说，"把湿细菌擦成干细菌罢了！"

吃完饭，极难喝的汤他也喝："生理食盐水。"他说，"好欸！"

他大概吃过不少苦，遇事常有惊人的洒脱，他回忆在政大读政治研究所时说："蛇真多——有一晚我洗澡关门时夹死了一条。"

然后他又补充说："当时天黑，我第二天才看到的。"

他住的屋子极小，大约是四个半榻榻米，宿舍人又杂，他种了许多盆盆罐罐的昙花，不时邀我们清赏，夏天招待桂花绿豆汤、郁李（他自己取的名字，做法把黄肉李子熬烂，去皮核，加蜜冰镇），冬天是腊八粥或猪腿肉红煨干鱿鱼加粉丝。我一直以为他对莳花深感兴趣，后来才弄清楚，原来他只是想用那些多刺的盆盆罐罐围满走廊，好让闲杂人等不能在他窗外聊天——穷教员要为自己创造读书环境真难。

"这房子倒可以叫'不畏斋'了！"他自嘲道，"四十、五十而无闻焉，其亦不足畏也——孔夫子说的。"

他那一年已过了四十岁了。

当然，也许这一代的中国人都不幸，但我却比较特别同情民国十年左右出生的人，更老的一辈赶上了风云际会，多半腾达过一阵，更年轻的在台湾长大，按部就班地成了青年才俊，独有五十几岁的那一代，简直是为受苦而出世的，其中大部分失了学，甚至失了家人，失了健康，勉力苦读的，也拿不出漂亮的学历，日子过得抑郁寡欢。

这让我想起汉武帝时代的那个三朝不被重用的白发老人的命运悲剧——别人用"老成谋国"者的时候，他还年轻，别人用"青年才俊"的时候他又老了。

杜公能写字，也能做诗，他随写随掷，不自珍惜，却喜欢以米芾自居。

"米南宫哪，简直是米南宫哪！"

大伙也不理他。他把那幅"米南宫真迹"一握，也就丢了。

有一次，他见我因为一件事而情绪不好，便仿韩愈"送李愿归盘谷序"中"大丈夫之不得意于时也"的意思作了一篇"大小姐之不得意于时也"的赋，自己写了，奉上，令人忍俊不禁。

又有一次，一位朋友画了一幅石竹，他抢了去，为我题上"渊渊其声，娟娟其影"，墨润笔酣，句子也庄雅可喜，裱起来很有精神。其实，我一直没有告诉他，我喜欢他，远在米芾之上，米芾只是一个遥远的八百年前的名字，他才是一个人，一个真实的人。

杜公爱憎分明，看到不顺眼的人或事他非爆出来不可。有一次他极讨厌的一个人调到别处去了，后来得意洋洋地穿了新机关的制服回来，他不露声色地说："这是制服吗？"

"是啊！"那人愈加得意。

"这是制帽？"

"是啊！"

"这是制鞋？"

"是啊！"

那个不学无术的家伙始终没有悟过来制鞋、制帽是指丧服的意思。

他另外讨厌的一个人一天也穿了一身新西装来炫耀。

"西装倒是好，可惜里面的不好！"

"哦，衬衫也是新买的呀！"

"我是指衬衫里面的。"

"汗衫？"

"比汗衫更里面的！"

很多人觉得他的嘴刻薄，不厚道，积不了福，我倒很喜欢他这一点，大概因为他做的事我也想做——却不好意思做。天下再没有比乡愿更讨天的人，因此我连杜公的缺点都喜欢。

——而且，正因为他对人对物的挑剔，使人觉得受他赏识真是一件好得不得了的事。

其实，除了骂骂人，看穿了他还是个"剪刀嘴巴豆腐心"，记得我们班上有个男孩，是橄榄球队队长，不知怎么阴错阳差地分到中文系来了。有一天，他把书包搁在山径旁的一块石头上，就去打球了，书包里的一本《中国文学发达史》滑出来，落在水沟里，泡得透湿。杜公捡起来，给他晾着，晾了好几天，这位仁兄才猛然想到书包和书。杜公把小心晾好的书还他，也没骂人，事后提起那位成天一身泥水一身汗的男孩，他总是笑滋滋地，很温暖地说："那孩子！"

杜公绝顶聪明，才思敏捷，涉猎甚广，而且几乎可以过目不忘，所以会意独深。他说自己少年时喜欢诗词，好发诗论。忽有一天读到王国维的《人间词话》，大吃一惊，原来他的论调竟跟王国维一样，他从此不写诗论了。

杜公的论文是《中国历代政治符号》，很为识者推重，指导教授是当时政治研究所主任浦薛凤先生，浦先生非常欣赏他的国学，把他推荐来教书，没想到一直开的竟是国文课。

学生国文程度不好——而且也不打算学好，他常常气得瞪眼。

有一次我在叹气："我将来教国文，第一，扮相就不好。"

"算了，"他安慰我，"我扮相比你还糟。"

真的，教国文似乎要有其扮相，长袍，白髯，咳嗽，摇头晃脑，诗云子曰，阴阳八卦，抬眼看天，无视于满教室的传纸条，瞌睡，K英文。不想这样教国文课的，简直就是一种怪异。

碰到某些老先生他便故作神秘地说："我叫杜奎英，奎者，大卦也。"

他说得一本正经，别人走了，他便纵声大笑。

日子过得不快活，但无妨于他言谈中说笑话的密度，不过，笑话虽多，总不失其正正经经读书人的矩度。他创立了《思与言》杂志，在十五年前以私人力量办杂志，并且是纯学术性的杂志，真是要有"知其不可而为之"的勇气，杜公比大多数《思与言》的同仁都年长些，但是居然慨然答应做发行人，台大政治系的胡佛教授追忆这段往事，有很生动的记载："那时的一些朋友皆值二十与三十之年，又受过一些高等教育，很想借新知的介绍，做一点知识报国的工作。所以在兴致来时，往往商量着创办杂志，但多数兴致过后，又废然而止。不过有一次数位朋友偶然相聚，又旧话重提，决心一试。为了躲避台北夏季的热浪，大家另约到碧潭泛舟，再作续谈。奎英兄虽然受约，但他的年龄略长，我们原很怕他涉世较深，热情可能稍减。正好在买舟时，他尚未到，以为放弃。到了船放中流，大家皆谈起奎英兄老成持重，且没有公教人员的身份，最符合政府所规定立志发行人的资格，惜他不来。说到兴处，忽见昏黑中，一叶小舟破水追随而来，并靠上我们的船舷。打桨的人奋身攀沿而上，细看之下竟是奎英兄。大家皆高声叫道：发行人出现了。奎英兄的豪情,的确不较任何人为减，他不但同意一肩挑起发行人的重责，且对刊物的编印早有全盘的构想。"

其实，何止是发行人？他何尝不是社长、编辑、校对，乃至于写姓名发通知的人（将来的历史要记载台湾的文人，他们共有的可爱之处便是人人都灰头土脸地编过杂志）。他本来就穷，至此更是只好"假私济公"，愈发穷了，连结婚都得借债。

杜公的恋爱事件和我关系密切，我一直是电灯泡，直到不再被需要为止。那实在也是一场痛苦缠绵的恋爱，因为女方全家几乎是抵死反对。

杜公谈起恋爱，差不多变了一个人，风趣、狡黠、热情洋溢。

有一次他要我带一张英文小纸条回去给那女孩，上面这样写：

请你来看一张全世界最美丽的图画，会让你心跳加速呼吸急促……

小宝（我们都这样叫她）和我想不通他哪里弄来一张这种图画，及至跑去一看，原来是他为小宝加洗的照片。

他又去买些粗铅丝，用槌子把它锤成烤插，带我们去内双溪烤肉。

也不知他哪里学来那么多稀奇古怪的本领，问他，他也只神秘地学着孔子的口吻说："吾多能鄙事。"

小宝来请教我的意见，这倒难了，两人都是我的朋友，我曾是忠心不二的电灯泡，但朋友既然问起意见，我也只好实说："要说朋友，他这人是最好的朋友；要说丈夫，他倒未必是好丈夫，他这种人一向厚人薄己，要做他太太不容易，何况你们年龄相悬十七岁，你又一直要出国，你全家又都如此反对……"

真的，要家长不反对也难。四十多岁了，一文不名，人又不漂亮，同事传话也只说他脾气偏执，何况那时候女孩子身价极高。

从一切的理由看，跟杜公结婚是不合理性的——好在爱情不讲究理性，所以后来他们还是结婚了。奇怪的是小宝的母亲至终倒也投降了，并且还在小宝出国进修期间给他们带两年孩子。

杜公不是那种怜香惜玉低声下气的男人，不过他做丈夫看来比想像中要好得多，他居然会烧菜、会拖地、会插个不知什么流的花，知道自己要有孩子，忍不住兴奋地叨念着："唉，姓杜真讨厌，真不好取名字，什么好名字一加上杜字就弄反了。"

那么粗犷的人一旦柔情起来，令人看着不免心酸。

他的女儿后来取名"杜可名"，出于"老子"，真是取得好。

他后来转职政大，我们就不常见面了，但小宝回国时，倒在我家吃了一顿饭，那天许多同事聚在一起，加上他家的孩子，我家的孩子——着实热闹了一场。事后想来，凡事都是一时机缘，事境一过，一切的热闹繁华便终究成空了。

不久就听说他病了，一打听已经很不轻，肺中膈长癌，医生已放弃开刀，杜公是何等聪明的人，他立刻什么都明白了，倒是小宝，他一直不让她知道。

我和另外两个女同事去看他，他已黄瘦下来，还是热乎乎地弄两张椅子要给我们坐，三个人推来让去都不坐，他一径坚持要我们坐。

"哎呀，"我说，"你真是要二椅杀三女呀！"

他笑了起来——他知道我用的是"二桃杀三士"的典故，但能笑几次了呢？我也不过强颜欢笑罢了。

他仍在抽烟，我说别抽了吧！

"现在还戒什么？"他笑笑，"反正也来不及了。"

那时节是六月，病院外夏阳艳得不可逼视，暑假里我即将有旅美之行——我知道那是我最后一次看他了。

后来我寄了一张探病卡，勉作豪语："等你病好了，咱们再煮酒论战。"

写完，我伤心起来，我在撒谎，我知道旅美回来，迎我的将是一纸过期的讣闻。

旅美期间，有时竟会在异国的枕榻上惊醒，我梦见他了，我感到不祥。

对于那些英年早逝弃我而去的朋友，我的情绪与其说是悲哀，不如说是愤怒！

正好像一群孩子，在广场上做游戏，大家才刚弄清楚游戏规则，才刚明白游戏的好玩之处，并且刚找好自己的那一伙，其中一人却不声不响地半局而退了，你一时怎能不愕然得手足无措，甚至觉得被什么人骗了一场似的愤怒！

满场的孩子仍在游戏，属于你的游伴却不见了！

九月返国，果真他已于八月十四日去世了，享年五十二岁，孤女九岁，他在病榻上自拟的挽联是这样的：

天道好还，国族必有前途，惟势难方殷，先死亦佳，勉无深恶大罪，可以笑谢兹世

人间多苦，事功早摒奢望，已庸碌一生，幸存何益，忍抛孤嫠弱息，未免愧对私心

但写得尤好的则是代女儿挽父的白话联：

爸爸曾说要陪我直到结婚生了娃娃，而今怎教我立刻无处追寻，你怎舍得这个女儿

女儿只有把对您那份孝敬都给妈妈，以后希望你梦中常来看顾，我好多喊几声爸爸

（这个联，不够工整，句构和平仄都有问题，他放在枕下未曾示人，死后才由家人翻出，但因系摹拟小孩口吻，也算好联了。）

读来五内翻涌，他真是有担当、有抱负、有才华的至情至性之人。

也许因为没有参加他的葬礼，感觉上我几乎一直欺骗自己他还活着，尤其每有一篇自己比较满意的作品，我总想起他来，他那人读文章严苛万分，轻易不下一字褒语，能被他击节赞美一句，是令人快乐得要晕倒的事。

　　每有一句好笑话，也无端想起他来，原来这世上能跟你共同领略一个笑话的人竟如此难得。

　　每想一次，就怅然久之，有时我自己也惊讶，他活着的时候，我们一年也不见几面，何以他死了我会如此嗒然若失呢？我想起有一次看到一副对联，现在也记不真切，似乎是江兆申先生写的：

　　　相见亦无事
　　　不来常思君

　　真的，人和人之间有时候竟可以淡得十年不见，十年既见却又可以淡得相对无一语，即使相对应答又可以淡得没有一件可以称之为事情的事情，奇怪的是淡到如此无干无涉，却又可以是相知相重、生死不舍的朋友。

　　　　　　　　　　　《中华日报》一九七七年五月

月，阙也

"月，阙也"那是一本二千年前的文学专书的解释。阙，就是"缺"的意思。

那解释使我着迷。

曾国藩把自己的住所题作"求阙斋"，求缺？为什么？为什么不求完美？

那斋名也使我着迷。

"阙"有什么好呢？"阙"简直有点像古中国性格中的一部分，我渐渐爱上了阙的境界。

我不再爱花好月圆了吗？不是的，我只是开始了解花开是一种偶然，但我同时学会了爱它们月不圆花不开的"常态"。

在中国的传统里，"天残地缺"或"天聋地哑"的说法几乎是毫无疑问地被一般人所接受。也许由于长期的患难困顿，中国神话中对天地的解释常是令人惊讶的。

在《淮南子》里，我们发现中国的天空和中国的大地都是曾经受伤的。女娲以其柔和的慈手补缀抚平了一切残破。当时，天穿了，女娲炼五色石补了天。地摇了，女娲折断了神鳌的脚爪垫稳了四极（多像老祖母叠起报纸垫桌子腿）。她又像一个能干的主妇，扫了一堆芦灰，止住了洪水。

中国人一直相信天地也有其残缺。

我非常喜欢中国西南部纳西族的神话，他们说，天地是男神女神合造的。当时男神负责造天，女神负责造地。等他们各自分头完成了天地而打算合在一起的时候，可怕的事发生了：女神太勤快，她们把地造得太大，以至于跟天没办法合得起来了。但是，他们终于想到了一个好办法，他们把地折叠了起来，形成高山低谷，然后，天地才虚合起来了。

是不是西南的崇山峻岭给他们灵感，使他们想起这则神话呢？

天地是有缺陷的，但缺陷造成了皱褶，皱褶造成了奇峰幽谷之美。月亮是不能常圆的，人生不如意事十常八九；当我们心平气和地承认这一切缺陷的时候，我们忽然发觉没有什么是不可以接受的。

在另一则汉民族的神话里，说到大地曾被共工氏撞不周山时撞歪了——从此"地陷东南"，长江黄河便一路浩浩淼淼地向东流去，流出几千里地惊心动魄的风景。而天空也在当时被一起撞歪了，不过歪的方向相反，是歪向西北，据说日月星辰因此哗啦一声大部分都倒到那个方向去了。如果某个夏夜我们抬头而看，忽然发现群星灼灼然的方向，就让我们相信，属于中国的天空是"天倾西北"的吧！

五千年来，汉民族便在这歪倒倾斜的天地之间挺直脊骨生活下去，只因我们相信残缺不但是可以接受的，而且是美丽的。

而月亮，到底曾经真正圆过吗？人生世上其实也没有看过真正圆的东西。一张葱油饼不够圆，一块镍币也不够圆。即使是圆规画的圆，如果用高度显微镜来看也不可能圆得很完美。

真正的圆存在于理念之中，而在现实的世界里，我们只能做圆的"复制品"。就现实的操作而言，一截圆规上的铅笔心在画圆的起点和终点时，已经粗细不一样了。

所有的天体远看都呈球形，但并不是绝对的圆，地球是约略近于椭圆形。

就算我们承认月亮约略的圆光也算圆，它也是"方其圆时，即其缺时"。有如十二点整的钟声，当你听到钟响时，已经不是十二点了。

此外，我们更可以换个角度看。我们说月圆月阙其实是受我们有限的视觉所欺骗。有盈虚变化的是月光，而不是月球本身。月何尝圆，又何尝缺，它只不过像地球一样不增不减的兀自圆着——以它那不十分圆的圆。

花朝月夕，固然是好的，只是真正的看花人哪一刻不能赏花？在初生的绿芽嫩嫩怯怯地探头出土时，花已暗藏在那里。当柔软的枝条试探地在大气中舒手舒脚时，花隐在那里。当蓓蕾悄然结胎时，花在那里。当花瓣怒张时，花在那里。当香销红黯委地成泥的时候，花仍在那里。当一场雨后只见满丛绿肥的时候，花还在那里。当果实成熟时，花恒在那里，甚至当果核深埋地下时，花依然在那里……

或见或不见，花总在那里。或盈或缺，月总在那里。不要做一朝的看花人吧！不要做一夕的赏月人吧，人生在世哪一刻不美好完满？哪一刹不该顶礼膜拜感激欢欣呢？

因为我们爱过圆月，让我们也爱缺月吧——它们原是同一个月亮啊！

问　名

万物之有名，恐怕是由于人类可爱的霸道。

《创世纪》里说，亚当自悠悠的泥骨土髓中乍醒过来，他的第一件"工作"竟是为万物取名。想起来都要战栗，分明上帝造了万物，而一个一个取名字的竟是亚当，那简直是参天地之化育，抬头一指，从此有个东西叫青天，低头一看，从此有个东西叫大地，一回首，夺神照眼的那东西叫树，一倾耳，树上嘤嘤千啭的那东西叫鸟……

而日升月沉，许多年后，在中国，开始出现一个叫仲尼的人，他固执地要求"正名"，他几乎有点迂，但他似乎预知，"自由"跟"放纵"，"爱情"和"色欲"，"人权"和"暴力"是如何相似又相反的东西，他坚持一切的祸乱源自"名实不副"。

我不是亚当，没有资格为万物进行其惊心动魄的命名大典。也不是仲尼，对于世人的"鱼目混珠"唯有深叹。

不是命名者，不是正名者，只是一个问名者。命名者是伟大的开创家，正名者是忧世的挽澜人，而问名者只是一个与万物深深契情的人。

也许有几分痴，特别是在旅行的时候，我老是烦人地问："那是什么？"

别人答不上来，我就去问第二个，偏偏这世界就有那么多懵懂的人，你问他天天来他家草坪啄食的红胸绿背的鸟叫什么，他居然不知道。你问他那条河叫什么河，他也好意思抵赖说那条河没名字。你问他那些把他家门口开得一片闹霞似的花树究竟是桃是李，他不负责任地说不清楚。

不过，我也不气，万物的名氏又岂是人人可得而知的。别人答不上来，我的心里固然焦灼，但却更觉得这番"问名"是如此慎重虔诚，慎重得像古代婚姻中的"问名"大礼。

读《红楼梦》，喜欢宝玉的痴，他闯见小厮茗烟和一个清秀的女孩子在一起，没有责备他的大胆，却恨他连女孩子姓什么叫什么都不知道。不知名就是不经心，奇怪的是有人竟能如此不经心地过一生一世。宝玉自己是连听到刘姥姥说"雪地里女孩儿精灵"的故事，也想弄清楚她的名姓而去祭告一番的。

有一次，三月，去爬中部的一座山，山上有一种蔓藤似的植物，长着一种白紫交融绉丝披纷的花。我蹲在山径上，凝神地看，山上没有人，无从问起，忽然，我发现有些花已经结了小果实了，青绿椭圆，我摘了一个下山去问人，对方瞄了一眼，不在意地说："那是百香果啊，满山都是的！现在还少了一点，从前，我们出去一捡就一大箩。"

我几乎跌足而叹，原来是百香果的花，那么芳香浓郁的百香果的花。如果再迟两个月来，满山岂不都是些紫褐色的果子，但我也不遗憾，我到底看过它的花了，只可惜初照面的时候，不能知名，否则应该另有一番惊喜。

野牡丹的名字是今年春天才打听出来的，一旦知道，整个春天竟然都过得不一样了。每次穿山径到图书馆影印资料，它总在路的右侧紫艳艳地开着，我朝它诡秘一笑，心里的话一时差不多已溢到嘴边："嗨，野牡丹，我知道你的名字了，蛮好听的呀——

野牡丹。"

它望着我，也笑了起来，像一个小女孩，又想学矜持，又装不来。于是忍不住傻笑："咦？谁告诉你的？你怎么晓得我的名字的？"

"安娜女王的花边"（Queen Anna's Lace）是一种美国野花的名字，它是在我心灰意冷问遍朋友没有一个人能指认得出来的时候，忽然获知的。告诉我的人是一个女画家，那天，她把车子停在宁静安详的小城僻路上，指着那一片由千百朵小如粟米的白花组成的大花告诉我，我一时屏息睁目，简直不敢相信那是真的。当下只见路边野花蔓延，世界是这样无休无止的一场美丽，我忽然觉得幸福得不知说什么才好。恍如古代，河出图，洛出书——那本不稀奇，但是，圣人认识它，那就不一样了。而我，一个平凡的女子，在夏日的薰风里，在漫漫的绿向天涯的大地上，只见那白花欣然怡悦地浮上来，像河图洛书一样地浮上来，我认识它吗？一朵花里有多少玄机，太平盛世会由于这样一个祥兆而出现吗？

我如呆如痴地坐着，一朵花里有多少玄机？

三月里，我到东门菜场外面的花店里去订一种花，那女孩听不懂，我只好找一张纸，一面画，一面解释："你看，就是这样，一根枝子，岔出许多小枝子，小枝子上有许许多多小花，又小，又白，又轻，开得散散的，濛濛的……"

"哦，"不等我说完，她就叫了起来，"你是说'满天星'啊！"

（后来有位朋友告诉我，那花英文里叫 Baby's Breath——婴儿的呼吸，真温柔，让人忍不住心疼起来。）

第二天，我就把那订购的开得密密的星辰一把抱回家，觉得自己简直是宇宙，一胸襟都是星。

我把花插在一个陶罐子里，万分感动地看那四面迸射的花。我坐在花旁看书，心中疑惑地想着，星星都是善于伪装的，它们明明那么大，比太阳还大，却怕吓倒了我们，所以装得那么小，来跟我们玩。它们明明是十万年前闪的光，却怕把我们弄糊涂了，所以假装是现在才眨的眼……而我买的这把"满天星"会不会是天星下凡来玩一遭的？我怔怔地看那花，愈看愈可疑，它们一定是繁星变的，怕我胆小，所以化成一把怯怯的花，来跟我共此暮春，共此黄昏。究竟是"星常化作地下花"呢？还是"花欲升作天上星"呢？我抛下书，被这样简单的问题搞糊涂了。

菜单上乜有好名字。

有一种贝壳，叫"海瓜子"，听着真动人，仿佛是从海水的大瓜瓤里剖出的西瓜子，想起来，仿佛觉得那菜真充满了一种嗑的乐趣——嗑下去，壳张开，瓜子仁一般的贝肉就滑落下来……还有一种又大又圆的贝类，一面是白壳，一面是紫褐色的壳，有个气吞山河的名字，叫"日月蚶"，吃的时候，简直令人自觉神圣起来。不知道日月蚶自己知不知道它叫日月蚶——白的那面像月，紫的那面像日，它就是天地日月精华之所钟。

吃外国东西，我更喜欢问名了，问了，当然也不懂，可是，把名字写在记事本上，也是一段小小的人生吧，英雄豪杰才有其王图霸业的历史记录，小人物的记事册上却常是记下些莫名其妙的资料，例如有一种紫红色的生鱼片叫玛苦瑞，一种薄脆对折中间包些菜肴的墨西哥小饼叫"他可"，意大利馅饼"比萨"

吃起来老让人想起在比萨斜塔（虽然意大利文那两字毫不相干）。一种吃起来像烤馒头的英式面包叫"玛芬"，Petit Munster是有点臭咸鱼味道的法国乳酪，Artichoke长得像一枝绿色的花，煮熟了一瓣瓣掰下来蘸牛油吃，而"黑森林"又竟是一种蛋糕的名字。

记住些乱七八糟的食物名字当然是很没出息的事情，我却觉得其中有某种尊敬。只因在茫茫的人世里，我曾在某种机缘下受人一粥一饭，应当心存谢忱。虽然，钱也许是我付的，但我仍觉得每一个人的一只盘碗，都有如僧人的钵，我们是受人布施的托钵人，世界人群给我们的太多，我至少应该记下我曾经领受的食物名称。

有时我想，如果我死，我也一定要问清楚病名，也许那是最后一度问名了。

人生一世，问的都是美好的名字，一样好吃的菜肴，一块红得半透明的石头，一座山，一种衣料，一朵花，一条鱼……

但是，有一天，我会带着敬意问我敌人的名字，像古战场上两军对垒时，大英雄总是从容地问："来将通名！"

也许是癌，也许是心脏病，也许是脑溢血……但是，我希望自己有机会问名，我不能不清不白地败在不知名的对方手下。既然要交锋，就得公平，我要知道对手叫什么名字，背景如何，我要好好跟他斗一斗。就算力竭气绝，我也要清清楚楚叫出他的名字："××，算你赢了。"

然后，我会听见他也在叫我的名字："晓风，你也没输，我跟你缠斗得够辛苦的了！"

于是，我们对视着，彼此行礼，握手，告退。

最后的那场仗，我算不算输，我不知道，只知道，我要知道对方的名字，也要跟他好好拼上许多回合。

自始至终，我是一个喜欢问名的人。

地　篇

　　据说，古时的地字，是用两个土字为基本结构，而土字写作♀。猛一看，忍不住怦然心跳，差不多觉得仓颉造了个"有声音效果的字"，仿佛间只见宇宙洪荒，天地濛涌，一片又小又翠的叶子中气十足的，进的一声蹿出地面，人类吓了一跳，从此知道什么叫土地。

　　《尔雅》——一本最古老的字典——上面说："地，底也，其体底下，载万物也。"看着，看着，开始不服气起来，分明是一本文字学的书嘛，怎么会如此像诗，把地说成最低最低的万物承载的摇篮，把地说成了人类的"底子"，世上还有比这更好的解释吗？
　　终于想通了，文字学家和诗人是一种天，一种叽叽呱呱跟在造物身后不停地指手画脚，企图努力向人解释的人。

　　在中国语言里，大地不但是有生命的，而且还有得非常具体。
　　譬如说"地毛"，地竟被看作是毛发青盛的，地难道是一个肌肤实突的少年男子吗？而地毛指的是一些"莎草"。下一次，等我行过草原，我要好好地看一下大地的汗毛。

　　地也有耳，"地耳"指的是一种菌类，大略和木耳相似吧！大地的耳朵，它倚侧着想听些什么呢？是星辰的对位？还是风水的和弦？
　　吃木耳的时候，我想我吃下了许多神秘的声音。
　　另外有一种松茸，圆圆的叫"地肾"，奇怪，大地可以不断地捐赠他地肾而长出新的来。

有一种红色的茜草叫做"地血"，传说是人血所化生，想起来悚怖中又有不自禁的好奇和期待。有一天，竟会有一株茜草是另一种版本的我，属于我的那株茜草会是怎样的红？殷忧的浓红？浪漫的水红？郁愤的紫红？沉实的棕红？抑是历历不忘的斑红？孰为我？我为孰？真令人取决不下。

"地肺"是什么？有时候指的是山，有时候指的是水中的浮岛。在江苏、在河南、在陕西，都有地方叫地肺，不管是以山或以岛为肺叶，吐纳起来都是很过瘾的吧？

"地骨"同时指石头和枸杞，把石头算作骨骼是很合理的，两者一般的崚崎磊落。喜欢石头的人都可以把自己看作"摸骨专家"，可以仔细摸一摸大地的支架。可是把枸杞认作地骨却不免令人惊奇，想来石头做地骨取的是"写实派"手法，枸杞做地骨应是"象征派"手法。枸杞是一种红色颗粒的补药，大概服食后可以让人拥有大地一般的体魄吧！枸杞也叫地筋，不管是"大地之筋"或"大地之骨"，我总是宁可信其有。

"地脂"是一篇道家的故事，据说有人偶然遇见，偶然试擦在一位老人的脸上，老人的皱纹顿时平滑如少年，世上有多少青春等待唤回，昨夜微霜初渡河，今晨的秋风里凋了多少青发？我们到何处去寻故事中的"地脂"呢？

"地脉"指的是河流，想来必是黄河动脉、长江静脉吧？至于那些夹荷带柳的小溪应该是细致的微血管了。这样看来喜马拉雅真该是大地的心脏了，多少血脉附生在它身上！只是有时想来又令人不平，如河川是血脉，血脉可不可以是河流呢？侧耳听处，哪一带是黄河冰澌？哪一带是钱塘浙潮？究竟是人在江湖？还是江湖在人？今宵可否煮一壶酒，于血波沸扬处听故国的五湖三江？

"地脊"几乎是一则给小孩猜的谜语，一看就知道是指山，山是多峥嵘秀拔的一副脊椎骨啊！永不风湿，永不发炎地挺在那里，有所承当，有所负载的脊梁。

地也有嘴，叫"地㕮"，指的是深渊，听说西域龟兹国的音乐是君臣静坐于高山深谷之际，听松涛相激，动静相生，虚实相荡而来，如果山是竹管，深渊便是凿陷的孔，音乐便在竹管的"有"与孔穴的"无"之间流泻出来，如果深渊是大地之口，那该是一张启发了人间音乐的口。

所有的民族都毫无选择地必须爱敬大地，但在语汇里使大地有血脉有骨肉，有口有耳有脊骨的，恐怕只有中国人吧。大地的众子中如果说我们中国人最爱她，应该并不为过吧！
除了在语言里把大地看作有位格有肢体的对象，其他中国语言里令人称奇的跟大地有关的语汇也说它不完！

"地味"两字令人引颈以待，急着想知道究竟说的是什么。原来是指天地初生，地涌清泉的那份甘洌，听来令人焦灼艳羡，恨不得身当其时，可以贪心连捞它三把，一掬盥面，一掬餍渴，一掬清心。

　　"地丁"也颇费猜，千想万想却没想到居然是指野花蒲公英，真是好玩。地丁是什么意思？写《本草纲目》的李时珍也说不清楚，我只好将之解释为大地的小守卫兵，每年看到蒲公英，我忍不住窃然自喜，和他们相对瞬目："喂！我知道你是谁，你们这些又忠心又漂亮的小卫兵，你们交班交得多么好看，你们把大地守卫得多么周密，你们是唯一没有刀没有枪的小地丁。"那些家伙在阳光下显出好看的金头盔，却假装没听见我说话，对了，我不该去逗他们的，他们正在正正经经地站岗呢！

　　"地珊瑚"其实就是藤，算来该是一种绿色种的变色珊瑚了。世上的好事好物太多，有时不免把词章家搞糊涂了，不知该用什么去形容什么，应该说"好风如水"呢？还是该说"好水如风"呢？应该说"人面如花"呢，还是说"花似人面"呢？"江山如画"和"画如真山真水"哪一个更真切？而我一眼看到地珊瑚虽觉清机妙趣盈眉而来，却也不免跃跃然想去叫珊瑚一声"海藤"。

　　"地龙子"指的是蚯蚓，听来令人简直要扑哧一笑，那么小小的蠕虫，哪能担上那么大的龙的名头，但仔细一想，倒觉得地龙子比天龙可爱踏实多了。谁曾看过天龙呢？地龙却是人人看过的，人生一世果能土里来土里去像一只蚯蚓，不见得就比云里来雨里去的龙为差，蚯蚓又叫"地蝉"，这家伙居然又善鸣，不太能想像一只像植物一样活在泥土里的动物怎么开口唱歌？可是每次在乡下空而静的黄昏，大地便是一棵无所不载的巨树，响亮的鸣声单纯地传来，乍然一听，只觉土地也在悠悠然唱起开天辟地的老话头来。

"地行仙"常常是老寿星的美称，仙人中也许就该数这种仙人最幸福，餐霞饮露何如餐谷饮水？第一次看一位长辈写"天马行地"四个字，立觉心折，俗话常说"云泥之别"，其实云不管多高多白，终有一天会托胎成雨水，会重入尘寰，会委身泥土而浑然为一。求仙是可以的，但是，就做这种仙吧！

"地货"是商业上的名词，一切的蔬菜、水果、萝卜、山芋、荸荠全在内，我有时想开一家地货行，坐拥南瓜的赤金、菜瓜的翡翠以及茄子的紫晶，门口用敦敦实实的颜体写上"地货行"三个大字——想着想着，事情就开始实在而具体起来，仿佛已看见顾客伸手去试敲一枚大西瓜，而另一个正在捏着一只吹弹得破的柿子，急得我快要失口叫了起来。

"地听"一词是件不可思议的军事行动，办法是先掘一个深深的坑，另外再准备一个土瓮，瓮用薄皮封了口，看来有点像鼓。人抱着这种鼓瓮躲在地坑里，敌人如果想挖地道来袭，瓮就会发出声音。这虽然是战争的故事、生死交关的情节，可是听来却诗意盎然。又有一种用皮做的"胡禄"，人躺在地下把它当枕头枕着，也可以远远听到行军之声，大地到底怎么回事？怎么会有这么多神奇？

"舆地"两字是童话也是哲学，中国人一向有"天为盖，地以载"的观念，大地是用来载人的。但是，哪一种载法呢？中国人选择了"车子"的形象，大地一下子变成一辆娃娃车，载着历世历代的人类,在茫茫宇宙中稳然前行。我想到神往处,恨不得纵身云外,把这可爱的、以万木为流苏以千花为璎珞的娃娃车(而且是球形的,像灰姑娘赴王子晚宴所乘的那一辆),好好地看它个饱。

"地银"指的是月光下闪亮发光的河流,"地镜"也类同,指湖泊水塘。生平不耐烦对镜,也许大千世界有太多可观可叹可喜可耽之景,总觉对镜自赏是件荒谬的事。但有一天,当我年老,我会静静地找到一方镶满芳草的泽畔,低下头来,梳我斑白的头发,在水纹里数我的额纹。那时候,我会看见云来雁往,我会看见枯荷变成莲蓬,莲子复变成明夏新叶,我会怔怔然地望着大地之镜,求天地之神容许我在这一番大鉴照中看见自己小小如戏景的一生,人生不对镜则已,要对,就要对这种将朝霞夕岚岁月年华一并映照的无边无际的大镜。

情　冢
——记印度阿格拉城泰姬玛哈陵

要去印度了，心情有点像十六七岁的女孩，知道前面有一场惊心动魄的恋爱，那人的粗细长短似乎并不重要，重要的是，我要谈恋爱了，这是大事，极慎重极兴奋，是秘密的隐私，却又恨不得昭告天下。当时搜了一大堆参考书，竟又偏偏不去看，因为喜欢留几分茫然和未知。

"啊，可以看到一些佛教古迹吧！"

有朋友如此说，我笑笑。

"可以看看印度教的艺术！"

更内行的朋友如此说，我也笑笑。

至于我要在印度看到什么，自己也说不上来。好似王宝钏站在彩楼上，手里握一只绣球，想要丢给一个叫薛平贵的男人，而薛平贵又是谁呢？一个远方的流浪人？一个在幻象中红光护体让人误以为花园失火的人？不知道，但知绣球落处，一切一定是好的——因为我相信它是好的。

及至到了印度，才蓦然发现，许多让人流连的古迹，既不是佛教的，也不是印度教的，而是回教的。从十七世纪到十九世纪，莫卧儿帝国一直统治着印度，这期间，印度本土的神雕断头折臂斩腰削鼻不一而足，总之连神带庙，给弄得七零八落。至于回教自己在失势以后留下的建筑，因为印度教佛教没有那么强烈的排他性，倒很幸运地都一一保留了。而回教徒一向又有洁癖，古迹保持得相当完好，"阿格拉"古城就是如此。

阿格拉几乎是莫卧儿帝国时期的"副都"（正式首都在德里），天气干燥，土质多砂，倒有几分具体而微的大漠景观。不知是此城的天然环境较近沙漠，容易引起蒙古人的乡愁，所以会有许多位莫卧儿皇帝都来建造它？或是因为这城既被许多莫卧儿帝王所钟爱，久而久之，竟也很知礼地把自己归顺为大漠景观以求回报？总之，这城市和其他湿热的城硬是不同。

飞机到了城市上方，俯首一看，毫不费力地就看到泰姬玛哈陵墓在下午的阳光中兀自白着。彼此一照面，虽各自一惊，却不肯就此泄了底，只两下静静打量不语。还有两天呢！我要好好看看它，此刻先不急。

旅馆是美式的，前面停着计程车、三轮车、马车和骆驼、大象，这一切交通工具都等着要把客人往陵墓带去。想着这么大这么新这么漂亮的一家旅馆，一年三百六十五天，日日住着想要去一窥泰姬玛哈陵墓的人，不能不说是一奇。旅舍中人去探陵墓中人，而旅舍难道不也是陵墓吗？陵墓难道不也是旅舍吗？想着想着，忽然迷糊了。

我的房间里除了正常的两张床以外，紧靠大片落地窗有一张作八角形设计贴地而做的床，周围绕以矮矮的有图案的木栏杆。所谓床，其实只是围着栏杆的软垫，上面放一个圆柱形的枕头。

"为什么要有这样一种床呢？"我问提着行李在等小费的侍者。

"这是莫卧儿式的床。这里常常会有回教国家的人来住呢！"

莫卧儿，这名字倒是听过，但自己的屋子里跑出一张莫卧儿床，感觉又拉近多了。我忙不迭地脱了鞋爬上"莫卧儿"式的床，抱膝看落地窗外的草坪和花园。莫卧儿，奇怪，莫卧儿分明是帖木儿的五世孙在阿富汗、印度一带所建的帝国，帖木儿本人又是元室的一支，想来中国人和莫卧儿国也不是完全非亲非故了，如果不是十九世纪英国人入侵，现在印度也许仍是莫卧儿帝国，那又是怎样一番景象呢？落地窗外红花绿草兀自低迷。

晚饭前，我们去赶一趟"夕阳下的泰姬玛哈陵"。

资料上都说泰姬玛哈陵是纯白色的大理石造的，其实不然，天然的东西总难得有百分之百的纯白。照我看，它的好处正在某些石块的微灰微红微棕所造成的立体而真实的感觉，如果每块石头都纯白不二，恐怕看起来反而会平板呆滞，有如一张大型照片。

黄昏很合作，适度的霞光把四野拢在水红色的余韵里。正对着陵墓的大门前是一列几百公尺长的水池，一条不可踩踏的琉璃甬道。看到这里，才知道美国林肯纪念堂前的那一池水光是从哪里偷来的。而且仔细一想，连白宫都有了嫌疑，白宫太有可能是从这"世界七大奇工"之一的陵墓偷去的构想，至少那份"白"，和那圆顶就有点难以抵赖。

大抵看墓园，最宜在黄昏，日影渐暗之际，归鸟投树之时，声渐寂而色渐沉，只丢下你和墓，相对坐参"死亡"的妙谛。而后，天忽然黑了，你不知道幽灵此刻等着去安息，或是去巡游，心中有一份切肤的凄楚。

因为贪看天光的变换，舍不得到陵墓里面去，只绕着整栋建筑，看那敦实的圆顶，看那些门框上看不懂的由花色石头嵌成的可兰经文。

"哈啰，你们为什么不进去看？"有几个贴墙而坐的男孩闲闲地说。

"我们没有时间。"不知道是不是由于习惯，我们顺口这样回答。

"哼！没有时间！"有个男孩几乎有点气了，"你们花了几万块钱，老远跑到这里来，来到这里却不肯进去看，还说'没有时间'！"

"啊，今天晚了，"我们忙着解释，"明天我们会再来看。"

"明天！明天和今天是不一样的！"他的语气一半愤然，一半不屑。

我们出其不意地挨了一场骂，但因为喜欢他的自豪和霸道，都乖乖地闭了嘴敬聆教益。其实世间景物何曾有一瞬相同？早晨是行云的夜来可能是山雨，百千年前的沧海此刻可能是桑田，曾经四足行走的那个奇怪生物，此刻已历经二足行走的阶段而进入三足行走的末程。世间何尝有一物昨日今日可作等观，那男孩毕竟是太年轻了，弱水长流，我只能尽一瓢饮，世界大千，我只能作一瞬观。我虽一向贪山嗜水，恨不能纵云蹈海，但也自知人力有时而穷，玩到力竭处，也只能拿牡丹亭里小丫头春香的一句戏词自慰，所谓："这园子委实观之不足——留些余兴，明日再来耍子吧！"

人生能尽兴处便尽兴，不能尽兴则留此余兴，但这些话太繁复，没法一一讲给那年轻的男孩听，且留他在暮色里独自愤然。能爱自己的景观爱到生气的程度，这人已够幸福，让他去生甜蜜的气吧！

暮色极深了，我们走不了三步就忍不住要一回头去看那建筑，远远只见陵寝内有一支隐约的蜡烛摇曳的微光。整个建筑俯下身来护住那一点火光，像一只温暖的白色的大灯笼。

泰姬玛哈陵晚上不开放，但月圆前后四天例外，因为月下的陵寝又有一番玉莹的光泽。回教徒给人的印象虽每每失之太强项，但他们对月亮却独有深情，可惜我们没有算准时候，此刻尚是月牙时期。想来想去，等到月圆之夜来夜游泰姬玛哈陵是不可能了，只好自己加一段行程——在睡眠中去魂思梦想吧，月不圆之夜，对梦访者，那扇门应该仍是开放的。

凌晨绝早，我和南华赶在朝阳之前，又跑到陵墓去。心情竟有点小儿心态，一夜都急得睡不稳。排队买了第一张票，一走进红砂岩的门楼，只见将醒未醒的一栋古陵墓，在蓝天绿草之间兀然巍立。多奇怪的石宫，昨日初见，不觉生分，今日再访，亦不觉熟稔。它是盖给死者的,却让生者目授神移,它是用石头建成的，却又柔于春水柔于风。

我和南华坐在石板地上，晨凉中痴痴地看那穆然的殿宇，癫狂就癫狂吧，如果要我看长城，我也有足够的痴情和癫狂啊！但长城万里，没有一寸为我而逶迤，我只能看泰姬玛哈的墓，它们同是世上的奇工，就让我像故事中崔莺莺说的"还将旧来意，怜取眼前人"吧！

（小小的翠羽的鸟儿，急速地从一棵树飞投到另一棵树上去，每一棵树都很碧绿很丰美啊，你们还挑来拣去干什么呢？你们叫什么名字？我叫你们做"树的电波"好吗？你们必是那些绿色的树所放出来的绿色长波短波吧？）

本来以为绝早之际，不会有游客，不料却有跟我们一样早的人络绎而来。令人感动的是其中大多数并不是东洋或西洋观光客，而是来自四乡的，结队成群的锡克族人，锡克人照例头上缠一块布，上身或着汗衫或赤裸，下身又是一块缠布，不知怎么缠的，竟缠成灯笼裤的形式，腕上戴锡环，而且，像约好了似的，大家一律长得又高又瘦又黑，这世界上几乎大多数的"漂亮地方"都是外国观光客的天下，但这些显然并不有钱的本土锡克族人却跋涉而来，要看看自己回教世界里无限庄严的陵宫，这景象跟我

常在故宫博物院看到中国小孩东张西望顾盼自雄的神采一样令人
生敬。

　　这是一个怎样的早晨，一群远自台湾出发的中国女子，来看
莫卧儿王朝五世国王沙杰汗国王的爱妻泰姬玛哈的陵墓。我们也
身为人妻，也为某个男人所爱宠，我们一方面是来看这世上极雄
奇的建筑，我们同时也来看这个一如寻常夫妻的平凡的爱情故事。

　　陵宫临河，河名朱穆拿，是恒河的一支，隔河是旧皇宫以及
猛虎为守的古堡。朱穆拿河在皇城一带是勇壮的护城河，但在陵
宫之下却流成一首温婉的情歌，低低的，怕惊动了什么似的往前
淌去。

　　世上多的是伟大的工程，但大多跟宗教、国防、炫奇矜能有关。
金字塔当然足以令人叹服，以弗所的黛安娜月神庙也令人肃然，
但看泰姬玛哈陵却令人心潮涌动，如黄河化冰，渐渐有声，看大
匠奇工，竟能令人悄然泪下的，世间恐怕只此一处。

　　庞大的陵墓何处没有？秦始皇的陵寝光看数字已令人跌足而
叹！那规模哪里是坟墓，根本就是一个城市，但泰姬玛哈陵却是
一个丈夫献给妻子的爱，只此一点，便足千古。

　　早晨仍然清凉，我和南华仍然发痴一般地远远地坐着，慢慢
地遥读每一块石头，每一片镶嵌，想三百七十年前的一代风华。
据说这是沙杰汗王子和蒙泰慈·玛哈王妃初遇的地方，她原来的
名字是"皇城之荣"的意思。她十九岁出嫁，过了十九年的婚姻
生活，其中十七年是王妃，两年是王后，生了十四个孩子，却夭
折了七个，最后生完一个女儿，便在随夫南征的营帐中死去。想
来做贵夫人也大不易，如果说"半生忧患"，倒也是实情，而沙
杰汗对她的深情，恐怕也是在这番转战南北，相携相伴的寻常百

姓的夫妻之义而来的吧？细味"寻常夫妻"四字，只觉得有余不尽。

陵宫并不极高，二百五十英尺，约等于二十层大厦而已。四角远远的有四座同质料的石塔，算是祈祷塔，看来陵宫是被祈祷所环护的。石塔用肉眼稍微仔细看立刻可以发现与地面并不作九十度垂直，而是稍稍向外侧倾斜。这些细微处一看便知道是一个体贴入微的好情人设计的。他怕年代湮久，石塔倾圮，所以预先在设计上把它向外斜出，即使有一日，地老天荒，石崩塔坏，也不致向内压倒，惊动陵寝中那美丽女子的睡睫。

一个极小的男孩，正正经经目不斜视地往前走去，那么小的孩子竟有那么肃然的表情，我几乎想笑，但终于没笑出来，只凝神看他一路走向陵宫。他将成长为一个怎样的印度少年呢？他也会是一个"情之所钟，正在我辈"的人吗？人间的爱情能一脉相传吗？世上多的是伟大的史册，堂皇的建筑，但泰姬玛哈的建筑却是秀丽而深情的，小男孩啊，你看懂了什么？你记取了什么？

泰姬死于一六三零年，陵宫自一六三二年盖到一六五三年，每天动用工人两万，其间曾因政治局势而停工一段时间。沙杰汗死于一六六六年，三十六年的鳏居就国王来说是一件奇怪的事。那是一个月夜，那年他已七十五岁，爱情却犹自温热，据说他临终时从古堡的病榻上支起病体，遥望朱穆拿河对岸的月光下的泰姬玛哈陵最后一眼，方始咽气。

他们合葬在一起，国王的墓尺寸上稍大一点，但他早已把中线的位置留给爱妻了，他自己像一个因事晚睡的丈夫，轻轻地蜷在一旁休息，这一侧卧，便是三百年岁月。不管人间几世几劫，他们只一径恬然入梦。

听故事的人常常听到的是沙杰汗的爱情，一首国王和王后的恋歌，但泰姬玛哈陵其实是一则双料的爱情故事。沙杰汗虽贵为国王，毕竟不是建筑大匠，当年丧妻，一心虽想造一个好陵寝，却又不知如何着手。当时刚好有一位建筑师来献图，整个设计虽大体仍沿着回教建筑的圆顶和塔柱的基形，但是他敢于建议用白色大理石代替旧式建筑的红砂岩，在比例上也做得匀称完美，沙杰汗终于决定采用他的设计。

　　而那位建筑师，我们所不曾闻名的一位，为什么能有那么细腻美丽的设计呢？原来，他当时和沙杰汗一样，同是丧妻的伤心人。一个有大匠之才的男人和另一个有权位在手的男人，两人都拗不过命运，同时丧失了他们的妻子，但他们却执拗地爱下去，两个人合作完成了这项奇迹。建筑师的设计原来并不是给王后的，他是为他自己心中的王后、他的亡妻而设计的。虽然陵墓后来以泰姬玛哈为名，但想来他自己的妻子却必然带着了解的微笑临视每一根柔和的线条，她会说："我知道你是为我做的，不管别人叫这墓为什么名字，我爱啊！我知道，你是为我做的。"

　　那是一则双倍份的，爱的故事。

　　在这里，每一块大理石和另一块大理石之间是以爱情为黏合剂而架构起来的。

　　轻轻地走过，轻轻地传述这古老的故事，不要惊起一则三百年前的爱情。

　　陵墓里面到处饰以整片的镂花石板，长宽各约五尺，看着实在觉得眼熟，有些分明是石榴或莲花的图案，石棺的周围尤其明显，除了必要的小入口，四下用这种石饰绕得有如一圈石篱笆。

　　"这些雕刻，当时都是从中国请来的艺术家雕的！"导游说。

　　怪不得看着如此亲切，算来当时是明朝了，不晓得是怎样一批人千里迢迢来到印度做镂花石匠。这种图案分明是该用木头刻的，他们却硬把石头当木头来着刀，而且刻得如此亦娟秀亦刚健，实在令人爱不释手。做个没学问的人真好，因为永远遇到意外，跑来印度看到回教艺术自己已觉得十分可惊可奇，及至在王后陵寝中又发现中国匠人的手迹更是瞠目结舌，乍悲乍喜。

墓穴分两层，上面一层是"虚墓"，下面一层才是"实墓"，（另有一说谓真正的墓还要再掘地数丈。）不过那种事对我而言不具意义，那是考古学家和盗墓者的事。

墓前坐着守墓人，一灯如豆，他不时长啸一声来表示陵墓设计上的回声之美，回教世界的音乐别有一番凄紧扣人的魔力，我在回廊中转来转去，听回声盘旋而上，如果中国诗人相信鸟鸣可以使深山更幽静，则这串吟啸想来也可以使陵墓更肃穆庄严吧！

太阳渐渐升高，整个墓宫也由凌晨的若有若无的莹白色转变成为刚烈的金属白。当年建材的选用真是高明，简直有点道家的意味，以不设色为色，结果竟反而获致了每一种颜色，时而是晨雾牵纱，时而是夕阳浴金，阴晦时有含烟的温柔，晴朗时有明艳的亮烈。天空蓝中带紫，谦逊沉着，仿佛它的存在，只为给泰姬玛哈陵做一面衬景。已经五个小时了，我和南华移坐在石塔的阴影里，依然目不转睛地望着那不朽的美。

手边有一本印得很粗陋的明信片，上面引了几位诗人的句子，这种题咏，总是显得吃力不讨好，有一位乌都诗人（乌都是印度的主要种族之一）说："好像沸腾（冒泡）的牛奶湖。"

另外一个印度诗人说："以皎柔的月光筑成的仙境。"

和真正的泰姬玛哈陵相比，那些诗句显得笨拙而又多事。

"别人怎么说，我不管，我说，"导游一副志得意满的样子，"泰姬玛哈陵像一颗爱的眼泪的结晶。"

他说完，等着大家鼓掌，我们鼓了，心里却不甚甘心，因为觉得也没什么大好处。

其实说泰姬玛哈陵"象什么"是徒劳无功的，它什么都不像，它是它自己，无可比拟，而且，也不必比拟。它清清楚楚说明了两个男人的悼念之忱，使人想见当年两个早逝妻子的清纯可爱。

"你们喜欢泰姬玛哈吗？"导游像考小学生一样问大家。

"世上所有的女人都会喜欢泰姬玛哈的故事！"我说。

一个印度女人擦身而过，她穿着一身湖绿色的纱质"沙利"，真正的"其人如玉"，微风动处，"如玉"的裙裾又复变得"似水"。而当年的泰姬又是怎么的风情呢？十九岁初嫁，朱穆拿河里曾经鉴照一双怎样的璧人！

再看一眼泰姬陵，寻想一遍前因后果，以恋栈不舍的目光为花，再献一束芬芳吧！

泰姬，世间所有的女人，基本上是彼此知悉的，因此，容许我和你说话，像朋友一样，泰姬，世间的万千故事里，如果少了你的这一则，将是多大的遗憾。

泰姬，在我垂老之年未至以前，我希望能再看一次这陵墓，在月下，在雨中，在朝暾夕照间。

泰姬，幸福的女人，你使我明白，什么叫做一个女人的幸福——而且，原谅我，当我赤足走在绿茵上（回教、印度教和佛教的庙堂都要求参观者脱鞋），当我坐在石板上，当我穿过白花盛开馨香感人有如一卷经典的绿树，当我叩响每一片大理石的清音，去遥想你隔穴的心情，我忽然为强大的幸福感所攫住，并且重新估计自己究竟拥有多少资产。

你盛年而死，我却活着，并且很无赖地强迫丈夫要把一首叫

《白头吟》的歌练好，以待他年唱给我听。

你虽身在世上最美的陵墓中，却不及见其设计之典丽，嵌镶之繁富，我却千里而来，相对俨然，身在山中不见山何如身不在山中而可以追烟捕岚听风观树。泰姬啊！一棺之隔，我原以为我要来嫉妒你的，而现在还是请你嫉妒我吧！

你活着的时候有仆从之盛，宫廷之富，我却只有小小的公寓，和一畦"日日春"，种在绽红送翠的阳台。但我的那人却说："天地虽大，有一小块地方却属于我们。"当紫薇和小茉莉相对各自紫其紫白其白，我爱宇宙间的这立锥之地远胜皇苑。

泰姬，这样的陵寝而今而后再也不会有了，这样耗费一亿多人次的大工程古来也可能只有这一座了。有一日，如果死亡走近我的屋檐，我们会束手请它先带走它所宠眷的一位。如果它先带去的是我的丈夫，我确知我的名字将是他口中最后的呢喃。如果被选中的是我，我也深信我的墓穴会是一座血色的红宝石宫殿（和你的白色一系列成为多么漂亮的对比啊），红而温暖，在一个终生相随的男人的宽阔胸膛中，中间而稍左，在那里，我将侧耳，听我一生听惯的调子，他呼吸的祈祷，他血行的狂涛——再也没有比那更好的位置，宇宙的坐标图上最最温柔的一个点。

泰姬！

江　河

一个叫穆伦·席连勃的蒙古女孩

猛地，她抽出一幅油画，逼在我眼前。

"这一幅是我的自画像，我一直没有画完，我有点不敢画下去的感觉，因为我画了一半，才忽然发现画的好像我外婆……"而外婆在一张照片里，照片在玻璃框子里，外婆已经死了十三年了，这女子为何竟在画自画像的时候画出了记忆中的外婆呢？那其间有什么神秘的讯息呢？

外婆的全名是宝尔吉特光濂公主，一个能骑能射枪法精准的旧王族，属于吐默特部落，成吉思汗的嫡系子孙。她老跟小孙女说起一条河（多像"根"的故事），河的名字叫"西喇木伦"，后来小女孩才搞清楚，外婆所以一直说着那条河，是因为——一个女子的生命无非就是如此，或未嫁，在河的这一边，或既嫁，在河的那一边。

小女孩长大了，不会射、不会骑，却有一双和开弓射箭等力的手——她画画。在另一幅已完成的自画像里，背景竟是一条大河，一条她从来没有去过的故乡的河，"西喇木伦"，一个人怎能画她没有见过的河呢？这蒙古女子必然在自己的血脉中听见河水的淙淙，在自己的黑发中隐见河川的流泻，她必然是见过"西喇木伦"的一个。

事实上，她的名字就是"大江河"的意思，她的蒙古全名是穆伦·席连勃，但是，我们却习惯叫她席慕蓉，慕蓉是穆伦的译音。

而在半生的浪迹之后，由四川而香港而台湾而比利时，终于在石门乡村置下一幢独门独院，并在庭中养着羊齿植物和荷花的画室里，她一坐下来画自己的时候，竟仍然不经意的几乎画成外婆，画成塞上弯弓而射的宝尔吉特光灏公主，这其间，涌动的是一种怎样的情感呢？

好大好大的蓝花

两岁，住在重庆，那地方有个好听的名字，叫金刚坡，自己的头特别大，老是走不稳，却又爱走，所以总是跌跤，但因长得圆滚倒也没受伤。她常常从山坡上滚下去，家人找不到她的时候就不免要到附近草丛里拨拨看。但这种跌跤对小女孩来说，差不多是一种诡秘的神奇经验——有时候她跌进一片森林，也许不是森林只是灌木丛，但对小女孩来说却是森林。有时她跌跌撞撞滚到池边，静静的池塘边一个人也没有，她发现了一种"好大好大蓝色的花"，她说给家人听，大家都笑笑，不予相信，那秘密因此封缄了十几年。直到她上了师大，有一次到阳明山写生，忽然在池边又看到那种花，像重逢了前世的友人，她急忙跑去问林玉山教授，教授回答说是"鸢尾花"，可是就在那一刹那，一个持续了十几年的幻象忽然消灭了。那种花从梦里走到现实里来。它从此只是一个有名有姓有谱可查的规规矩矩的花，而不再是小女孩记忆里好大好大几乎用仰角才能去看的蓝花了。

如何一个小孩能在一个普普通通的池塘边窥见一朵花的天机，那其间有什么神秘的召唤？三十九年过去，她仍然惶惴不安地走过今春的白茶花，美，一直对她有一种蛊惑力。

如果说，那种被蛊惑的遗传特质早就潜伏在她母亲身上，也是对的。一九四九，世难如涨潮，她仓促走避，财物中她撇下了

124

家传宗教中的重要财物"舍利子",却把新做不久的大窗帘带着,那窗帘据席慕蓉回忆起来,十分美丽,初到台湾,母亲把它张挂起来,小女孩每次睡觉都眷眷不舍地盯着看,也许窗帘是比舍利子更为宗教更为庄严的,如果它那玫瑰图案的花边,能令一个小孩久久感动的话。

他们喜欢我们仍然留在蒙古包里

作为一个蒙古人在汉人世界里生存,似乎是相当难熬的。

"蒙古人一生只洗三次澡,出生一次,结婚一次,死的时候再一次。"

那句话是地理老师说的,地理老师刚好是级任老师,她那样说既非由于她去过蒙古,也不是从书上看来的,而是听她的老师说的,而她的老师又何从得知?真是天知道。

她从此不理这个老师。老师一直很奇怪,这小女孩扭错了什么筋,她不知道自己伤害那小女孩有多深。

过了许多年,席慕蓉才发现妹妹曾经经历和她同样的痛苦,她当时的反应更强烈,她竟站起来和老师对吵!也许这就是席慕蓉。她有她的敏锐和痛苦,但她总是暗自饮吞,不惯于爆炸但也不牺牲原则,她再也不理会那个老师了(只是,她这样好脾气,有时几乎到了使人误以为她没有才气的程度)。

每次,在书上,看到有蒙古的照片,她总急着去翻,但奇怪的是,在所有看过的中文书里,她只看过蒙古包。而蒙古人当年既然有文字,当然就有文化,怎么可能只围裹在几座蒙古包里?直到后来,她看到一本法文资料,才发现乌兰巴托大城原来建造得那样高大美丽,为什么每当汉人做纸上神游的时候,他们总喜欢把蒙古人放在"观光保留区"里？包括教科书在内。汉人大概习惯于让蒙古人永远住在蒙古包里，人和人之间为什么如此吝惜于了解呢？她感到气愤，如果以洗澡为例，住在台湾的小孩凭什么谈笑在蒙古的小孩很少洗澡？零下四十度是什么滋味？是可以"冲凉"的环境吗？

这种气愤等一旦身在国外又糊里糊涂地扩大了，每次，当外国人形容中国的时候，她总忍不住勃然大怒起来，气别人一直企图把我们留在小脚女人、辫子男人的形象里。而猛然一回顾，她才知道自己是一个中国人，为中国而生气的中国人。

十四岁的画架

别人提到她总喜欢说她出身于师大艺术系以及后来的比利时布鲁塞尔的皇家艺术学院，但她自己总不服气，她总记得自己十四岁，背着新画袋和画架，第一次离家，到台北师范的艺术科去读书的那一段，学校原来是为训练小学师资而设的，课程安排当然不能全是画画，可是她把一切的休息和假期全用来作画了，硬把学校画成"艺术中学"。

一年级，暑假还没到，天却热起来，别人都乖乖地在校区里画；她却离开同学，一个人走到学校后面去，当时的和平东路是一片田野，她怔怔地望着小河兀自出神。正午，阳光是透明的，河水是透明的，一些奇异的倒影在光和水的双重晃动下如水草一般地生长着。一切是如此喧哗，一切又是如此安静。她忘我地画着，只觉自己和阳光已浑然为一，她甚至不觉得热，直到黄昏回到宿舍，才猛然发现，短袖衬衫已把胳臂明显地划分成棕红和白色两部分。奇怪的是，她一点都没有感到风吹日晒，唯一的解释大概就是那天下午她自己也变成太阳族了。

"啊！我好喜欢那时候的自己，如果我一直都那么拼命，我应该不是现在的我！"

大四，国画大师溥心畲来上课，那是他的最后一年，课程尚未结束，他已撒手而去。他是一个古怪的老师，到师大来上课，从来不肯上楼，学校只好将就他，把学生从三楼搬到楼下来，他上课一面吃花生糖，一面问："有谁做了诗了？有谁填了词了？"他可以跟别人谈五代官制，可以跟别人谈四书五经谈诗词，偏偏就是不肯谈画。

每次他问到诗词的时候，同学就把席慕蓉推出来，班上只有她对诗词有兴趣。溥老师因此对她很另眼相看。当然也许还有另外一个理由，他们同属于"少数民族"，同样具有溥老师的那方小印上刻的"旧王孙"的身份。有一天，溥老师心血来潮，当堂写了一个"璞"字送给席慕蓉，不料有个男同学斜冲出来一把就抢跑了——当然，即使是学生，当时大家也都知道溥老师的字是"有价的"——溥老师和席慕蓉当时都吓了一跳，两人彼此无言地相望了一眼，什么话也没说。老师的那一眼似乎在说："奇怪，我是写给你的，你不去抢回来吗？"但她回答的眼神却是："老师，谢谢你用这么好的一个字来形容我，你所给我的，我已经收到了，你给我，那就是我的，此生此世我会感激，我不必去跟别人抢那幅字了……"

隔着十几年，师生间那一望之际的千言万语仍然点滴在心。

当别人指着一株祖父时期的樱桃树

在欧洲，被乡愁折磨，这才发现自己魂思梦想的不是故乡的

127

千里大漠而是故宅北投，北投的长春路，记忆里只有绿，绿得不能再绿的绿，万般的绿上有一朵小小的白云。想着、想着，思绪就凝缩为一幅油画。乍看那样的画会吓一跳，觉得那正是陶渊明的"停云，思亲友也"的"图解"，又觉得李白的"浮云游子意"似乎是这幅画的注脚。但当然，最好你不要去问她，你问她，她会谦虚地否认，说自己是一个没有学问没有理论的画者，说她自己也不知道为什么就这样直觉地画了出来。

那阵子，法国与政府断交，她放弃了向往已久的巴黎，另外请到两个奖学金，一个是到日内瓦读美术史，一个是到比利时攻油画，她选择了后者，她说，她还是比较喜欢画画——当然，凡是有能力把自己变成美术史的人应该不必去读由别人绘画生命所累积成的美术史。

有一天，一个欧洲男孩把自家的一棵樱桃树指给她看：

"你看到吗？有一根枝子特别弯，你知道树枝怎么会弯的？是我爸爸坐的呀！我爸爸小时候偷摘樱桃被祖父发现了，祖父罚他，叫他坐在树枝上，树枝就给他压弯了，到现在都是弯的！"

说故事的人其实只不过想说一段轻松的往事，听的人却别有心肠地伤痛起来，她甚至忿忿然生了气。凭什么？凭什么？一个欧洲人可以在平静的阳光下看一株活过三代的树，而作为一个中国人却被连根拔起，秦时明月汉时关，竟不再是我们可以悠然回顾的风景！

那愤怒持续了很久，但回国以后却在一念之间涣然冰释了，也许我们不能拥有祖父的樱桃树，但植物园里年年盛夏如果都有我们的履痕，不也同样是一段世缘吗？她从来不能忘记玄武湖，但她终于学会珍惜石门乡居的翠情绿意以及六月里南海路上的荷香。

剽　悍

"那时候也不晓得怎么有那么大的勇气，自己抱着上五十幅油画赶火车到欧洲各城里去展览。不是整幅画带走，整幅画太大，需要雇货车来载，穷学生哪有这笔钱？我只好把木框拆下来，编好号，绑成一大扎，交火车托运。画布呢？我就自己抱着，到了会场，我再把条子钉成框子，有些男生可怜我一个女孩子没力气，想帮我钉我还不肯，一径大叫：'不行，不行，你们弄不清楚，你们会把我的东西搞乱的！'"

在欧洲，她结了婚，怀了孩子，赢得了初步的名声和好评，然而，她决定回来，把孩子生在自己的土地上。

知道她离开欧洲跑回台湾来，大家觉得惊奇，其中有位亲戚回国小住，两人重逢，那亲戚不再说话，只说："咦，你在台湾也过得不错嘛！"

"作为一个艺术家当然还是生活在自己的土地上好。"她说这句话的时候人在车里，车在台北石门之间的高速公路上，她手握方向盘，眼睛直朝前看而不略作回头。

"她开车真'剽悍'，像蒙古人骑马！"有一个叫孙春华的女孩子曾这样说她。

剽悍就剽悍吧！在自己的土地上，好车好路，为什么不能在合法的矩度下意气反发一点呢？

跟荷花一起开画展

"你的画很笨，"廖老师这样分析她，"你分明是科班出身（从十四岁就在苦学了），你应该比别人更容易受某些前辈的影响，可是，你却拒绝所有的影响，维持了你自己！"

廖老师说得对，她成功地维持了她自己，但这不意味着她不喜欢前辈画家，相反的，正是因为每一宗每一派都喜欢，所以可以不至于太迷恋太沉溺于某一家。如果要说起她真的比较喜欢的画，应该就是德国杜勒的铜版画了。她自己的线条画也倾向于这种风格，古典的、柔挺的，却又根根清晰分明似乎要一一"负起责任"来的线条，让人觉得仿佛是从慎重的经籍里走出来的插页。

"我六月里在历史博物馆开画展，刚刚好，那时候荷花也开了。"

听不出她的口气是在期待荷花？抑是画展？在荷花开画展的时候开画展，大概算是一种别致的联展吧！

画展里最重要的画是一系列镜子，像荷花拔出水面，镜中也一一绽放着华年。

千镜如千湖，千湖各有其鉴照

"这面镜子我留下来很久了，因为是母亲的，只是也不觉得太特别，直到母亲从国外回来，说了一句：'这是我结婚的时候人家送的呀！'我才吓了一跳，母亲十九岁结婚，这镜子经历多少岁月了？"她对着镜子着迷起来。

"所谓古董，大概就是这么回事吧，大概背后有一个细心的女人，很固执地一直爱惜它，爱惜它，后来就变成古董了。"

那面小梳妆镜暂时并没有变成古董，却幻成为一面又一面的画布，像古神话里的法镜，青春和生命的秘钥都在其中。站在画室中一时只觉千镜是千湖，千湖各有其鉴照。

"奇怪，你画的镜子怎么全是这样椭圆的、古典的，你有没有想过画一长排镜子，又大又方又冷又亮，舞蹈家的影子很不真实地浮在里面，或者三角组合的穿衣镜，有着'花面交相映'的重复。"

"不，我不想画那种。"

"如果画古铜镜呢？那种有许多雕纹而且照起人来模模糊糊的那一种。"

"那倒可以考虑。"

"习惯上，人家都把画家当做一种空间艺术的经营人，可是看你的画读你的诗，觉得你急于抓住的却是时间——你怎么会那样迷上时间的呢？你画镜子、你画荷花、你画欧洲婚礼上一束白白香香的小苍兰，你画雨后的彩虹（虽说是为小孩画的）你好像有点着急，你怕那些东西消失了，你要画下的写下的其实是时间。"

"啊，"她显然没有分辩的意思，"我画镜子，也许因为它象征青春，如果年华能倒流，如果一切能再来一次，我一定把每件事都记得，而不要忘记……"

"我仍然记得十九岁那年，站在北投家中的院子里，背后是高大的大屯山，脚下是新长出来的小绿草，我心里疼惜得不得了，我几乎要叫出来：'不要忘记，不要忘记！'我是在跟谁说话？我知道我是跟日后的'我'说话，我要日后的我不要忘记这一刹！"

于是，另一个十九年过去，魔术似的，她真的没有忘记十九年前那一霎时的景象，让人觉得一个凡人那样哀婉无奈的美丽祝告恐怕是连天地神明都要不忍的。人类是如此有限的一种生物，人类活得如此粗疏懒慢，独有一个女子渴望记住每一瞬间的美丽，那么，神明想，成全她吧！

连她的诗也是一样，像《悲歌》里：

今生将不再见你

只为　再见的
　　已不是你
　　心中的你已永不再现
　　再现的　只是些沧桑的
　　日月和流年

《青春》里：

　　遂翻开那发黄的扉页
　　命运将它装订得极为拙劣
　　含着泪　我一读再读
　　却不得不承认
　　青春是一本太仓促的书

而在《时光的河流》里：

　　啊　我至爱的　此刻
　　从我们床前流过的
　　是时光的河吗

　　"我真是一个舍不得忘记的人……"她说。
　　（诚如她在"艺术品"那首诗中说的：是一件不朽的记忆，一件不肯让它消逝的努力，一件想挽回什么的欲望。）
　　"什么时候开始写诗的？"
　　"初中，从我停止偷抄我二姐的作文去交作业的时候，我就只好自己写了。"

牧　歌

　　记得初见她的诗和画，本能地有点趑趄犹疑，因为一时决定不了要不要去喜欢。因为她提供的东西太美，美得太纯洁了一点，使身为现代人的我们有点不敢置信。通常，在我们不幸的经验里，太美的东西如果不是虚假就是浮滥，但仅仅经过一小段的挣扎，我开始喜欢她诗文中独特的那种清丽。

　　在古老的时代，诗人"总选集"的最后一部分，照例排上僧道和妇女的作品，因为这些人向来是"敬陪末座"的。席慕蓉的诗龄甚短（虽然她已在日记本上写了半辈子），你如果把她看作敬陪末座的诗人也无不可，但谁能为一束七里香的小花定名次呢？它自有它的色泽和形状，席慕蓉的诗是流丽的、声韵天生的，溯其流而上，你也许会在大路的尽头看到一个蒙古女子手执马头琴，正在为你唱那浅白晓畅的牧歌；你感动，只因你的血中多少也掺和着"径万里兮度沙漠"的塞上豪情吧！

　　她的诗又每多自末诗以来对人生的洞彻，例如：

　　　　离别后
　　　　乡愁是一棵没有年轮的树
　　　　永不老去
　　　　　　《乡愁》

　　又如：

爱　原来是没有名字的
在相遇前　等待就是它的名字
　　　　《爱的名字》

或如：

溪水急着要流向海洋
浪潮却渴望重回土地
　　　　《七里香》

　　像这样的诗——或说这样的牧歌——应该不是留给人去研究
或者反复笺注的。它只是，仅仅只是，留给我们去喜悦去感动的。
　　不要以前辈诗人的"重量级标准"去预期她，余光中的磅礴
激健、洛夫的邃密孤峭、杨牧的雅洁深秀、郑愁予的潇洒妩媚，
乃至于管管的俏皮生鲜都不是她所能及的。但她是她自己，和她
的名字一样，一条适意而流的江河，你看到它的满满的洋溢到岸
上来的波光，听到它滂沛的旋律，你可以把它看成一条一目了然
的河，你可以没于其中，泅于其中并鉴照于其中——但至于那河
有多深沉或多惆怅？那是那条河自己的事情，那条叫西喇穆伦的
河自己的事情。
　　而我们，让我们坐下来，纵容一下疲倦的自己，让自己听一
首从风中传来的牧歌吧！

交 会

> 印度人的说法：一切河流交汇之处，都是神圣的。

楔 子

八月底，在尼泊尔因为是"雨季"，所以附带也是"云季"，大部分的高山只剩半截，我们只能看到云气呵护下的山峨的那一半。但此刻飞机一腾空，我们高兴得尖叫，像玩拼图游戏的小孩，剩下的这一半被我们在云的上面找到了。

一路凭窗贪看山景，心中了然，只觉前几日读的山景算是下卷，现在跟上卷一凑，整个情节立刻一清二楚了。

此行往印度，舍山而观水，应当另有一番惊动。

一下飞机，一卷热浪扑上，错不了的，这就是瓦拉那西城，这就是印度了。

生平是个循规蹈矩的人，所以忽然决定盛暑赴印度，在亲朋间不免引起小小的骚动。

"八月去印度，岂不热死？"

其实八九月间，在印度已算秋天了，这段期间最可怕的不是热，而是雨，旅行的人会不会被雨所困？就要赌一赌运气了。至于热，玄奘当年受得了的，七亿五千万印度人受得了的，为什么我偏偏就娇贵一点？这么热的地方，《吠陀经》和《奥义书》还不是照样写出来了？这种温度并没有把释迦牟尼的智慧灵明热得融化掉了，也没有把泰戈尔的诗才销毁。我在自家热带岛上好端端地住了三十年，现在早拿定主意不怕任何热了。

没有下雨。

而且，发现大家都能抵得住热。

旅馆是老式的那种，拜潮热之赐，厚地毯有一股怪味，好在草坪很大，藤椅也很舒服，一本《奥义书》放在膝上，那本书我在台北虽也翻翻读读，总不如此刻剀切，眼前的垂垂绿荫，一一仿佛注释，使人明了易懂。其中有一段跟《道德经》的首段论道的话倒可互相参证：

> 它，不是语言之所能言——是语言因之而言
> 不是心之所能思——是心因之而思
> 不是眼之所能见——是眼因之而见
> ……

论生死，此书也说得空灵剔透：

> 有如一条蚑蟥，到达一张叶子的末梢后又自另一张叶子挪移过去——自我，也这样摆脱肉体，离却无智，向另一世界迁徙过去。

夕阳在树，恒河在二公里外兀自流着，智慧的贝叶在手上，观光客在游泳池里沉浮，瑜珈老师在到处游说拉学生，卖沙利（印度女人穿的长达十几码的裹身衣料）的老板正热心地示范，食物在餐厅里忙碌地烹制，养蛇的老人在引诱大家出钱看"猫鼬大战眼镜蛇"，印度是什么呢？这天竺古国，这奇怪的，被中国称作

"西方"而又被欧人称为"东方"的土地，一张钞票除了用"兴度"语注明币值以外，竟然另外还需要加上"孟加拉""玛鲁瓦蒂""玛里亚兰""乌都"……等十三种语言（加上"兴印"语，共计十四种），而这十四种并不代表全数文字，据云印度种族大约三百五十种。单单要让这样离心离德的三百多种种族吃饱已经不是易事了，何况人吃饱了总是还有其他的事，当然，吃不饱又有更多的事。

想想这样一座城也真替它发愁，十万座庙的城，以湿婆为守护神的城，二千六百年前就文物鼎盛的城，一年三百六十五天里它倒有四百多个节日的城（一方面因为神多，一方面因为种族多，所以经常一天要庆祝好几个节），这到底是个怎样的地方？

"喂，你们是从台湾来的吗？"一个瘦黑鬈发的印度男孩跑过来。

一路上老被人当日本人，等你一开口声明是中国人，又怕他们误会我们是中共。解释成台湾又老被误听成"泰兰"（泰国），结果必须从"东德西德"、"南韩北韩"讲起，讲到别人听懂"共产中国"和"自由亡国"不同为止，实在累死人。但不解释又不甘心做日本人，真烦，此刻居然有人口操国语，前来问候，真不胜惊喜。

"你怎么会说中国话？"

"我在尼赫鲁大学主修中文，我叫马维亚，在飞机场听你们说中国话，我就猜到了！"

他虽读了中文，在印度也用不上，只好又学了西班牙文，做起西班牙文导游来，这两天他被一个委内瑞拉家庭雇用，那家人个个长得圆胖，却冷着脸毫无笑容，大概是户有钱人。马维亚茹素，跟我们坐一桌，谈得很起劲。

去恒河，是凌晨五点钟的事，因为要赶着看日出，看印度教徒如何对着旭日晨浴，只好绝早起来。

恒河照梵文原称殑伽河（Ganga），因为它是经殑伽女神导引下来的。恒河的神话极委婉，恒河原来的流域是梵天界的梅尔山顶，因为拗不过下界苦修者拜基拉达的真心，于是一流流到湿婆神的头发上，打算顺着头发再流到天竺国，但湿婆的头发太浓密只好分做七股流下来，而殑伽女神成为顺着头发顺着水滑到人间的一个神。

这天早晨，我们来到岸边的时候，恒河早已举行过百万次以上的日出典仪了，如果把三千年来每日前来恒河的人次算上，更是不可思议。对我而言，这恒河也算圣河，只因它发源自喜马拉雅，而中国既拥有半座喜马拉雅，这条河于中国也几乎有"半子"之亲。我们雇了一条船，为了防污染，这里的船都是小木舟，先往南行，再折北上。刚上船，只见旭日从灰云里艳射而出，亦光华亦幽晦，与"晴空万里"的单纯相较，别是一番意趣。城在河西，全城的人都可以站在一阶一阶的岸上一面沐浴，一面看河东的日出。岸上的人群令人目不暇给，许多人正用一种白色小树枝当牙刷漱口（这种漱口棒阿拉伯人也用），用法是把末梢部分用力一压，使之散成纤维，就可用了。令人吃惊的是，有人用河泥当牙粉在洗牙齿。岸上还有人在为人剃发，剃发颇有讲究，因为印度人相信人身如庙堂，人的头顶心那块部位就等于庙尖，所以那块头发必须保留，叫它做"通往天堂之路"。又有人在卖花，花放在叶片上，纸盘式的小油灯放在花上，然后放在河里，任之逐波而去，算是一种许愿。还有人在祈祷，有人在静坐，有人在惊险万状地扯下围身布（虽然使人无所回避，但他们多半有本领使自己不致被窥及全裸），有人在等待布施，有人分明是凑热闹的嬉皮，在追求神秘的东方经验。有人一脸虔诚，涉到河深处，打一点圣水回家，据说可以供祈祷或为临终病人抹点在双脚和嘴唇上用。做父母的也每带孩子前来，一位父亲把一罐子水猛然淋在儿子头上，小家伙被水一淋又是惊又是叫，又是怕又是爱，小脚板乐得直蹦直跳，全世界的小孩淋水时都是一样的国际表情，看来无限亲切。但二百公尺以外的下游，却有一栋"待死楼"，有些老人静静地等在那里，那是他们晚年最大的心愿，死在恒河边，委身恒河水。

怎么会有这样一条河！

火葬工作虽是个赚钱的行业（印度的死亡率高），却限于最下等的人才可以做，下等人是第五等人，也就是"不可碰类"，这位火葬场主人地位虽贱，钱却不少，每天总有二百个死人送来。主人临河盖了别墅，门口特意塑了一只黄斑大老虎，尾巴翘得老高，有份自鸣得意的样子，却又让人觉得有些什么补偿心态。船行到火葬场下便算走完全程，大家正危颤颤地等着泊岸，只听哗啦一声，尘沙飞扬，从火葬场的矮墙里倒出一大堆黑渣渣的东西，可不正是尸灰和木炭吗？同伴中胆小的早已吓得魂飞魄散，及至舍船上岸，又见一个小孩被白布裹着，放在地下，平常尸体焚烧之前都用竹担架送入河水浸湿，算是最后一次栉沐。

"火葬场里女人不准来。"印度导游说。

"为什么？"虽然火葬场不是什么好地方，女孩子听了还是不服气。

"不能让她们来呀！她们一看到火，就会哭着跳进火里去啦！"

古代印度女子在战争期间曾有殉葬之风，印度有一个字

139

Suttee即专指跳入火中殉夫的女人，后来到和平期间竟仍相沿成风，相当残忍。回教圣君阿克拜早已悬令禁止，英殖民地时代再申前令，如今女人跳火，不过十目所视，做个样子，她何尝想死？女人真想死，你关她在家也拦不住的。

这种事，身为女人，我相信自知得比导游多。

"小孩子不用焚烧了，"印度导游走过横放在岸边石阶上的死孩子，漠然地说，"圣人也不用。"

"为什么？而且，你怎么知道他圣不圣？"

"苦修的人就是圣人，这两种人都是纯洁的，所以不必烧，直接放到河中间水深的地方就行了。"

"那多脏呀！"

"人的身体一点用也没有，如果死了可以喂鱼，也算是一件好事，我们印度人是这样想的。"

所谓脏与不脏，实在很难说得清，我们嫌恒河藏污纳垢，而文明世界的工业污染才真把河川脏得更厉害呢！

回到住处，伴我们来的旅行社的于先生请教旅馆经理："我们今天早晨看到恒河边上有个小孩尸体，他的父亲缠裹他，怎么脸上一点悲伤都没有？"

得到的答案竟是："他妈妈在家会哭的呀！哭得死去活来！"

在印度问话常常会得到出人意料的答案。

由于当天早上印度导游急着带我们去买纪念品（那大概是他们很重要的权益吧），我和爱亚意犹未尽，第二天又起个绝早，搭另外一队日本团的便车和船再去一次，打算好好看看火葬场。火葬场虽说不准女人走近，指的是死了亲人的印度女人，像我们这种没有跳火危险的女人是不在禁止之列的。火葬场工人对我们很客气，让我们站在很有利的位置上观看，不过照相是严禁的。由于瓦拉那西是个古城（在孔子时期，此城已经颇具规模了），一切设备都沿旧制，火葬场仍是露天式的，矮墙围成的大约二十公尺见方的一块土上，横七竖八地架上一垛垛的木桩，每垛木桩上各架着刚开始烧的，烧了一半的或快烧好的死人。

"一个人要烧多久？"

"大概四五个小时。"

一个人要花二十年才弄得到一个博士，要花好几年去恋爱（包括失败的）才找得到一个配偶（而搞不好，对方仍会中途脱逃），要十月怀胎才能得一个孩子，要分期付款十五年才买得下一栋房子，只是一旦两腿一伸，只要四五个小时（电力的还不须这么长的时间）就可以轻者化烟，浊者成尘了……

也许是心理作用，只觉火葬场上烟雾腾天。

一个人，如果一生之中可以认定一条河去饮于其中，沐于其中，生于其中，死于其中，不管别人怎样看他，思想起来仍是一件令人眼湿的情感。

那些死者不但死了不会说话，即使活着，由于教育不普及，恐怕也未必是能文能语的人。但此刻，当他们的肉体正哔哔剥剥一缕一缕化为齑粉的刹那，我仍能感到他们对恒河的痴爱，那样的无言之言，把什么都说清楚了。使我蓦然生敬的与其说是恒河，不如说是印度人爱恒河的那份爱。

瓦拉那西是因瓦拉和那西两条河交汇而得名，印度人一向认为凡是两河交汇点一定是圣地，瓦拉那西因此一向被视为圣城。两河交汇有何圣处，我不知道，但每当另一个思想另一种态度触动我，与我若有所接若有所会之际，我总竦然惊起，恭恭敬敬地接受这种心交神会。心思灵明的交会也是圣的——我想。

到瓦拉那西的人当然也都会去看鹿野苑，鹿野苑是释迦最初说法的地方，中间没落三百年后，借孔雀王朝阿育王政治的力量而重行整顿。此人之于佛教，一如罗马的君士坦丁大帝之于基督教（君士坦丁去耶稣亦同为三百年），汉武帝之于儒教。三个人都是雄才大略，善于用兵。但大才华、大功业也每每带来大寂寞和大疑惑。阿育王在尸骨堆如丘山、血流汇成沟渠之余确立了他的帝国，却感到可怕的空虚和罪疚，一时之间竟变成释氏的信徒。大凡古来大彻大悟的人总不会是孽海记里的糊里糊涂自幼入庵的"色空尼姑"（无怪她到后来"思凡"了），相反的，每每是嗜食狗肉的鲁智深、风流俊俏的柳湘莲反而更能看破。阿育王先前的暴虐和后来的仁德令人简直不能相信，他不但爱民如子，善待邻邦，提倡法治，而且，居然还设立了兽医院。阿育王当年自己登坛说法，全盛时期有一千五百个和尚……但这一切现在多半已成断垣残壁，十一世纪回教一度入侵，印度教和佛教损失惨重，庙宇被毁，神佛每被斩头去臂（不但泥菩萨不能自保，石头菩萨也不能自保），某些地方，如菩提伽耶，当时有人硬是用泥封的方法把它整个圣迹掩盖起来，后来英国人又根据玄奘的《大唐西域记》重新把这些遗址一一挖出来。

　　我虽然既不信佛教也不信印度教，但两相比较总觉佛教可亲些，温和些，纯净些。印度教则不免显得繁琐魅异。鹿野苑算是印度境内少数佛教风格的景观，其中绿草平软，开阔明朗，"阿育王树"长得像一把规矩的伞，梭形的树叶一一成九十度垂向地面。树叶边缘微皱，像浅浅的荷叶褶。

　　"你们看那棵菩提树很有名，它是第三代呢！"印度导游说。

　　"第三代？那，它的祖父在哪里？"

"在佛陀伽耶，就是释迦牟尼当年悟道的时候坐在底下的那一棵呀！"他对我们的无知几乎有点惊奇，"那里叫菩提树、金刚座，可是那一株老树已经死了。"

"他的父亲又是谁哇？"

"在锡兰卡（锡兰），是从佛陀伽耶拿去插枝的，这一棵又是从锡兰卡拿来插枝的！"

"菩提伽耶现在居然没有菩提树了吗？"

"有！而且长得也很好，不过，它也是从锡兰岛倒插回去的。"

我想我会一直记得，曾有一个八月的清晨，我站在瓦拉那西城的阿育王鹿野苑里，凝神看一株清荫四圆的菩提树，树无所奇，奇的是它的身世。树和树，原来是可以异株而同根的。这一番树的血缘使我心驰神飞，早已忘却此际身在印度，只觉我看到的是故国的文化、五千年的道统，它可以跨海插枝而再生，它也可以在老株枯死僵仆之际重返其血肉，重归其精神。台湾，我所生活的地方，不正是一棵枝繁叶茂的文化再生树吗？

鹿野苑里有博物馆，里面的东西全取自本地。

去看织沙利的厂，原来一块沙利料子竟要纺上十天以上。明知道回到台湾不可能穿那种东西，但还是忍不住想买，必须一再告诫善忘的自己："别买，别买，那东西没用的。"

可是一方面又鬼鬼祟祟地劝别人买，别人买了，我们将来有空去她家再瞧两眼过瘾也就心满意足了。

"这是印度大学，全亚洲最大的。"

真有那么大吗？

"全世界的人都可以来读书，这是许多人合起来捐款盖的——

其中捐款的人包括乞丐。"

简直像中国的武训啊!

大学本身也貌不惊人，比较特殊的是建有一所耗资二百万卢比的白色大理石庙（想想印度这么穷，这价值九百万台币的庙在好些年前也就颇为可观了），另外也有一间博物馆，物件居然又多又精而且绝不重复，陈列也落落大方，不致小家子气。

瓦拉那西城里有两样雕塑我几乎看得发痴，挪不开脚。

其一在鹿野苑博物馆，雕的是一座变形人体，名字叫Ardhnari，意思是"完全之神"，那神明一半是男体一半是女体，男在右女在左，中间身体部分作 S 形分阴阳，虽然雕像高不过一尺，但除了极尽精妙外，不免令人想起希腊神话里所谓男女本为合体的传说，而男女一体时，原具超凡神力，后来为神所惧，才拆之为二的。从此男女便苦苦地寻找，想找回原来的"另一半"。

而这神叫"完全之神"，跟中国所说"二人同心，其利断金"的意思也相仿，希腊雅利安人曾在中国盘庚迁殷以前就打到印度去，这小小的雕像想来正是两个文化交汇的结果。而我站在这里如痴如醉地看这座雕像，恨不得引雕像一步步走下展览架，走到我的睫前，和我正在思索着的那句"一阴一阳之谓道"的中式思想交汇而合流。

其二是大学庙堂里的巴尔娃蒂（Parvati）和刚乃虚（Ganesh）母子神像。那里面有一段长长的故事：巴尔娃蒂是湿婆神的妻子，司音乐和文艺，略等于缪斯（音乐系和中文系至今多半是女生读的），他的丈夫湿婆神虽然只是三位大天神里的一个，但一般而言却是民众最熟悉的一个，他嫉恶如仇专司惩罚性的破坏。而有一次，他因天下事务繁忙，许久没有回家，他的妻子巴尔娃蒂百无聊赖中搓搓自己的手臂，不意却搓出一个小男孩来（小男孩也是神，当然立刻就长大）。等父亲湿婆回来，竟发现一个少年当户把守。原来那天巴尔娃蒂正在沐浴，严嘱儿子看门，不可放任何人进来。他不认识湿婆是自己的父亲，当然也不准他进去。湿婆更为疑心，两下打起来，少年的头立刻被砍掉了。然后，湿婆才知道自己杀的是自己的儿子！好在孩子是神，砍了头一时不会死，只须重新安装回来便可，但奇怪的是砍下的头居然找不回来，眼看再找不着就不济事了，刚好有一队象走过，湿婆只好另外砍个象头安在儿子的脖子上。从此他的儿子就成了一个象头人身的神，他被当做"知识之神"，兼"幸运之神"。

平时庙里这些神都各有神座，但在印度大学的庙里不知为什么把巴尔娃蒂和刚乃虚放在一起，母在右，子在左，母亲用一块纯黑色的大石头雕成，端凝美丽，儿子用白而微红的小块大理石雕，一副乖巧作痴的模样。刚乃虚本来也算个人物，广受香火，但只因坐在母亲身边，便自有母子相依的动人处。我走了老远，想想不舍，又折回去仔细盯着看了一番。不是黑色大雕像动人，也不是白色小雕像动人，是两像之间视而不见的情最足动人。

"这个城，一向被人叫做学习的和煎熬的城（City of Learning and Burning）。"导游很权威地说。

"学习跟煎熬有什么关系？"我问。

"要受得住烧烤煎熬才学得成哇！"

"咱们中国人不是这样说的，"我笑起来，"我们说要学习就得忍受十年寒窗——大概你们太热了，才想出这样的成语。"

寒窗滴冰也罢，焦苦烧灼也罢，为人能像一条河，一面流一面能与别的河交汇错综而蔚为大地的叶脉网络，实在是件可奇可喜而又神圣万分的事。

高处何所有

——赠给毕业同学

很久很久以前，在一个很远很远的地方，一位老酋长正病危。

他找来村中最优秀的三个年轻人，对他们说："这是我要离开你们的时候了，我要你们为我做最后一件事，你们三个都是身强体壮而又智慧过人的好孩子，现在，请你们尽其可能地去攀登那座我们一向奉为神圣的大山，你们要尽其可能爬到最高超最凌越的地方，然后，折回头来告诉我你们的见闻。"

三天后，第一个年轻人回来了，他笑生双靥，衣履光鲜："酋长，我到达山顶了，我看到繁花夹道，流泉淙淙，鸟鸣嘤嘤，那地方真不坏啊！"

老酋长笑笑说："孩子，那条路我当年也走过，你说的鸟语花香的地方不是山顶，而是山麓，你回去吧！"

一周以后，第二个年轻人也回来了，他神情疲倦，满脸风霜："酋长，我到达山顶了，我看到高大肃穆的松树林，我看到秃鹰盘旋，那是一个好地方。"

"可惜啊！孩子，那不是山顶，那是山腰，不过，也难为你了，你回去吧！"

一个月过去了，大家都开始为第三位年轻人的安危担心，他却一步一蹭，衣不蔽本地回来了，他发枯唇燥，只剩下清炯的眼神："酋长，我终于到达山顶，但是，我该怎么说呢？那里只有高风悲旋，蓝天四垂。"

"你难道在那里一无所见吗？难道连蝴蝶也没有一只吗？"

"是的，酋长，高处一无所有，你所能看到的，只有你自己，只有'个人'被放在天地间的渺小感，只有想起千古英雄的悲激心情。"

"孩子，你到的是真的山顶，按照我们的传统，天意要立你做新酋长，祝福你。"

真英雄何所遇？他遇到的是全身的伤痕，是孤单的长途以及愈来愈真切的渺小感。

西湖十景

如果有幸到杭州的西湖去玩，如果有幸，站在一个视野最好的角度，请问，你能不能放眼望去，把西湖十景，都收到眼底呢？

答案是："不能！"

为什么？

世上没有一个景致可以在一刹那间得到它全部精华。请问，你怎么可能同时看到"平湖秋月"和"苏堤春晓"呢？那至少需要用掉一个清凉美丽的春天早上，和一个幽静深远的秋天夜晚，才能欣赏到的。至于"柳浪闻莺"和"断桥残雪"在时间上也是绝对不可能同时得兼的景致，"雪峰夕照"和"三潭印月"时间上虽然相距不远，但毕竟一个在黄昏一个在夜晚，"南屏晚钟"要最安静的慧心才能听到，"曲院风荷"要有风的时候，才能领略。像西湖这种天地钟灵的地方，哪里只是随随便便就可以一眼看穿的？

你要怎样才能索探到比较完整的西湖的美呢？答案是，时间。

不管你多么有钱，不管可以坐怎样的交通工具，不管你身后跟着多少侍从，你仍然没有办法在欣赏平湖秋月的同时看到断桥残雪。

西洋人有一句谚语说："即使上帝，也不能在三个月里造出一株百年橡树。"

更确切一点说，恐怕是上帝不喜欢一株速成的百年橡树，连上帝也喜欢按部就班地用百年的岁月来完成一棵百年橡树呢！

遇　见

一个久晦后的五月清晨，四岁的小女儿忽然尖叫起来。

"妈妈！妈妈！快点来呀！"

我从床上跳起，直奔她的卧室，她已坐起身来，一语不发地望着我，脸上浮起一层神秘诡异的笑容。

"什么事？"

她不说话。

"到底是什么事？"

她用一只肥匀的有着小肉窝的小手，指着窗外。而窗外什么也没有，除了另一座公寓的灰壁。

"到底什么事？"

她仍然秘而不宣地微笑，然后悄悄地透露一个字："天！"

我顺着她的手望过去，果真看到那片蓝过千古而仍然年轻的蓝天，一尘不染令人惊呼的蓝天，一个小女孩在生字本上早已认识却在此刻仍然不觉吓了一跳的蓝天，我也一时愣住了。

于是，我安静地坐在她的旁边，两个人一起看那神迹似的晴空，她平常是一个聒噪的小女孩，那天竟也像被震慑住了似的，流露出虔诚的沉默。透过惊讶和几乎不能置信的喜悦，她遇见了天空。她的眸光自小窗口出发，响亮的天蓝从那一端出发，在那个美丽的五月清晨，它们彼此相遇了。那一刻真是神圣，我握着她的小手，感觉到她不再只是从笔画结构上去认识"天"，她正在惊讶赞叹中体认了那分宽阔、那分坦荡、那分深邃——她面对面地遇见了蓝天，她长大了。

那是一个夏天的长得不能再长的下午，在印第安那州的一个湖边，我起先是不经意地坐着看书，忽然发现湖边有几棵树正在飘散一些白色的纤维，大团大团的，像棉花似的，有些飘到草地上，有些飘入湖水里，我当时没有十分注意，只当偶然风起所带来的。

可是，渐渐地，我发现情况简直令人暗惊，好几个小时过去了，那些树仍旧浑然不觉地，在飘送那些小型的云朵，倒好像是一座无限的云库似的。整个下午，整个晚上，漫天漫地都是那种东西，第二天情形完全一样，我感到诧异和震撼。

其实，小学的时候就知道有一类种子是靠风力靠纤维播送的，但也只是知道一条测验题的答案而已。那几天真的看到了，满心所感到的是一种折服，一种无以名之的敬畏，我几乎是第一次遇见生命——虽然是植物的。

我感到那云状的种子在我心底强烈地碰撞上什么东西，我不能不被生命豪华的、奢侈的，不计成本的投资所感动。也许在不分昼夜的飘散之余，只有一颗种子足以成树，但造物者乐于做这样惊心动魄的壮举。

我至今仍然在沉思之际想起那一片柔媚的湖水，不知湖畔那群种子中有哪一颗种子成了小树？至少，我知道有一颗已经成长，那颗种子曾遇见了一片土地，在一个过客的心之峡谷里，蔚然成荫，教会她，怎样敬畏生命。

千手万指的母亲

　　我的母亲，赋我以骨血筋肉的那女子，当年双沟镇上的谢家三小姐，如今养大了七个孩子，住在屏东常年不断的阳光里，养着前庭后院开不完的海棠花……我对她自有说不尽的感恩，但我现在要讲的，却不是她。

　　我要说的是有一年，丈夫到泰国北端，坐着轮胎上缠着链条以防滑失的吉普车，在泥泞中勉强登山，艰难万分地上了住着三十多年老难民的山头——美斯乐，那里的副部队长熊先生兼任兴华中学的校长，当时他正打摆子（即疟疾），躺在床上，盖着棉被，兀自发抖，但是抖归抖，他手上却捧着一本四书，边抖边看。

　　丈夫回来说起那幅画面，我心底暗暗发誓一定要去那里一趟，一定要去看看，看那位叫"中国"的母亲的手，怎样抚育着海外的孤臣孽子。《论语》是这位千手母亲的一只小指，我渴望看到这位母亲其他的手，其他的接触，我渴望看到她的庄严宝相。

　　去年七月，我们去了，因为是两个人同去，所以又不得不带着孩子，旅途虽然吃苦，总算都在我们体力可支的范围内。终于到了美斯乐，这三十多年前从西南边境出亡异国的难民的精神堡垒。

　　美斯乐的山径上，偶然见一位白先生的家门口贴一副对联：

　　　　经管不减琴书趣
　　　　货殖犹存翰墨香

呆看许久，虽未见丘先生本人，心里却几乎能把他的形象想个差不多，一个读书人，千里从军，做梦也未想到会万死投荒来到这异国深山的草莱中求生存，而且这一留就是大半辈子，为了生活，不得不做些小生意，而中国的指触却在一副门联上轻轻地抚过，在欲晴欲雨欲风的山头，我恭立路旁，记下那句话，记下母亲的手的优美形象。

在雷雨田将军的山宅里，看他种石榴、种栀子、种茉莉，看他晒一撮茶叶，听他说："治中国，处治世，宜用王道，对外强，处乱世，须用霸道。"心中凛然生敬，母亲的手啊，摩挲着孤臣的心。

学校在较远的山头上，小孩上下阶梯如履平地，半截剖开的树桩上，写着"礼义廉耻"四个字。失去百分之九十九以上的国土，可以，失去九亿人民，可以，但礼义廉耻是国本，永不可失，虽然刻在简陋的半截树桩上，却兀自矗如泰山。

相书上以"女手如姜"为贵，中国的手也是如此硬涩而刚烈，抚过肩头的时候，慈爱中有耳提面命的期许，温柔中有老茧触肉的微痛。

美斯乐山头有一栋漂亮的行宫，是泰国高级领袖每逢时局紧张前来商议就教的地方，外面有一凉亭，可以俯览全村，我们去时只见一个面色凝寂的男孩在念书，看他年纪也不小了，却在念一本注音符号的书，前去相问原来他叫杨建国，十九岁，家住缅甸（按缅甸算共区）开当铺，却供他来泰北念中文，他的中文程度好不了是可想而知的，但看他一个人独据山亭苦苦念诵，心里不知为什么老觉得对不起他，一样读中国书，凭什么我就可以按部就班受专家的指导一帆风顺在二十一岁就念完中文系，而十九岁的他却仍是摸索注音的初中生，但其实他仍然还算幸运的，还有许多人羡慕他呢！只是不管天运如何，母亲的手却如春风一样广被，当年在外双溪畔怎样感动我的经典，日后也将感动这少年。

千手的母亲，万指的母亲，无所不及的抚触，我要怎样才说得完她的故事！

娇女篇
——记小女儿

人世间的匹夫匹妇，一家一计的过日子人家，岂能有大张狂，大得意处？所有的也无非是一粥一饭的温馨，半丝半缕的知足以及一家骨肉相依的感恩。

女儿的名字叫晴晴，是三十岁那年生的，强说愁的年龄过去了，渐渐喜欢平凡的晴空了。烟雨村路只宜在水墨画里，雨润烟浓只能嵌在宋词的韵律里，居家过日子，还是以响蓝的好天气为宜，女儿就叫了晴晴。

晴晴长到九岁，我们一家去恒春玩。恒春在屏东，屏东犹有我年老的爹娘守着，有桂花、有玉兰花以及海棠花的院落。过一阵子，我就回去一趟，回去无事，无非听爸爸对外孙说："哎哟，长得这么大了，这小孩，要是在街上碰见，我可不敢认哩！"

那一年，晴晴九岁，我们在佳洛水玩。我到票口去买票，两个孩子在一旁等着，做父亲的一向只顾拨弄他自以为得意的照相机。就在这时候，忽然飞来一只蝴蝶，轻轻巧巧就闯了关，直接飞到闸门里面去了。

"妈妈！妈妈！你快看，那只蝴蝶不买票,它就这样飞进去了！"

我一惊，不得了，这小女孩出口成诗哩！

"快点，快点，你现在说的话就是诗，快点记下来，我们去投稿。"

她惊奇地看着我，不太肯相信："真的？"

"真的。'

诗是一种情缘,该碰上的时候就会碰上,一花一叶,一蝶一浪,都可以轻启某一扇神秘的门。

她当时就抓起笔,写下这样的句子:

> 我们到佳洛水去玩,
> 进公园要买票,
> 大人十块钱,
> 小孩五块钱,
> 但是在收票口,
> 我们却看到一只蝴蝶,
> 什么票都没有买,
> 就大模大样地飞进去了。
> 哼!真不公平!

"这真的是诗哇?"她写好了,仍不太相信。直到九月底,那首诗登在中华儿童的"小诗人王国"上,她终于相信那是一首诗了。

及至寒假,她快十岁了,有天早上,她接到一通电话,接到电话以后她又急着要去邻居家。这件事并不奇怪,怪的是她从邻家回来以后,宣布说邻家玩伴的大姐姐,现在做了某某电视公司儿童节目的助理。那位姐姐要她去找些小朋友来上节目,最好是能歌善舞的。我和她父亲一时目瞪口呆,这小孩什么时候竟被人聘去做"小小制作人"了?更怪的是她居然一副身膺重命的样子,立刻开始筹划,她的程序如下:

一、先拟好一份同学名单,一一打电话。

二、电话里先找同学约爸爸妈妈，问曰："我要带你的女儿（儿子）去上电视节目，你同不同意？"

三、父母如果同意，再征求同学本人同意。

四、同学同意了，再问他有没有弟弟妹妹可以一起带来？

五、人员齐备了，要他们先到某面包店门口集合，因为那地方目标大，好找。

六、她自己比别人早十五分钟到达集合地。

七、等齐了人，再把他们列队带到我们家来排演，当然啦，导演是由她自己荣任的。

八、约定第二、三次排练时间。

九、带她们到电视台录影，圆满结束，各领一个弹弹球为奖品回家。

那几天，我们亦惊亦喜，她什么时候长得如此大了，办起事来俨然有大将之风，想起"屋顶上的提琴手"里婚礼上的歌词：

这就是我带大的小女孩吗？
这就是那戏耍的小男孩？
什么时候他们竟长大了？
什么时候呀？他们

想着，想着，万感交集，一时也说不清悲喜。

又有一次，是夜晚，我正在跟她到香港小留的父亲写信，她拿着一本地理书来问我："妈妈，世界上有没有一条三寸长的溪流？"

小孩的思想真令人惊奇，大概出于不服气吧？为什么书上老是要人背最长的河流、最深的海沟、最高的主峰以及最大的沙漠，为什么没有人理会最短的河流呢？那件事后来也变成了一首诗：

> 我问妈妈：
> "天下有没有三寸长的溪流？"
> 妈妈正在给爸爸写信，
> 她抬起头来说：
> "有——
> 就是眼泪在脸上流。"
> 我说："不对，不对——
> 溪流的水应该是淡水。"

　　初冬的晚上，两个孩子都睡了，我收拾他们做完功课的桌子，竟发现一张小小的宣传单，一看之下，不禁大笑起来。后生毕竟是如此可畏，忙叫她父亲来看，这份宣传单内容如下：

> 你想学打毛线吗？教你钩帽子、围巾、小背心。一个钟头才二元喔！（毛线自借或交钱买随意）。
> 时间：一至六早上，日下午。
> 寒假开始。
> 需者向林质心登记。

　　这种传单她写了许多份，看样子是广作宣传用的，我们一方面惊讶她的企业精神，一方面也为她的大胆吃惊。她哪里会钩背心，只不过背后有个奶奶，到时候现炒现卖，想来也要令人捏冷汗。

这个补习班后来没有办成，现代小女生不爱钩毛线，她也只有自叹无人来续绝学。据她自己说，她这个班是"服务"性质，一小时二元是象征性的学费，因为她是打算"个别教授"的。这点约略可信，因为她如果真想赚钱，背一首绝句我付她四元，一首律诗是八元，余价类推。这样稳当的"背诗薪水"她不拿，却偏要去"创业"，唉！

女儿用钱极省，不像哥哥，几百块的邮票一套套地买。她唯一的嗜好是捐款，压岁钱全被她成千成百地捐掉了，每想劝她几句，但劝孩子少做爱国捐款，总说不出口，只好由她。

女儿长得高大红泺，在班上是体型方面的头号人物，自命为全班女生的保护人。有那位男生敢欺负女生，她只要走上前去瞪一眼，那位男生便有泰山压顶之惧。她倒不出手打人，并且一本正经地说："我们空手道老师说的，我们不能出手打人，会打得人家受不了的。"

俨然一副名门大派的高手之风，其实，也不过是个"白带级"的小侠女而已。

她一度官拜文化部长，负责一个"图书柜"，成天累得不成人形，因为要为一柜子的书编号，并且负责敦促大家好好读书，又要记得催人还书以及要求大家按号码放书……

后来她又受命做卫生排长，才发现指挥人扫地擦桌原来也是那么复杂难缠，人人都嫌自己的工作重，她气得要命。有一天我看到饭桌上一包牛奶糖，很觉惊奇，她向来不喜甜食的。她看我挪动她的糖，急得大叫："妈妈，别动我的糖呀！那是我自己的钱买的呀！"

"你买糖干什么？"

"买给他们吃的呀，你以为带人好带啊？这是我想了好久才想出来的办法呀！哪一个好好打扫，我就请他吃糖。"

快月考了，桌上又是一包糖。

"这是买给我学生的奖品。"

"你的学生？"

"是呀，老师叫我做 ××的小老师。"

××的家庭很复杂，那小女孩从小便有种种花招，女儿却对她有百般的耐心，每到考期女儿自己不读书，却累得上气不接下气地教她。

"我跟她说，如果数学考四十五分以上就有一块糖，五十分二块，六十分三块，七十分四块……"

"什么？四十五分也有奖品？"

"啊哟，你不知道，她什么都不会，能考四十分，我就高兴死啦！"

那次月考，她的高足考了二十多分，她仍然赏了糖，她说："也算很难得啰！"

我正在聚精会神地看一本书，她走到我面前来："我最讨厌人家说我是好学生了！"

我本来不想多理她，只喔了一声，转而想想，不对，我放下书，在灯下看她水蜜桃似的有着细小茸毛的粉脸："让我想想，你为什么不喜欢人家叫你'好学生'，哦，我知道了，其实你愿意做好学生的，但是你不喜欢别人强调你是'好学生'，因为有'好学生'，就表示另外有'坏学生'，对不对？可是那些'坏学生'其实并不坏，他们只是功课不好罢了，你不喜欢人家把学生分成两种，你不喜欢在同一个班上有这样的歧视，对不对？"

"答对了！"她脸上掠过被了解的惊喜以及好心意被窥知的

羞赧，语音未落，人已跑跑跳跳到数丈以外去了，毕竟，她仍是个孩子啊！

那天，我正在打长途电话，她匆匆递给我一首诗：“我在作文课上随便写的啦！”

我停下话题，对女伴说：“我女儿刚送来一首诗，我念给你听，题目是《妈妈的手》。”

婴孩时——
妈妈的手是冲牛奶的健将，
我总喊：‘奶，奶。’
少年时——
妈妈的手是制便当的巧手，
我总喊：‘妈，中午的饭盒带什么？’
青年时——
妈妈的手是找东西的魔术师，
我总喊：‘妈，我东西不见啦！’
新娘时——
妈妈的手是奇妙的化妆师，
我总喊：‘妈，帮我搽口红。’
中年时——
妈妈的手是轻松的手，
我总喊：‘妈，您不要太累了！’
老年时——
妈妈的手是我思想的对象，
我总喊：‘谢谢妈妈那双大而平凡的手。’

然后，我的手也将成为另一个孩子思想的对象。

　　念着念着，只觉哽咽，母女一场，因缘也只在五十年内吧，其间并无可以书之于史，勒之于铭的大事，只是细细琐琐的俗事俗务。但是，俗事也是可以入诗的，俗务也是可以萦人心胸，久而芬芳的。

　　世路险巇，人生实难，安家置产，也无非等于衔草于老树之巅，结巢于风雨之际。如果真有可得意的，大概止于看见小儿女的成长如小雏鸟张目振翅，渐渐地能跟我们一起盘桓上下，并且渐渐地既能出入青云，亦能纵身人世。所谓得意事，大约如此吧！

青　蚨

在古老的故事里，据说在南方有一种叫青蚨的虫，你把它抓来，用母虫的血涂遍八——枚铜钱。另外，再取子虫的血涂另外八十一枚。涂完以后，你就可以把涂了母虫的八十一枚钱拿去买东西，再留下涂了子虫血的钱在家里。过了不久，你就会发现，你花掉的钱很神秘地又一个一个地飞回来了。

如果反过来，把子钱用掉，母钱留住，用掉的钱也一样不会错误地飞回来的。

这是怎么一回事呢？

原来，中国人看到母子相依的天性，想到青蚨这种虫也是一样，不管你把一对母子怎样分开，他们总会想尽办法相遇的，生前如此，此后也必然如此——"青蚨还钱"的传说便是这样来的。

我们要把这故事看作一种迷信吗？不要，我们毋宁把它看作一首诗，一幅象征手法的雕塑。当然，一个人用这种方法去进行金钱回笼的游戏是不能成功的。但如果听故事的人肯深思明辨，则他所得的东西比金钱为多。

他会是最有良知的医生，因为他知道自己所医治的是每家父母的心肝。

他会是最勇敢的军人，因为他明白所保卫的都是别人的掌上珠心头肉。

他会是仁德的政治家，因为他是一个助天下子女行其大孝，助天下父母行其大慈的人。

青蚨的故事毕竟是美丽的，对不对？

一握头发

洗脸池的右角胡乱放着一小团湿头发，犯人很好抓，准是女儿做的，她刚才洗了头。

讨厌的小孩，自己洗完了头，却把掉下来的头发放在这里不管，什么意思？难道要靠妈妈一辈子吗？我愈想愈生气，非要去教训她一场不可！

抓着那把头发，这下子是人赃俱获，还有什么可以抵赖，我朝她的房间走去。

忽然，我停下脚来。

她的头发在我的手指间显得如此细软柔和，我轻轻地搓了搓，这分明只是一个小女孩的头发啊，对于一个乖巧的肯自己去洗头发的小女孩，你还能苛求她什么呢？

而且，她柔软的头发或者是继承了我的吧，许多次，洗头发的小姐对我说："你的头发好软啊！"

"噢——"

"头发软的人好性情。"

我笑笑，作为一个家庭主妇，不会有太好的性情吧？

古人以三十年为一世，我现在握着女儿的细细的柔发，有如握着一世以前自己的发肤。

我走到女儿的房间，她正聚精会神地在看一本故事书。

"晴晴，"我简单地对她说，"你洗完头以后有些头发没有丢掉，放在洗脸池上。"

她放下故事书，眼中有着等待挨骂的神气。

"我刚才帮你丢了，但是，下一次，希望你自己去丢。"

"好的。"她很懂事地说。

我走开，让她继续走入故事的途径——以前，我不也是那样的吗？

想你的时候
——寄亡友恩佩

　　轳辘在转，一团湿泥在我手里渐渐成形，陶艺教室里大家各自凝神于自己转盘上那一块混沌初开的宇宙，五月的阳光安详而如有所待，碌碌砸砸的声浪里竟有一份喧哗的沉静。

　　这件事，我一直没有告诉你，我在学陶，或者说，我在玩泥巴，我想做一个小小的东西，带去放在你的案头，想必是一番惊喜。但是，你终于走了，我竟始终没有能让你知道这样微不足道的一项秘密。

　　一只小钵子做好了，我把它放在高高的架子上，等着几天以后它干了再来修胚。我痴坐失神，窗外小巷子里，阳光如釉，天地岂不也是这样一只在旋转后成形的泥钵吗？

　　到而今，"有所赠"和"无所赠"对你已是一样的了，死亡究竟是怎么一回事呢？

　　其实，相知如此，我也并不是成天想着你的——但此刻，泥土的感觉仍留在指间，神秘的成形过程，让人想到彩陶和黑陶的历史岁月，甚至想到天地乍创，到处一片新泥气息的太初，这一刻，我知道，注定了是想你的时候。

　　想你的一生行迹也是如此，柔弱如湿土，不坚持什么，却有其惊人的韧度。卑微如软泥，甘愿受大化的揉搓捣练和挖空而终至成形成器。十九岁，患上淋巴癌，此后却能活上四分之一世纪，有用不完的耐力，倾不完的爱。想故事中的黄土抟人应是造人的初步，而既得人身，其后的一言一行，一关心一系情岂不也是被一只神秘的手所拉胚成形。

人生在世，也无非等于一间轳辘声运转不息的陶艺教室啊！

想你，在此刻。

泰国北部清莱省一个叫联华新村的小山村，住着一些来自云南的中国难民。

白天，看完村人的病，夜晚，躺在小木屋里。吹灭油灯的时候，马教士特意说："晚安，你留意看，熄灯以后满屋子都是萤火虫呢！"

吹灯一看，果然如此，我惊讶起坐，恋恋地望着满屋子的闪烁，竟不忍再睡。

比流星多芒，流星一闪而陨灭，萤光据说却是求偶的讯号，那样安静的传情啊。

比群星灿然，因为萤光中多一分绿意，仿佛是穿过草原的时候不小心染绿的。

我拥被而坐，看着那些光点上下飘忽，心中又是欢喜，又是怅然。

想人生一世，这曾经惊过、惧过、喜过、怒过、情过、欲过、悲过、痛过的身子，到头来也是磷火莹碧，有如此虫吧？我今以旅人之身，在遥远异域的长夜里看萤度熠耀，百年后，又是谁在荒烟蔓草间看我骨中的萤焰呢？

这样的时刻，切心切意想起的，也总是你。

如果你乃在世，萤火虫的奇遇当足以使你神驰意远。如果你也知道这小小的贫瘠的山村，山村中流离的中国人，你会与我同声一哭。而今呢？大悲恸与大惊喜相激如潮生的夜里，感觉与你如此相近而又如此相远，相近是因二十年的缘分，相远是因为想不明白死者舍世以后的情怀。

在受迫害时期，中国大陆的基督徒有一首流传的诗，常令我泪下，其中一段这样说：

> 天上虽有无比荣耀的冠冕
> 但无十字架可以顺从
> 它为我们所受一切的碾磨
> 在地，才能与它沟通（原文作交通）
> 进入"安息"就再寻不到"渡境"
> 再无机会为它受苦
> 再也不能为它经过何试炼
> 再为它舍弃何幸福

是不是只有此生此世有眼泪呢？此时此际，如果你我拨云相望，对视的会皆成泪眼吗？如果天上有泪，你必为此异域孤子而同悲吧！

如果天上无泪，且让我在有生之年把此民族大恸一世洒尽，也不枉了这一双流泉似的眼睛！

檀香扇总让我想起你，因为它的典雅芳馨。

有一年夏天，行经芝加哥，有一个女孩匆匆塞给我一柄扇子，就在人群中消失了。

回去打开一看，是一柄深色的镂花檀香扇，我本不喜欢拥有这种精致的东西，但因为总记得陌生的赠者当时的眼神，所以常带着它，在酷热的时候为自己制造一小片香土。

但今夏每次摇起细细香风的时候，我就怅怅地想起你。

那时候，你初来台湾不久，住在我家里，有一天下午，你跑到我房间来，神秘兮兮地要我闭上眼睛，然后摇起你心爱的檀香扇：

"你猜，这是什么？"

"不知道。"我抵赖，不肯说。

"你看，你看，苏州的檀香扇，好细的刻工。好中国的，是不是？"

我当时不太搭理你，虽然心里也着实喜欢两个女孩的在闺中的稚气，但我和你不一样，你在香港长大，拿英国护照，对故国有一分浪漫的幻想，而我一直在中国的土地上长大并且刚从中文系毕业，什么是中国，什么不是中国，常令我苦思焦虑，至今不得其解，几乎一提这问题我就要神经质起来。

喜欢你穿旗袍的样子，喜欢你轻摇檀香扇，喜欢你悄悄地读一首小词的神情，因为那里面全是虔诚。

而我的中国被烙铁烙过，被污水漫过，又圣洁又烂脓，又崇伟又残破，被祝福亦被咒诅，是天堂亦是地狱，有远景亦有绝望，我对中国的情绪太复杂，说不清楚也不打算把它说清楚。

有些地方，我们是同中有异的。

但此刻长夏悠悠，我情怯地举起香扇，心中简简单单地想起那年夏天，想起你常去买一根橙红色的玫瑰，放在小锡瓶里，孤单而芳香。想你轻轻的摇扇，想你口中叨叨念念的中国。檀木的气味又温柔又郁然，而你总在那里，在一阵香风的回顾里。

假日公寓楼下的小公园，一大群孩子在玩躲猫猫的游戏。照例被派定做"鬼"的那一个要用手帕蒙上眼睛，口里念念有词地数着数目，他的朋友有的躲在树上有的藏在花间，他念完了数目，猛然一张眼，所有的孩子都消失了，四下竟一个人也没有。

我凭窗俯视园中游戏的小孩，不禁眼湿，我多像那孩子啊！

每当夜深，灯下回顾，亡友音容杳然，怎么只在我一蒙眼的瞬间，他们就全消逝了呢？

然而楼下那孩子却霸道地大笑起来："哈，王××，你别躲了，我看见了，你在花里！"

我也展然一笑，我的朋友啊，我看不见你，却知道你在那里，或在花香，或在翠荫，或在一行诗的遐思，生死是一场大型的躲迷藏啊，看不见的并不是不存在，当一场孩童的游戏乍然结束，我们将相视而喜。

并不是在每一个日子想你，只是一切美丽的，深沉的，心中洞然如有所悟的刹那便是我想你的时刻了。

我交给你们一个孩子

我交给你们一个孩子

小男孩走出大门。返身向四楼阳台上的我招手，说："再见！"

那是好多年前的事了，那个早晨是他开始上小学的第二天。

我其实仍然可以像昨天一样，再陪他一次，但我却狠下心来，看他自己单独去了。他有属于他的一生，是我不能相陪的，母子一场，只能看作一把借来的琴弦，能弹多久，便弹多久，但借来的岁月毕竟是有其归还期限的。

他欢然地走出长巷，很听话地既不跑也不跳，一副循规蹈矩的模样。我一人怔怔地望着油加利下细细的朝阳而落泪。

想大声地告诉全城市，今天早晨，我交给你们一个小男孩，他还不知恐惧为何物，我却是知道的，我开始恐惧自己有没有交错？

我把他交给马路，我要他遵守规矩沿着人行道而行，但是，匆匆的路人啊，你们能够小心一点吗？不要撞到我的孩子，我把我至爱的交给了纵横的道路，容许我看见他平平安安地回来！

我不曾搬迁户口，我们不要越区就读，我们让孩子读本区内的国民小学而不是某些私立明星小学，我努力去信任自己国家的教育当局，而且，是以自己的儿女为赌注来信任的——但是，学校啊，当我把我的孩子交给你，你保证给他怎样的教育？今天清晨，我交给你一个欢欣诚实又颖悟的小男孩，多年以后，你将还我一个怎样的青年？

他开始识字，开始读书，当然，他也要读报纸、听音乐或看电视、电影，古往今来的撰述者啊！各种方式的知识传递者啊！我的孩子会因你们得到什么呢？你们将饮之以琼浆，灌之以醍醐，还是哺之以糟粕？他会因而变得正直忠信，还是学会奸猾诡诈？当我把我的孩子交出来，当他向这世界求知若渴，世界啊，你给他的会是什么呢？

世界啊，今天早晨，我，一个母亲，向你交出她可爱的小男孩，而你们将还我一个怎样的呢！

小蜥蜴如何藏身在草丛里的奇观

我给小男孩请了一位家庭教师，在他七岁那年。

听到的人不免吓一跳："什么？那么小就开始补习了？"

不是的，我为他请一位老师是因为小男孩被蝴蝶的三部曲弄得神魂颠倒，又一心想知道蚂蚁怎么回家；看到世上有那么多种蛇，也使他欢喜得着了慌，我自己对自然的万物只有感性的欢欣赞叹，没有条析缕陈的解释能力，所以，我为他请了老师。

有一张征求老师的文字是我想用而不曾用过的，多年来，它像一坛忘了喝的酒，一直堆栈在某个不显眼的角落。春天里，偶然男孩又不自觉地转头去听鸟声的时候，我就会想起自己心底的那篇文字：

我们要为我们的小男孩寻找一位生物老师。

他七岁，对万物的神奇兴奋到发昏的程度，他一直想知道，这一切"为什么是这样的？"

我们想为他找的不单是一位授课的老师，也是一位启示他生命的奇奥和繁富的人。

他不是天才，他只是一个好奇而且喜欢早点知道答案的孩子。我们尊重他的好奇，珍惜他兴奋易感的心，我们不是富有的家庭，但我们愿意好好为他请一位老师，告诉他花如何开？果如何结？蜜蜂如何住在六角形的屋子里？蚯蚓如何在泥土中走路吃饭……他只有一度童年，我们急于让他早点享受到"知道"的权利。

有的时候，也请带他到山上到树下去上课，他喜欢知道蕨类怎样成长，杜鹃怎样红遍山头以及小蜥蜴如何藏身在草丛里的奇观……

有谁愿意做我们小男孩的生物老师？

小男孩后来读了两年生物，获益无穷，而这篇在心底重复无数遍的"征求老师"的腹稿却只供我自己回忆。

寻人启事

我坐在餐桌上修改自己的一篇儿童诗稿，夜渐渐深了。
男孩房里的灯仍亮着，他在准备那些考不完的试。
我说："喂，你来，我有一篇诗要给你看！"
他走过来，把诗拿起来，慢慢看完，那首诗是这样写的：

寻人启事
妈妈在客厅贴起一张大红纸
上面写着黑黑的几行字：
兹有小男孩一名不知何时走失
谁把他拾去了啊，仁人君子

173

他身穿小小的蓝色水手服

他睡觉以前一定要念故事

他重得像铅球又快活得像天使

满街去指认金龟车是他的专职

当电扇修理匠是他的大志

他把刚出生的妹妹看了又看露出诡笑：

"妈妈呀，如果你要亲她就只准亲她的牙齿。"

那个小男孩到哪里去了，谁肯给我明示

听说有位名叫时间的老人把他带了去

却换给我一个国中的少年比妈妈还高

正坐在那里愁眉苦脸地背历史

那昔日的小男孩啊不知何时走失

谁把他带还给我啊，仁人君子

看完了，他放下，一言不发地回房去了。第二天，我问他："你读那首诗怎么不发表一点高见？"

"我读了很难过，所以不想说话……"

我茫然走出他的房间，心中怅怅，小男孩已成大男孩，他必须有所忍受，有所承载，我所熟知的一度握在我手里的那一双小手有如飞鸟，在翩飞中消失了。

仅仅只在不久以前，他不是还牵着妹妹的手，两人诡秘地站在我的书房门口吗？他们同声用排练好的做作的广告腔说：

好立克大王

张晓风女士

请你出来

为你的儿子女儿冲一杯好立克

这样的把戏玩了又玩，一杯杯香浓的饮料喝了又喝。童年，繁华喧天的岁月，就如此跫音渐远。

有一次，在朋友的墙上看到一幅英文格言："今天，是你生命余年中的第一日。"

我看了，立即不服气。

"不是的，"我说，"对我来讲，今天，是我有生之年的最后一天。"

最后一天，来不及的爱，来不及的飞扬，来不及的期许，来不及的珍惜和低回。

容我好好爱宠我的孩子，在今天，毕竟，在永世永劫的无穷岁月里，今天，仍是他们今后一生一世里最最幼小的一天啊！

原载一九八三年四月四日《中国时报·人间副刊》

第一个月盈之夜

月亮节

世上爱月的民族，中国人要算一个。

犹太人、阿拉伯人虽然也爱月，却不似中国人弄出一年五个"月亮节"出来。

第一个月亮节便是元宵，一年里的第一度月圆，这时候虽然一时还天寒地冻，却不免有潜伏的春意在各地部署，并且蠢蠢欲动。

第二个月亮节是二月十五日，也叫花朝，据说是百花的生日，花真聪明，怎么刚好就找到第二度月圆做生日呢？想必是群芳商量好了，从大地母亲的肚子上剖腹而生，为了纪念那圆浑的母腹，她们以月盈夜为生日。

第三个是中元节，严格地说起来是给鬼过的月亮节，其实鬼心虚虚怯怯，未必喜欢月明之夜呢！不过人世里的活人总以为他们会留下那份固执的回忆，仍然爱着那丸透明莹彻的团栾月。

第四个是中秋节，时令到了八月半，整个大地都圆熟了，乃设起人间的圆瓜圆饼圆果来遥拜圆月。中国人的拜月只如朋友见面相揖，并无"拜月教"的慎重。却反而有一份自然质朴的相知之情，一时之间恍惚只觉口中吃的竟是月光，天上悬的反是宇宙的瓜果了。台湾旧俗有"照月光"事，便是令妇人观月浴月，谓之容易怀孕。此事或于中秋或于元宵进行，想来是由于月亮由治至盈的神秘过程令人迷惑，觉得那也是一番大孕育吧？

第五个也称"下元节"，只祭祖，在十月十五日。

月亮与灯

据说，月亮从太阳学会发光——而灯，却从月亮学会发光，灯应该是太阳的再传弟子。

我们虽有五个月亮节，却只有上元与中秋和月亮有比较直接的关系。中秋夜用瓜果饼饵来摹拟月，上元夜则用花灯来摹拟月。灯是自我设限的火，极谨守极谦退，从来不想去燎原，去焚山，只想守住小小的光焰，只想本分地照出一小团可信赖的光辉。灯是招之即来、挥之即去的光，像旧式的母亲，婉转随儿女，却又自有其尊贵。

谁家见月能闲坐

谁家见月能闲坐？
何处逢灯不看来！

那是唐朝诗人崔液绝句《上元夜》里的句子。

去年元夜时
花市灯如昼
月上柳梢头
人约黄昏后
今年元夜时
月与灯依旧
不见去年人
泪湿青衫袖

这阕《生查子》相传或是朱淑真的，当然也有说是别人写的，我倒是宁可相信它出于一位女词人之手。

男性词人的元夜感怀，不免比女子少一份柔情多一份苍凉，像张伦的《烛影摇红》便是如此：

驰隙流年

恍如一瞬星霜换

今宵谁念孤泣臣

回首长安远

可是尘缘未断

漫惆怅华胥梦短

满怀幽恨

数点寒灯

几声孤雁

姜白石的《鹧鸪天》，所记的也是元夕的悲怅：

春未绿

鬓先丝

人间别久不成悲

谁教岁岁红莲夜

两处沉吟各自知

刘克庄的《生查子》也有类似的无奈：

繁灯夺霁华

戏鼓侵明发

物色旧时同

情味中年别

元夜词里最被后人赏识的恐怕是辛稼轩的《青玉案》了：

东风夜放花千树

更吹落星如雨

宝马雕车香满路

凤箫声动

玉壶光转

一夜鱼龙舞

蛾儿雪柳黄金缕

笑语盈盈暗香去

众里寻他千百度

蓦然回首

那人却在灯火阑珊处

辛稼轩写的是一阕词，但是八百年后却有人把它当一则诗谜来忖度。

八百年前一诗谜

上元之夜，是月亮节，是灯节以及谜语节。

月是天上的灯，灯是地下的月，而谜语呢，谜语是人心内在的月光，启动最初的智慧，是照亮灵明处的一线幽辉。

所有的孩子都喜欢谜语。

所有的神话里的英雄，都必须通过谜语。

而稼轩的词，算不算一则谜语呢，那其间又有什么深意？八百年后的王静安坐在书桌上，写他的《人间词话》。

他是一个细腻的学者，纤柔敏感。

"尼采谓一切文学，"他在纸上写下，"余爱以血书者，后主之词，真所谓以血书者也。"

用尼采来论后主，这便是静安先生了。他又继续写下去，宁静的眼神里渐渐透出热切的凝注：

古今之成大事业大学问者，必经过三种之境界：

　　昨夜西风凋碧树

　　独上高楼

　　望尽天涯路

　　此第一境也

　　衣带渐宽终不悔

　　为伊消得人憔悴

　　此第二境也

　　众里寻他千百度

　　蓦然回首

　　那人却在灯火阑珊处

　　此第三境也

写完三个境界，他掷笔兀然了。这三首词的作者，晏殊、柳永和辛稼轩会同意他的说法吗？

他们并不曾设下谜语，他却偏要品味作者自己也不曾确知的语言背后的玄机，他是对的吗？

也许，所有的诗、所有的词、所有拈花微笑的禅意都是谜吧？"众里寻他千百度"，寻的是什么呢？寻的是上元夜芸芸众生里的青衫或红袖？抑是自己心头的一点渴望？

第一个月盈之夜

一年里的第一个月盈之夜，此夜唯一的责任是欢乐。

一年里唯一的灯节，此夕应看遍人间繁华。

一年里唯一猜人也被人猜的日子，生命的虚虚实实，真真幻幻，除了谜语，还有什么更好的媒体可以说明？

祝福人世，祝福你——你这与我共此明月、共此繁灯、共此人生之谜的人。

原载一九八三年二月二十七日《中国时报·人间副刊》

年年岁岁岁岁年年

一

渐渐地，就有了一种执意地想要守住什么的神气，半是凶霸，半是温柔，却不肯退让，不肯商量，要把生活里细细琐琐的东西一一护好。

二

一向以为自己爱的是空间，是山河，是巷陌，是天涯，是灯光晕染出来的一方暖意，是小小陶钵里的"有容"。

然后才发现自己也爱时间，爱与世间人"天涯共此时"。在汉唐相逢的人已成就其汉唐，在晚明相逢的人也谱罢其晚明。而今日，我只能与当世之人在时间的长川里停舟暂相问，只能在时间的流水席上与当代人传杯共盏。否则，两舟一错桨处，觥筹一交递时，年华岁月已成空无。

天地悠悠，我却只有一生，只握一个筹码，手起处，转骰已报出点数，属于我的博戏已告结束。盘古一辨清浊，便是三万六千载，李白《蜀道难》难忘的年光，忽忽竟有四万八千岁，而天文学家动辄抬出亿万年，我小小的想像力无法追想那样地老天荒的亘古，我所能揣摩所能爱悦的无非是属于常人的百年快板。

三

神仙故事里的樵夫倡一驻足观棋，已经柯烂斧锈，沧桑几度。

如果有一天，我因好奇而在山林深处看棋，仁慈的神仙，请尽快告诉我真相。我不要偷来的仙家日月，我不要在一袖手之际误却人间的生老病死，错过半生的悲喜怨怒。人间的紧锣密鼓中，我虽然只有小小的戏份，但我是不肯错过的啊！

四

书上说，有一颗星，叫岁星，十二年循环一次。"岁星"使人有强烈的时间观念，所以一年叫"一岁"。这种说法，据说发生在远古的夏朝。

"年"是周朝人用的，甲骨文上的年字写成禾，代表人扛着禾捆，看来简直是一幅温暖的"冬藏图"。

有些字，看久了会令人渴望到心口发疼发紧的程度。当年，想必有一快乐的农人在北风里背着满肩禾捆回家，那景象深深感动了造字人，竟不知不觉用这幅画来作三百六十五天的重点勾勒。

五

有一次，和一位老太太用台语搭讪："阿婆，你在这里住多久了？"

"唔——有十几冬啰！"

听到有人用冬来代年，不觉一惊，立刻仿佛有什么东西又隐隐痛了起来。原来一句话里竟有那么丰富饱胀的东西。记得她说

"冬"的时候，表情里有沧桑也有感恩，而且那样自然地把春耕夏耘秋收冬藏的农业情感都灌注在里面了。她和土地、时序之间那种血脉相连的真切，使我不知哪里有一个伤口轻痛起来。

六

朋友要带他新婚的妻子从香港到台湾来过年，长途电话里我大概有点惊奇，他立刻解释说："因为她想去台北放鞭炮，在香港不准。"

放下电话，我想笑又端肃，第一次觉得放炮是件了不起的大事，于是把儿子叫来说："去买一串不长不短的炮——有位阿姨要从香港到台湾来放炮。"

岁除之夜，满城爆裂小小的、微红的、有声的春花，其中一串自我们手中绽放。

七

我买了一座小小的山屋，只十坪大。屋与大屯山相望，我喜欢大屯山，"大屯"是卦名，那山也真的跟卦象一样神秘幽邃，爻爻都在演化，它应该足以胜任"市山"的。走在处处地热的大屯山系里，每一步都仿佛踩在北方人烧好的土炕上，温暖而又安详。

下决心付小屋的订金说来是因屋外田埂上的牛以及牛背上的黄头鹭。这理由，自己听来也觉像撒谎，直到有一天听楚戈说某书法家买房子是因为看到烟岚，才觉得气壮一点。

我已经辛苦了一年，我要到山里去过几个冬夜，那里有豪奢的安静和孤绝，我要生一盆火，烤几枚干果，燃一屋松脂的清香。

八

你问我今年过年要做什么？你问得太奢侈啊！这世间原没有什么东西是我绝对可以拥有的，不过随缘罢了。如果蒙天之惠，我只要许一个小小的愿望，我要在有生之年，年年去买一钵素水仙，养在小小的白石之间。

中国水仙和自盼自顾的希腊孤芳不同，它是温驯的，偎人的，开在中国人一片红灿的年景里。

九

除了水仙，我还有一件俗之又俗的心愿，我喜欢遵循着老家的旧俗，在年初一的早晨吃一顿素饺子。

素饺子的馅以荠菜为主，我爱荠菜的"野蔬"身份，爱小时候提篮去挑野菜的情趣，爱以素食为一年第一顿餐点的小小善心，爱民谚里"三月三，荠菜花，赛牡丹"的憨狂口气。

荠菜花花瓣小如米粒，粉白，不仔细看根本不容易发现，到了老百姓嘴里居然一口咬定荠菜花赛过牡丹。中国民间向来总有用不完的充沛自信，李凤姐必然艳过后宫佳丽，一碟名叫"红嘴绿鹦哥"的炒菠菜会是皇帝思之不舍的美味。郊原上的荠菜花绝胜宫中肥硕痴笨的各种牡丹。

吃荠菜饺子，淡淡的香气之余，总有颊齿以外嚼之不尽的清馨。

十

如果一个人爱上时间，他是在恋爱了。恋人会永不厌烦地渴望共花之晨，共月之夕，共其年年岁岁，岁岁年年。

如果你爱上的是一个民族，一块土地，也趁着岁月未晚，来与之共其朝朝暮暮吧！

所谓百年，不过是一千二百番的盈月、三万六千五百回的破晓以及八次的岁星周期罢了。

所谓百年，竟是禁不起蹉跎和迟疑的啊，且来共此山河守此岁月吧！大年夜的孩子，只守一夕华丽的光阴，而我们所要守的却是短如一生又复长如一生的年年岁岁岁岁年年啊！

原载一九八三年二月十三日《中国时报·人间副刊》

《山海经》的悲愿

　　南山经之首，曰䧿山，其首曰招摇之山，临于西海之上，多桂……多金玉，有草焉，其状如韭，而青华，其名曰祝余，**食之不饥**。有木焉，其状如谷而黑理，其华四照，其名曰迷谷，**佩之不迷**。有兽焉，其状如禺而白耳，伏行人走，其名曰狌狌，**食之善走**……又东三百七十里，曰柜阳之山，其阳多赤金，其阴多白金，有兽焉，其状如马而白首，其文如虎而赤尾……**佩之宜子孙**。……怪水出焉……其名曰旋龟，其音如判木，**佩之不聋**，可以为底……又东三百里柢山，多水，无草木，有鱼焉，其状如牛，陵居，蛇尾有翼，其羽在鲑下，其音如留牛，其名曰鲢，冬死而夏生，**食之无肿疾**……又东四百里，有兽焉……其名曰类，自为牝牡，食者不妒……有鸟焉，其状如鸡，而三首六目六足三翼，其名曰鹐鸪，**食之无卧**……

　　迩来重读《山海经》，才知如此僻书亦不免处处泪痕。

　　原来整个《山海经》的第一段即归结到"食之不饥"的梦想上，从前读来觉得"荒诞不经"的片段，现在却能知道其中婉转的深意了。平生顺遂，直到踏遍天涯巷陌之余，才知道人寰之苦，"不饥"两字，竟奢侈美丽得足以作为一部神话的第一个梦想。

　　以前的我竟而不懂，只因饱人不知饿人饥啊！

　　及至读到"佩之不迷"才知道痴愚的人生原是如此多歧多惑而致纷杂难解的啊！

"食之善走"是因感慨于大地的辽阔和一己的局限吧？以径尺之足如何去丈量万里漠野和千寻高山呢？

一路读下去，看到的不是种种神异，而是一幅人生苦难的图解啊，"佩之宜子孙"是畏惧血胤的斩绝啊，"佩之不聋"是对听觉残障的畏惧，"食之不妒"是因人间的爱关情阻太纷歧多困吧！至于会说出"佩之不畏"的话，也正是因为人世多有可畏可惧可悸怖的事吧？"食之无卧"是不甘于血肉之躯易于困顿易于委疲的弱点吧！

读到"食之无肿疾"不免垂睫长坐，原来古人亦知肿瘤之残虐，名为癌的恶性肿瘤曾经带去我多少朋友的性命啊！却也偶然有几个挺着断矛残盾维持住不输不赢局面的人，只有那极幸运的，可以完肤完骨抽身而出。

到何处去寻得那多水的枳山，寻得那水中冬死夏生的鮆以痊愈天下的肿疾呢？

原来在"荒唐之言"和"幽邈之思"的背后，怪诞的《山海经》里亦自有母性的忧愁和深婉啊！

原载一九八三年五月三十日《中国时报·人间副刊》

丝绵之为物

丝绵之为物，真的好缠绵啊！

第一次有一块丝绵．是在六岁那年，柔软的一团云絮，握在手里令人心怯，因为太轻太柔，你总疑惑它并不在你手里。及至把它铺在墨盒里，看起来就实在多了，却又显得太乖，令人心疼。母亲把黑墨汁倒下去，白色消失了，小墨盒忽然变成一块丰厚的黑沼泽，毛笔舐下去，居然可以写字了。

砚台不能留宿墨，墨盒却可以，砚台的拙趣小孩子当然不能欣赏，所以就单只爱那只墨盒，想不通一只盒子怎么可以关住那么多那么丰富不尽的黑。没有墨汁的时候，倒些清水也能写字，小小的方盒到底藏着多少待发的文采？犹记得墨盒上刻一个"闲"，是爸爸的名字，又刻着二月十五日，那是爸妈结婚纪念日。据说那一天是"花朝"，妈妈摇头说，日子没选好，花朝结婚，当然要生女儿了。我尘在次年三月，杜诗里面"一月已破三月来"的好风好日，清明未交，春正展睫。对着一只墨盒知道妈妈的抱怨也是好话，所以有说不尽的身世之喜，小小的心里竟觉得那一对花朝而婚的父母原是为了应验翌年要生我这个女儿呢！而作为他们结婚纪念品的小墨盒也只为让孩提的我铺一片云絮，浇千勺墨汁，以完成我最初的涂鸦啊！

第二次再拥有丝绵已是三十年后的事了，那是一件丝绵袄。

从来没想到一件衣服竟可以如此和暖轻柔如日光如音乐如无物。余光中的诗里有一句"为什么抱你的总是大衣"，大衣的拥抱是僵硬笨拙的。而丝绵袄却恍如是从自己的身体里面长出来的一般。就像岛女及腰的盛发，把自己完密地披裹住。又像羊毛垂垂，

189

从自己的毛孔中生发出来了。

再复想想，世上似乎只有我中国人穿丝绵袄，便又十分得意。而一根蚕丝是多么长的纤维，长如一只春蚕的由生到死的缠绵，长如春来千株桑树的回忆，长如黄帝嫘祖的悠悠神话，长如义山诗里纠纠结结欲说还休的爱情。

不要笑我总也脱不下那件苦茶色的老绵袄，我是有意要把它穿成自己的皮肤自己的肌理啊！

客居的岁月里，我去买了一抹胭脂红的丝绵被。

小楼朝北，适于思乡的方向，但十一月以后却也是寒风蚀窗的方向。宿舍里只供毯子，我却执意非盖一床被不可。天气愈来愈冷，"买绵被"这件事几乎已经变成了一状宣言，一种政治信仰，看见朋友就要重申一次。人在吃饭和睡觉这种事上的习惯大概是很不容匡正的吧！

被子买回来了，薄柔一片，匀匀地铺在床上，虽是单人的，却也实实地盖满了一张大床，看着看着，又想起方旗的诗来，诗句记不清，诗意却大抵是：

　　我的爱覆盖你
　　如一床旧被

而我的这一床更好，是婉转随人意的新被，这整个冬天，就要靠它来提供一份古典的、东方的、丝绸式的温柔了。想来，同舟共车固然是人世的大缘分，但一个人此生能在那张床上一憩、能就那根长杓一饮、能凭那一道栏杆小立，甚至婴儿时能裹那一条小被为襁褓，恐怕也都靠一段小小的因缘吧！

至于我自己这半年的岁月又是一番怎样的因缘呢？怎么会悠悠如云出岫，竟至离家千里，独到这面对一条横河的北楼上来落脚也实在想不分明啊！至于为何会和这里的一桌一椅一盘一碗一枕一衾相亲，恐怕也是一场绝不可知的神秘吧？而这丝被，腹中填着千丝万缕，其中每一纤每一绪何尝不是一个生灵的身世？一段娓娓的或蛾或卵或蛹或蚕的三生自叙。夜深拥被，不免怔怔入神，想此丝此绪究竟生于何村聚？成于何桑园？在何山之麓？何水之涯？在哪一日丝尽成茧？在哪一日缫绪成丝？至于那殷勤的养蚕人，冬天来时，她自己可曾有一张丝绵被可覆？一张被里有太多的故事太多说不清的因缘，但丝被太暖太柔，我终于想不透而弓身睡去，如同一只裹茧成蛹的眠蚕。

不管天气会怎样继续湿冷下去，不管我如何深恨这僵手僵脚的日子，我已经决定原谅客中的冬日——由于那一床胭脂红的丝绵被。

原载一九八四年一月五日《中国时报·人间副刊》

191

欲泪的时刻

——遥寄刘侠，兼贺她的"大地注"和"生命注"

在开往京都的火车上，由于问路，认识了稻垣久雄教授，他热心地告诉我们该去哪些地方游历。他把风景和历史骄傲地叙述一遍，又带我们去叫包程的出租汽车，并且送我们上车。

临别的时候，他忽然指着地下铁隧道里几行有乳突形状的方砖说："有没有看出来？这些砖很不同。"

"是啊！为什么呢？"

"啊！"他那属于东方的喜怒不形于外的表情里又一次浮起隐约的傲意，"这是一种特别设计，为盲人做的，他们踩着这种砖，就知道往哪里走。"

虽然，旅行日本随时都有可爱的山水和建筑，但其撼动力却远不及一排方砖，那一排方砖使你了解这国家所有的不仅是昨日的传统，不仅是今日的科技，他们也是有明天的一个民族。一块有凸球的方砖里面有无微不至的体贴，有对于少数人的尊重，有天下一家的真实情感，有民主政治里最精华的为别人着想的善意。

那一刹，眼里充满泪水，什么时候我们自己的市政才能如此设想周到。

浸会学院有一座新落成的"方树泉图书馆"，楼高六层，我到职的第一天就赶不及地钻进去。

走到电梯口，忍不住愣住了，跟一般电梯口不同，竟有上下两排按键系统，上面那排跟一般电梯并无不同，下面那排却极矮，离地只两尺，弯腰一看，只见上面画着一张轮椅，原来是给残障朋友预备的，及至进了电梯，电梯内部也一样有上下两组按钮。

我一时只觉气血上冲，顿时爱上这所学校，而且爱到骨头里面去了。这样好的学校，设想这样周到，似乎想尽一切办法，要让每一个人方便来上图书馆，这样的学校真当要好好为它尽心。

但让人想哭的是，在我以它为家的那块土地上，有没有哪一座大学的图书馆有这样两列按键系统？

我住的地方叫第一城，是二十几座楼组成的大厦群，每座楼高约二十七八层。每层至少有四个单位，算起来，可以看成一座座往上发展的小村落。

礼拜天，有许多老人在阳光里散步，我起先不太懂哪里跑出这么多老人来。

"香港政府发行一种金币，赚了不少钱，"朋友开始向我解释，"赚的钱他们在第一城买了四十几个单位分给一些老人住。"

"这就是你老是看到那么多老人的原因了。"朋友的先生也热心解释，"上一次社区里举办重阳节活动，所有的老人都可以免费去海洋公园玩呢！"

"有人给这件事取了个名字，叫'金屋藏老'，就是说卖金币赚的钱用来买房子养老人！"

听到"金屋藏老"这样古怪的句子忍不住大笑了，笑完了才发觉心底有一股抑压的欲哭的动情，所谓殖民地政府，有时也是可怀可感的啊！

原载一九八四年三四月二十六日《中央日报》

一个女人的爱情观

忽然发现自己的爱情观很土气，忍不住笑了起来。

对我而言，爱一个人就是满心满意要跟他一起"过日子"，天地鸿蒙荒凉，我们不能妄想把自己扩充为六合八方的空间，只希望以彼此的火烬把属于两人的一世时间填满。

客居岁月，暮色里归来，看见有人当街亲热，竟也视若无睹，但每看到一对人手牵手提着一把青菜一条鱼从菜场走出来，一颗心就忍不住恻恻地痛了起来，一蔬一饭里的天长地久原是如此味永难言啊！相拥的那一对也许今晚就分手，但一鼎一镬里却有其朝朝暮暮的恩情啊！

爱一个人原来就只是在冰箱里为他留一只苹果，并且等他归来。

爱一个人就是在寒冷的夜里不断在他的杯子里斟上刚沸的热水。

爱一个人就是喜欢两人一起收尽桌上的残肴，并且听他在水槽里刷碗的音乐——事后再偷偷把他不曾洗干净的地方重洗一遍。

爱一个人就有权利霸道地说："不要穿那件衣服，难看死了，穿这件，这是我新给你买的。"

爱一个人就是一本正经地催他去工作，却又忍不住躲在他身后想捣几次小小的蛋。

爱一个人就是在拨通电话时忽然不知道要说什么，才知道原来只是想听听那熟悉的声音，原来真正想拨通的，只是自己心底的一根弦。

爱一个人就是把他的信藏在皮包里，一日拿出来看几回、哭几回、痴想几回。

爱一个人就是在他迟归时想上一千种坏的可能，在想像中经历万般劫难，发誓等他回来要好好罚他，一旦见面却又什么都忘了。

爱一个人就是在众人暗骂："讨厌！谁在咳嗽！"你却急道："唉，唉，他这人就是记性坏啊，我该买一瓶川贝枇杷膏放在他的背包里的！"

爱一个人就是上一刻钟想把美丽的恋情像冬季的松鼠秘藏坚果一般，将之一一放在最隐秘最安妥的树洞里，下一刻钟却又想告诉全世界这骄傲自豪的消息。

爱一个人就是在他的头衔、地位、学历、经历、善行、劣迹之外，看出真正的他不过是个孩子——好孩子或坏孩子——所以疼了他。

也因此，爱一个人就喜欢听他儿时的故事，喜欢听他有几次大难不死，听他如何淘气惹厌、怎样善于玩弹珠或打"水漂漂"，爱一个人就是忍不住夸他记住了许多往事。

爱一个人就不免希望自己更美丽，希望自己被记得，希望自己的容颜体貌在极盛时于对方如霞光过目，永不相忘，即使在繁花谢树的残冬，也有一个人沉如历史典册的瞳仁可以见证你的华采。

爱一个人总会不厌其烦地问些或回答些傻问题，例如："如果我老了，你还爱我吗？""爱！""我的牙都掉光了呢？""我吻你的牙床！"

爱一个人便忍不住迷上那首《白发吟》：

亲爱的，我年已渐老
白发如霜银光耀

唯你永是我爱人

永远美丽又温柔

……

　　爱一个人常是一串奇怪的矛盾，你会依他如父，却又怜他如子，尊他如兄，又复宠他如弟，想师事他，跟他学，却又想教导他，把他俘房成自己的徒弟，亲他如友，又复气他如仇，希望成为他的女皇，他唯一的女主人，却又甘心做他的小丫鬟小女奴。

　　爱一个人会使人变得俗气，你不断地想：晚餐该吃牛舌好呢，还是猪舌？蔬菜该买大白菜呢，还是小白菜？房子该买在三张犁呢，还是六张犁？而终于在这份世俗里，你了解了众生，你参与了自古以来匹夫匹妇的微不足道的喜悦与悲辛，然后你发觉这世上有超乎雅俗之上的情境，正如日光超越调色盘上的色样。

　　爱一个人就是喜欢和他拥有现在，却又追记着和他在一起的过去。喜欢听他说，那一年他怎样偷偷喜欢你，远远地凝望着你。爱一个人又总期望着未来，想到地老天荒的他年。

　　爱一个人便是小别时带走他的吻痕，如同一幅画，带着鉴赏者的朱印。

　　爱一个人就是横下心来，把自己小小的赌本跟他合起来，向生命的大轮盘去下一番赌注。

　　爱一个人就是让那人的名字在临终之际成为你双唇间最后的音乐。

　　爱一个人，就不免生出共同的、霸占的欲望。想认识他的朋友，想了解他的事业，想知道他的梦。希望共有一张餐桌，愿意同用一双筷子，喜欢轮饮一杯茶，合穿一件衣，并且同衾共枕，奔赴一个命运，共寝一个墓穴。

前两天，整理房间，理出一只提袋，上面赫然写着"××孕妇服装中心"，我愕然许久，既然这房子只我一人住，这只手提袋当然是我的了，可是，我何曾跑到孕妇店去买过衣服？于是不甘心地坐下来想，想了许久，终于想出来了。我那天曾去买一件斗篷式的土褐色短褛，便是用这只绿色袋子提回来的，我的确闯到孕妇店去买衣服了。细想起来那家店的模特儿似乎都穿着孕妇装，我好像正是被那种美丽沉甸的繁殖喜悦所吸引而走进去的。这样说来，原来我买的那件宽松适意的斗篷式短褛竟真是给孕妇设计的。

这里面有什么心理分析吗？是不是我一直追忆着怀孕时强烈的酸苦和欣喜而情不自禁地又去买了一件那样的衣服呢？想多年前冬夜独起，灯下乳儿的寒冷和温暖便一下子涌回心头，小儿吮乳的时候，你多么希望自己的生命就此为他竭泽啊！

对我而言，爱一个人，就不免想跟他生一窝孩子。

当然，这世上也有人无法生育，那么，就让共同培育的学生，共同经营的事业，共同爱过的子侄晚辈，共同谱成的生活之歌，共同写完的生命之书来做他们的孩子。

也许还有更多更多可以说的，正如此刻，爱情对我的意义是终夜守在一盏灯旁，听车声退潮再复涨潮，看淡紫的天光愈来愈明亮，凝视两人共同凝视过的长窗外的水波，在矛盾的凄凉和欢喜里，在知足感恩和渴切不足里细细体会一条河的韵律，并且写一篇叫《爱情观》的文章。

想要道谢的时刻

研究室里，我正伏案赶一篇稿子，为了抢救桃园山上一栋"仿唐式"木造建筑。自己想想也好笑，怎么到了这个年纪，拖儿带女过日子，每天柴米油盐烦心，却还是一碰到事情就心热如火呢？

正赶着稿，眼角余光却看到玻璃垫上有些小黑点在移动，我想，难道是蚂蚁吗？咦，不止一只哩，我停了笔，凝目去看，奇怪，又没有了，等我写稿，它又来了。我干脆放下笔，想知道这神出鬼没的蚂蚁究竟是怎么回事。

终于让我等到那黑点了，把它看清楚后我忍不住笑了起来，它们哪里是蚂蚁，简直天差地远，它们是鸟哩——不是鸟的实体，是鸟映在玻璃上的倒影。

于是我站起来，到窗口去看天，天空里有八九只纯黑色的鸟在回旋疾飞，因为飞得极高，所以只剩一个小点，但仍然看得出来有分叉式的尾巴，是乌鹙吗？还是小雨燕？

几天来因为不知道那栋屋子救不救得了，心里不免忧急伤恻，但此刻，却为这美丽的因缘而感谢得想顶礼膜拜，心情也忽然开朗起来。想想世上有几人能幸福如我，五月的研究室，一下子花香入窗，一下子清风穿户，时不时地我还要起身"送客"，所谓"客"，是一些笨头笨脑的蜻蜓，老是一不小心就误入人境，在我的元杂剧和明清小品文藏书之间横冲直撞，我总得小心翼翼地把它们送回窗外去。

而今天，撞进来的却是高空上的鸟影，能在映着鸟影的玻璃垫上写文章，是李白杜甫和苏东坡全然想像不出的佳趣哩！

也许美丽的不是鸟，也许甚至美丽的不是这繁锦般的五月，美丽的是高空鸟影偏偏投入玻璃垫上的缘会。因为鸟常有，五月常有，玻璃垫也常有，咋独五月鸟翼掠过玻璃垫上晴云的事少有，是连创意设计也设计不来的。于是转想我能生为此时此地之人，为此事此情而忧心，则这份烦苦也是了不得的机缘。文王周公没有资格为桃园神社担心。为它担心疾呼是我和我的朋友才有的权利！所以，连这烦虑也可算是一场美丽的缘法了。为今天早晨这不曾努力就获得的奇遇，为这不必要求就拥有的佳趣（虽然只不过是来了又去了的玻璃垫上的黑点），为那可以对自己安心一笑的体悟，我郑重万分地想向大化道一声谢谢。

只因为年轻啊

爱 — 恨

小说课上，正讲着小说，我停下来发问："爱的反面是什么？"

"恨！"

大约因为对答案很有把握，他们回答得很快而且大声，神情明亮愉悦，此刻如果教室外面走过一个不懂中国话的老外，随他猜一百次也猜不出他们唱歌般快乐的声音竟在说一个"恨"字。

我环顾教室，心里浩叹，只因为年轻啊，只因为太年轻啊，我放下书，说："这样说吧，譬如说你现在正谈恋爱，然后呢？就分手了，过了五十年，你七十岁了，有一天，黄昏散步，冤家路窄，你们又碰到一起了，这时候，对方定定地看着你，说：'×××，我恨你！'

"如果情节是这样的，那么，你应该庆幸，居然被别人痛恨了半个世纪，恨也是一种很容易疲倦的情感，要有人恨你五十年也不简单，怕就怕在当时你走过去说：'×××，还认得我吗？'

"对方愣愣地呆望着你说：'啊，有点面熟，你贵姓？'"

全班学生都笑起来，大概想像中那场面太滑稽太尴尬吧？

"所以说，爱的反面不是恨，是漠然。"

笑罢的学生能听得进结论吗？——只因太年轻啊，爱和恨是那么容易说得清楚的一个字吗？

受　创

来采访的学生在客厅沙发上坐成一排，其中一个发问道："读你的作品，发现你的情感很细致，并且总是在关怀，但是关怀就容易受伤，对不对？那怎么办呢？"

我看了她一眼，多年轻的额，多年轻的颊啊，有些问题，如果要问，就该去问岁月，问我，我能回答什么呢？但她的明眸定定地望着我，我忽然笑了起来，几乎有点促狭的口气："受伤，这种事是有的——但是你要保持一个完完整整不受伤的自己做什么用呢？你非要把你自己保卫得好好的不可吗？"

她惊讶地望着我，一时也答不上话。

人生世上，一颗心从擦伤、灼伤、冻伤、撞伤、压伤、扭伤，乃至到内伤，哪能一点伤害都不受呢？如果关怀和爱就必须包括受伤，那么就不要完整，只要撕裂，基督不同于世人的，岂不正在那双钉痕宛在的受伤手掌吗？

小女孩啊，只因年轻，只因一身光灿晶润的肌肤太完整，你就舍不得碰撞就害怕受创吗！

经济学的旁听生

"什么是经济学呢？"他站在台上，戴眼镜，灰西装，声音平静，典型的中年学者。

台下坐的是大学一年级的学生，而我，是置身在这二百人大教室里偷偷旁听的一个。

从一开学我就昂奋起来，因为在课表上看见要开一门"社会科学概论"的课程，包括四位教授来设"政治""法律""经济""人类学"四个讲座。想起可以重新做学生，去听一门门对我而言崭新的知识，那份喜悦真是掩不住藏不严，一个人坐在研究室里都忍不住要轻轻地笑起来。

"经济学就是把'有限资源'做'最适当的安排'，以得到'最好的效果'。"

台下的学生沙沙地抄着笔记。

"经济学为什么发生呢？因为资源'稀少'，不单物质'稀少'，时间也'稀少'——而'稀少'又是为什么？因为，相对于'欲望'，一切就显得'稀少'了……"

原来是想在四门课里跳过经济学不听的，因为觉得讨论物质的东西大概无甚可观，没想到一走进教室来竟听到这一番解释。

"你以为什么是经济学呢？一个学生要考试，时间不够了，书该怎么念，这就叫经济学啊！"

我愣在那里反复想着他那句"为什么有经济学——因为稀少——为什么稀少，因为欲望"而麻颤惊动，如同山间顽崖愚壁偶闻大师说法，不免震动到石骨土髓格格作响的程度。原来整场生命也可作经济学来看，生命也是如此短小稀少啊！而人的不幸却在于那颗永远渴切不止的有所索求，有所跃动，有所未足的心，为什么是这样的呢？为什么竟是这样的呢？我痴坐着，任泪下如麻不敢去动它，不敢让身旁年轻的助教看到，不敢让大一年轻的孩子看到。奇怪，为什么他们都不流泪呢？只因为年轻吗？因年轻就看不出生命如果像戏，也只能像一场短短的独幕剧吗？"朝如青丝暮成雪"，乍起乍落的一朝一暮间又何尝真有少年与壮年之分？"急罚盏，夜阑灯减"，匆匆如赴一场喧哗夜宴的人生，又岂有早到晚到早走晚走的分别？然而他们不悲伤，他们在低头记笔记。听经济学听到哭起来，这话如果是别人讲给我听的，我大概会大笑，笑人家的滥情，可是……

"所以，"经济学教授又说话了，"有位文学家卡莱亚这样形容：经济学是门'忧郁的科学'……"

我疑惑起来，这教授到底是因有心而前来说法的长者，还是以无心来渡脱的异人？至于满堂的学生正襟危坐是因岁月尚早，早如揭衣初涉水的浅溪，所以才凝然无动吗？为什么五月山栀子的香馥里，独独旁听经济学的我为这被一语道破的短促而多欲的一生而又惊又涌泪如雨下呢？

如果作者是花

"年年岁岁花相似，岁岁年年人不同。"

诗选的课上，我把句子写在黑板上，问学生："这句子写得好不好？"

"好！"

他们的声音听起来像真心的，大概在强说愁的年龄，很容易被这样工整、俏皮而又怅惘的句子所感动吧？

"这是诗句，写得比较文雅，其实有一首新疆民谣，意思也跟它差不多，却比较通俗，你们知道那歌词是怎么说的？"

他们反应灵敏，立刻争先恐后地叫出来：

太阳下山明早依旧爬上来

花儿谢了明年还是一样地开

美丽小鸟飞去不回头

我的青春小鸟一样不回来

我的青春小鸟一样不回来

203

那性格活泼的干脆就唱起来了。

"这两种句子从感性上来说，都是好句子，但从逻辑上来看，却有不合理的地方——当然，文学表现不一定要合逻辑，但我还是希望你们看得出来问题在哪里。"

他们面面相觑，又认真地反复念诵句子，却没有一个人答得上来。我等着他们，等满堂红润而聪明的脸，却终于放弃了，只因太年轻啊，有些悲凉是不容易觉察的。

"你知道为什么说'花相似'吗？是因为陌生，因为我们不懂花，正好像一百年前，我们中国是很少看到外国人，所以在我们看起来，他们全是一个样子，而现在呢，我们看多了，才知道洋人和洋人大有差别，就算都是美国人，有的人也有本领一眼看出住纽约、旧金山和南方小城的不同。我们看去年的花和今年的花一样，是因为我们不是花，不曾去认识花，体察花，如果我们不是人，是花，我们会说：'看啊，校园里每一年都有全新的新鲜人的面孔，可是我们花却一年老似一年。'

"'同样的，新疆歌谣里的小鸟虽一去不回，太阳和花其实也是一去不回的，太阳有知，太阳也要说：'我们今天早晨升起来的时候，已经比昨天疲软苍老了，奇怪，人类却一代一代永远有年轻的面孔……'

"我们是人，所以感觉到人事的沧桑变化，其实，人世间何物没有生老病死，只因我们是人，说起话来就只能看到人的痛，你们猜，那句诗的作者如果是花，花会怎么写呢？"

"年年岁岁人相似，岁岁年年花不同。"他们齐声回答。

他们其实并不笨，不，他们甚至可以说很聪明，可是，刚才他们为什么全不懂呢？只因为年轻，只因为对宇宙间生命共有的枯荣代谢的悲伤有所不知啊！

高倍数显微镜

他是一个生物系的老教授，外国人，我认识他的时候他已经退休了。

"小时候，父亲是医生，他看病，我就站在他旁边，他说：'孩子，你过来，这是哪一块骨头？'我就立刻说出名字来……"

我喜欢听老年人说自己幼小时候的事，人到老年还不能忘的记忆，大约有点像太湖底下捞起的石头，是洗净尘泥后的硬瘦剔透，上面附着一生岁月所冲积洗刷出的浪痕。

这人大概注定要当生物学家的。

"少年时候，喜欢看显微镜，因为那里面有一片神奇隐秘的世界，但是看到最细微的地方就看不清楚了，心里不免想，赶快做出高倍数的新式显微镜吧，让我看得更清楚，让我对细枝末节了解得更透彻，这样，我就会对生命的原质明白得更多，我的疑难就会消失……"

"后来呢？"

"后来，果然显微镜愈做愈好，我们能看清楚的东西，愈来愈多，可是……"

"可是什么？"

"可是我并没有成为我自己所预期的'更明白生命真相的人'，糟糕的是比以前更不明白了，以前的显微倍数不够，有些东西根本没发现，所以不知道那里隐藏了另一段秘密，但现在，我看得愈细，知道的愈多，愈不明白了，原来在奥秘的后面还连着另一串奥秘……"

我看着他清癯渐消的颊和清灼明亮的眼睛,知道他是终于"认了",半世纪以前,那意气风发的少年以为只要一架高倍数的显微镜,生命的秘密便迎刃可解,什么使他敢生出那番狂想呢?只因为年轻吧?而退休后,在校园的行道树下看花开花谢的他终于低眉而笑,以近乎撒赖的口气说:"没有办法啊,高倍数的显微镜也没有办法啊,在你想尽办法以为可以看到更多东西的时候,生命总还留下一段奥秘,是你想不通猜不透的……"

浪　掷

开学的时候,我要他们把自己形容一下,因为我是他们的导师,想多知道他们一点。

大一的孩子,新从成功岭下来,从某一点上看来,也只像高四罢了,他们倒是很合作,一个一个把自己尽其所能地描述了一番。

等他们说完了,我忽然觉得惊讶不可置信,他们中间照我来看分成两类,有一类说"我从前爱玩,不太用功,从现在起,我想要好好读点书",另一类说"我从前就只知道读书,从现在起我要好好参加些社团,或者去郊游"。

奇怪的是,两者都有轻微的追悔和遗憾。

我于是想起一段三十多年前的旧事,那时流行一首电影插曲(大约是叫《渔光曲》吧),阿姨舅舅都热心播唱,我虽小,听到"月儿弯弯照九州"觉得是可以同意的,却对其中另一句大为疑惑。

"舅舅,为什么要唱'小妹妹青春水里流(或丢?不记得了)'呢?"

"因为她是渔家女嘛,渔家女打渔不能去上学,当然就浪费青春啦！"

　　我当时只知道自己心里立刻不服气起来，但因年纪太小，不会说理由，不知怎么吵，只好不说话，但心中那股不服倒也可怕，可以埋藏三十多年。

　　等读中学听到"春色恼人"，又不死心地去问，春天这么好，为什么反而好到令人生恼，别人也答不上来，那讨厌的甚至眨眨狎邪的眼光，暗示春天给人的恼和"性"有关。但事情一定不是这样的，一定另有一个道理，那道理我隐约知道，却说不出来。

　　更大以后，读浮士德，那些埋藏许久的问句都汇拢过来，我隐隐知道那里有一番解释了。

　　年老的浮士德，坐对满屋子自己做了一生的学问，在典籍册页的阴影中他乍乍瞥见窗外的四月，歌声传来，是庆祝复活节的喧哗队伍。邪一霎间，他懊悔了，他觉得自己的一生都抛掷了，他以为只要再让他年轻一次，一切都会改观。中国元杂剧里老旦上场照例都要说一句"花有重开日，人无再少年"（说得淡然而确定，也不知看戏的人惊不惊动），而浮士德却以灵魂押注，换来第二度的少年以及因少年才"可能拥有的种种可能"。可怜的浮士德，学究天人，却不知道生命是一桩太好的东西，好到你无论选择什么方式度过，都像是一种浪费。

　　生命有如一枚神话世界里的珍珠，出于砂砾，归于砂砾，晶光莹润的只是中间这一段短短的幻象啊！然而，使我们颠之倒之甘之苦之的不正是这短短的一段吗？珍珠和生命还有另一个类同之处，那就是你倾家荡产去买一粒珍珠是可以的，但反过来你要拿珍珠换衣换食却是荒谬的，就连镶成珠坠挂在美人胸前也是无奈的，无非使两者合作一场"慢动作的人老珠黄"罢了。珍珠只是它圆灿含彩的自己，你只能束手无策地看着它，你只能欢喜或喟然——因为你及时赶上了它出于砂砾且必然还原为砂砾之间的这一段灿然。

而浮士德不知道——或者执意不知道，他要的是另一次"可能"，像一个不知是由于技术不好或是运气不好的赌徒，总以为只要再让他玩一盘，他准能翻本。三十多年前想跟舅舅辩的一句话我现在终于懂得该怎么说了，打渔的女子如果算是浪掷青春的话，挑柴的女子岂不也是吗？读书的名义虽好听，而令人眼目为之昏眊，脊骨为之佝偻，还不该算是青春的虚掷吗？此外，一场刻骨的爱情就不算烟云过眼吗？一番功名利禄就不算滚滚尘埃吗？不是啊，青春太好，好到你无论怎么过都觉浪掷，回头一看，都要生悔。

"春色恼人"那句话现在也懂了，世上的事最不怕的应该就是"兵来有将可挡，水来以土能掩"，只要有对策就不怕对方出招。怕就怕在一个人正小小心心地和现实生活斗阵，打成平手之际，忽然阵外冒出一个叫宇宙大化的对手，他斜里杀出一记叫"春天"的绝招，身为人类的我们真是措手不及。对着排天倒海而来的桃红柳绿，对着蚀骨的花香，夺魂的阳光，生命的豪奢绝艳怎能不令我们张皇无措，当此之际，真是不做什么既要懊悔——做了什么也要懊悔。春色之吟人气恼跺脚，就是气在我们无招以对啊！

回头来想我导师班上的学生，聪明颖悟，却不免一半为自己的用功后悔，一半为自己的爱玩后悔——只因年轻啊，只因太年轻啊，以为只要换一个方式，一切就扭转过来而无憾了。孩子们，不是啊，真的不是这样的！生命太完美，青春太完美，甚至连一场匆匆的春天都太完美，完美到像喜庆节日里一个孩子手上的气球，飞了会哭，破了会哭，就连一日日空瘪下去也是要令人哀哭的啊！

所以，年轻的孩子，连这么简单的道理你难道也看不出来吗？生命是一个大债主，我们怎么混都是他的积欠户。既然如此，干脆宽下心来，来个"债多不愁"吧！既然青春是一场"无论做什么都觉是浪掷"的憾意，何不反过来想想，那么，也几乎等于"无论诚恳地做了什么都不必言悔"，因为你或读书或玩，或作战，或打渔，恰恰好就是另一个人叹气说他遗憾没做成的。

　　——然而，是这样的吗？不是这样的吗？在生命的面前我可以大发职业病做一个把别人都看作孩子的教师吗？抑或我仍然只是一个太年轻的蒙童，一个不信不服欲有所辩而又语焉不详的蒙童呢？

　　　　原载一九八三年六月二十日《中国时报·人间副刊》

星 约

上一次

是因为期待吗？整个天空竟变得介乎可信赖与不可信赖之间，而我，我介乎悟道的高僧与焦虑的狂徒之际。

七十六年才一次啊！

"运气特别不好！"男孩说，"两千年来，这次哈雷是最不亮的一次！上一次，嘿，上一次它的尾巴拖过半个天空哩！"

男孩十七岁，七十六年后他九十三，下一次，下一次他有幸和他的孩子并肩看星吗，像我们此刻？

至于上一次，男孩，上一次你在哪里，我在哪里，我的母亲又复在哪里？连民国亦尚在胎动。爽飒的鉴湖女侠墓草已长，黄兴的手指尚完好，七十二烈士的头颅尚在担风挑雨的肩上寄存。血在腔中呼啸，剑在壁上狂吟，白衣少年策马行过漠漠大野。那一年，就是那一年啊，彗星当空挥洒，仿佛日月星辰全是定位的镂刻的字模，唯独它，是长空里一气呵成的行草。

那一年，上一次，我们不在，但一一知道。有如一场宴会，我们迟了，没赶上，却见茶气氤氲，席次犹温，一代仁人任士的呼吸如大风盘旋谷中，向我们招呼，我们来迟了，没有看到那一代的风华。但一九一零我们是知道的，在武昌起义和黄花岗之前的那一年我们是感念而熟知的。

初 识

还有，最初的那一次（其实怎能说是最初呢，只能说是最初

210

的记载罢了，只能说是不甚认识的初识罢了）。这美丽得使人惊惶的天象，正是以美丽的方块字记录的。在秦始皇的年代，"七年，彗星先出于东方，见北方……五月，见西方……"秦代的资料，是以委婉的小篆体记录的吧？

而那时候，我们在哪里？易水既寒，群书成焚灰，博浪沙的大椎打中副车，黄石老人在桥头等待一位肯为人拾鞋的亢奋少年，伏生正急急地咽下满腹经书，以便将来有朝一日再复缓缓吐出，万里长城开始一尺一尺垒高、垒远……忙乱的年代啊，大悲伤亦大奋发的岁月啊，而那时候，我们在哪里？我们在哪里？

有所期

我们在今夜，以及今夜的期待里。以及，因期待而生的焦灼里。

不要有所期有所待，这样，你便不会忧伤。

不要有所系有所思，否则，你便成不赦的囚徒。

不要企图攫取，妄想拥有，除非，你已预先洞悉人世的虚空。

——然而，男孩啊，我们要听取这样的劝告吗？长途役役，我们有如一只罗盘上的指针，因神秘的磁场牵引而不安而颤抖而在每一步颠簸中敏感地寻找自己和整个天地的位置，但世上的磁针有哪一根因这种种劫难而后悔而愿意自决于磁场的骚动呢？

咒　诅

如果有人告诉我彗星是一场祸殃，我也是相信的。凡美丽的东西，总深具危险性，像生命。奇怪，离童年越远，我越是想起那只青蛙的童话：

有一个王子，不知为什么，受了魔法的诅咒，变成了青蛙。青蛙守在井底，他没有为这大悲痛哭泣，但他却听到了哭泣的声音，那一定来自小悲痛小凄怆吧？大痛是无泪的啊！谁哭呢？一个小女孩，为什么哭呢，为一只失落的球。幸福的小公主啊，他暗自叹息起来，她最响亮的号啕竟只为一只小球吗？于是他为她落井捡球。然后她依照契约做了他的朋友，她让青蛙在餐桌上有一席之地，她给了他关爱和友谊，于是青蛙恢复了王子之身。

——生命是一场受过巫法的大咒诅，注定朽腐，注定死亡，注定扭曲变形——然而我们活了下来，活得像一只井底青蛙，受制于窄窄的空间，受制于匆匆一夏的时间。而他等着，等一分关爱来破此魔法和咒诅。一瞬柔和的眼神已足以破解最凶恶的毒咒啊！

如果哈雷是祸殃，又有什么可悸可怖？我们的生命本身岂不是更大的祸殃吗？然而，然而我们不是一直相信生命是一场充满祝福的诅咒，一枚有着苦蒂的甜瓜，一条布满陷阱的坦途吗？

我不畏惧哈雷以及它在传述中足以魔住人的华灿和美丽。即使美如一场祸殃，我也不会因而畏惧它多于一场生命。

暂　时

缸里的荷花谢尽，浮萍潜伏，十二月的屋顶寂然，男孩一手拿着电筒，一手拿着星象图，颈子上挂着望远镜。

"哈雷在哪里？"我问。

"你怎么这么'势利眼'，"男孩居然愤愤地教训起我来，"满天的星星哪一颗不漂亮，你为什么只肯看哈雷？"

淡淡的弦月下，阳台黝黑，男孩身高一米八四，我抬头看他，想起那首"日升日沉"的歌：

> 这就是我一手带大的小女孩吗
> 这就是那玩游戏的小男孩吗
> 是什么时候长大的呀？——他们

"看那颗天狼星，冬天的晚上就数它最亮，蓝汪汪的，对不对？它的光等是负一点四，你喜欢了，是不是？没有女人不喜欢天狼，它太像钻石了。"

我在黑夜中窃笑起来，男孩啊——

付这座公寓订金的时候，我曾惝惝然站在此处，惝想在这小小的舞台上，将有我人世怎样的演出？男孩啊，你在这屋子中成形，你在此听第一篇故事念第一首唐诗，而当年痴立痴想的时候，我从来不曾想到你会在此和我谈天狼星！

"蓝光的星是年轻的星，星光发红就老了。"男孩说。

星星也有生老病死啊？星星也有它的情劫和磨难啊？

"一颗沉星。"男孩说。

我也看见了，它钢截利落，如钻石划过墨黑的玻璃。

"你许了愿？"

"许了。你呢？"

"没有。"

怎么解释呢？怎样把话说清楚呢？我仍有愿望，但重重愿望连我自己静坐以思的时候对着自己都说不清楚，又如何对着流星说呢？

"那是北极星——不过它担任北极星其实也是暂时的。

"暂时？"

"对，等二十万年以后，就是大熊星来做北极星了，不过二十万年以后大熊星座的组合位置有点改变。"

暂时担任北极星二十万年？我了解自己每次面对星空的悲怆失措甚至微愠了，不公平啊，可是跟谁去争辩，跟谁去抗议？

"别的星星的组合形态也会变吗？"

"会，但是我们只谈那些亮的星，不亮的星通常就是远的星，我们就不管它们了。"

"什么叫亮的？"

"光度总要在一等左右，像猎户星座里最亮的，我们中国人叫它参宿七的那一颗，就是零点一等，织女星更亮，是零等。太阳最亮，是负二十六等……"

"光的单位"

奇怪啊，印度人以"克拉"计钻石，愈大的钻石克拉愈多，希腊人以"光等"计星亮，愈亮的星"光等"反而愈少，最后竟至于少成负数了。

"古希腊人为什么这么奇怪呢？为什么他们用这种方法来计算光呢？我觉得'光度'好像指'无我的程度'，'我执'愈少，光源愈透，'我'愈强，光愈暗。"

"没有那么复杂吧？只是希腊人就是这样计算的。"

我于是躺在木凳上发愣，希腊人真是不可思议，满天空都成了他们的故事布局，星空于他们竟是一整棚累累下垂的葡萄串，随时可摘可食，连每一粒葡萄晶莹的程度他们也都计算好了。

猎户在天

几年前的一个星夜，我们站在各种光等的星星下。

"猎户在天——"我说。

"《诗经》的句子吧？"女友问。

"怎么会，也不想想猎户星座是希腊名词啊！"

她大笑起来，她是被我的句型骗了，何况她是诗人，一向不讲理的，只是最后连我自己也恍惚起来，真的很像《诗经》里的句子呢！

我们有点在装迷糊吗？为什么每看到好东西我们就把它故意误为中国的？

猎户是一组美丽的星，宽宏的肩，长挺的腿，巧饰的腰带和腰带下的腰刀，旁边还有一只野兔呢！然而，这漂亮的猎者是谁呢？是始终在奔驰在追索在欲求的世人吗？不知道啊，但他那样俊朗，把一个形象从古希腊至今维系了三千年，我不禁肃然。

"看到腰带下的小腰刀吗？腰刀是三颗直排的星组成的，中间的那一颗你用望远镜仔细看，是一大围星云，它距离我们只不过一千五百年光年而已。"

"一千五百年！是唐朝吗？"

"是南北朝。"

早于秾艳的李义山，早于狂歌的李白沈郁的杜甫以及凿破大地的隋炀帝。南北朝，南北朝又复为何世呢？对那一整个年代我所记得的只有北魏的石雕，悠悠青石，刻成了清明实在的眉目，今夕的星光就是当年大匠举斧加石的年代出发的，历劫的石像至今犹存其极具硬度的大悲悯，历劫的星光则今夕始来赴我的双目的天池。

猎户星座啊！

见与不见

我其实是要看哈雷的，但哈雷不现，我只看到云。我终于对云感到抱歉了——这是不公平的，我渴望哈雷是因它稍纵即逝，然而云呢？云又岂是永恒的？此云曾是彼水，彼水曾是泉曾是溪，曾是河曾是海，曾是花上晓露眼中横波，曾是禾田间的汗水，曾是化碧前的赤血，壮士沙场之际的一杯酒是它，赵州说法时的半杯茶也是它。然而，犹竟以为云只是云，我竟以为今日之云同于昨日之云，云不也跟哈雷一样是周而复始吗？迂回往来的吗？

我不断地向自己解释，劝自己好好看一朵云，那其间亦自有千古因缘，然而我依旧悲伤且不甘心，为什么这是一片灯网交织的城？且长年有着厚云层。为什么不让我今生今世看见一次哈雷！

"奇怪啊，神话只属于古代，至于我们的年代只有新闻，而且多是报道不实的，为什么？"

黑暗中男孩看我，叹了一口气，他半年前交了一篇历史课的读书报告，题目便是"中国神话的研究"，得分九十五。曾经统御过所有的英雄和巨灵，辉耀了整个日月星辰的神话，此刻已老，并且沦为一个中学生的读书报告。

在一个接一个的冬夜里我怅叹跌足，并且生自己的气，气自己被渴望折磨，神话里的夸父就是渴死的，我要小心一点才行。所以悲伤时我总是想哈雷先生（哈雷彗星以他的名字来命名）以及他亦悲亦喜的一生，他在二十六岁那年惊见彗星，此后他用许多年来研究，相信彗星会在自己一百零二岁时再现。看过彗星以后他又活了一甲子，死于八十六岁，像一个放榜前殁世的考生，

216

无从证实自己的成绩。那哈雷死时是怎样想的呢,我猜他的心情正像一个孩子,打算在圣诞夜彻夜不眠,好看到圣诞老公公如何滑下烟囱,放下礼物。然而他困了,撑不住了,兴奋消失,他开始模糊了,心里却是不甘心的,嘴里说着半真半呓的叮咛:"父亲,等下圣诞老人来的时候,一定要叫我喔!我要摸摸他的胡子!"

哈雷说的话想来也类似:"造物啊,我熬不住了,我要睡了,你帮我看好,好吗?十六年后它会来的,我先睡,你到时候要叫我一声哟!"

生当清平昌大之盛世,结交一时之俊彦如牛顿,能于切磋琢磨中发天地之微,知宇宙之数,哈雷的平生际遇也算幸运了。然而,肉体的贮瓶终于要面临大朽坏的——并不因其间贮注的是大智慧而有异,只是大限来时,他是否有憾呢?

寒星如一片冰心的冬夜,我反复自问:哈雷生平到底看过彗星重现吗?若说看见了,他事实上在星现前十六年已经死了,若说未见,他却是见的,正如围棋高手早在几小时以前预见胜负,一步步行去的每一着覆痕他们都有如亲睹。

大军事家大政治家大科学家都是在不见处先见未明时先明的啊!

那么,我呢?我算不算看过那彗星的人呢?假设有盲者,站在凄凄长夜里,感知天空某一角落有灿然的光体如甩动的火把,算不算看到了呢?如果他倾耳辨听天河琮琮,如果他在安静中若闻哈雷的跳跃,像一只河畔的蚱蜢,蹦去又蹦回,他算不算看到了呢?而我,当我在金牛座昴星团中寻它,当我在白羊和双鱼座中寻它千百度思它千百度,我算不算看到它了呢?在无所视无所听无所触无所嗅的隔离中,我们可以仅仅凭信心念力去承认去体

217

会身在云后的它吗?

我已践约

又一颗流星划过天空，天空割裂，但立刻拢合，造物的大诡秘仍然不得窥见。这不知名的星从此化为光尘，也许最后剩一小块陨石，落到地球上，被人捡起，放在陈列室里，像一部写坏了的爱情小说，光华消失，飞腾不见，只留下硬硬的纹理。

夜空有千亩神话万顷传奇，有流星表演的冰上芭蕾——万古乾坤只在此半秒钟演出。以此肉身，以此肉眼来面对他们，这种不公平的对决总使我心情大乱，悲喜无常。哈雷会来吗? 原谅我的急躁，我和男孩有缘得窥七十六年一临的奇景吗? 如果能，我为此感激，如果不能，让我感激朝朝来临的太阳，月月重圆的月亮以及至七夕最凄丽的织女，于冬月亦明艳的猎户。我已践约，今夜以及此生，哈雷也没有失约，但云横雾亘，我不能表示异议。

如果我不曾谢恩，此刻，为茫茫大荒中一小块荷花缸旁的立脚位置，为犹明的双眸，为未熄的渴望，为身旁高大的教我看星的男孩，为能见到的以及未能见到的，为能拥有的以及不能拥有的，为悲为喜，为悟为不悟，为已度的和末度的岁月，我，正式致谢。

原载一九八五年十二月二十五日《中国时报·人间副刊》

人体中的繁星和穹苍

一个人是怎样变成自然科学家的？我认为是由于惊奇。

另一个人是怎样变成诗人的？我认为，也是由于惊奇。

至于那些成为音乐家成为画家乃至成为探险家的，都源于对万事万物的一点欣喜错愕，因而不能自已的想去亲炙探究的冲动。

如果一定要说有什么差别的话，那就是科学家总是惊奇之余想去揣一揣真相，文学艺术家却在惊奇之际只顾赞美叹气手舞足蹈起来——但是，其实，没有人禁止科学家一面研究一面赞叹，也没有人限制文学艺术家一面赞叹一面研究。

万物本身的可惊可奇是可爱的，而我，在生活的层层磨难之余仍能感知万物的可惊可奇也是可喜的——如今，在这方专栏里能将种种可惊可奇分享给别人更是可喜的。让我们一起来赞叹也一起来探究吧！

生命最初的故事

夜空里，繁星如一春花事，腾腾烈烈，开到盛时，让人担心它简直自己都不知该如何去了结。

繁星能数吗？它们的生死簿能一一核查清楚吗？

且不去说繁星和夜空，如果我们虔诚地反身自视，便会发现另一度宇宙，数以亿计的小光点溯流而上，奋力在深沉黑田的穹苍中泅泳。然后，众星寂减，剩下那唯一的，唯一着陆的光体。

——我其实是在说精子和卵子的结合过程，那是生命最初的故事，是一切音乐的序曲部分，是美酒未饮前的激潋和期待，是饱墨的画笔要横走纵跃前的蓄势。

精子的探险之旅

如果说，人体本身的种种奇奥是一系列神话，则精子的探险旅行应视作神话的第一章。故事总是这样开始的：

有一次（Once upon a time），有一只小小的精子出发了，他的旅途并不孤单，和他结伴同行的探险家合起来有二三西西（也有到五六西西的），不要看不起这几西西，每一西西里的精子编制平均是二千万到六千万只（想想整个台湾还不到二千万人口呢），几西西合起来便有上亿的数目了！

这是一场机密的行军，所有的精子都安静如赴命的战士，只顾奋力泅泳，他们虽属于同一部队（他们的军种，略似海军陆战队吧），行军途中却没有指挥官，奇怪的是他们每一个都很清楚自己的任务——他们知道此行要抢先去攀登一块叫"卵子"的陆地，而且，这是一场不能回头的旅途。除了第一个着陆的英雄，其他精子唯一的命运就是死掉。"抱着万一成功的希望"，这句话对他们来说是太奢侈了，因为他们是"抱着亿一成功的希望"而全力以赴的。

考场、球场都有正常的竞争和淘汰，但竞争淘汰的比率到达如此冷酷无情的程度，除了"精子之旅"以外也很难在其他现象里找到了。

行行重行行，有些伙伴显然落后了，那超前的彼此互望一眼，才发现大家在大同中原来还是有小异的，其中有一批是X兵种，另一批是Y兵种。Y的体型比较灵便，性格比较急躁，看来颇有奏凯的希望，但X稳重踏实，一副跑马拉松的战略，是个不可轻敌的角色。这一番"抢渡"整个途程不过二十五公分左右，但对小小的精子而言，却也等于玄奘取经横绝大漠的步步险阻了。这单纯的朝香客便不眠不休不食不饮一路行去。

优胜劣败的筛选

世间女子，一生排卵的数目约五百，一个现代女人大概只容其中的一二个成孕，而每一枚成孕的卵子是在亿对一的优势选择后才大功告成的。这种豪华浪费的大手笔真令人吃惊——可是，经过这场剧烈的优胜劣败的筛选，人种才有今天这么秀异，这么稳定。虽说"上天有好生之德"，但在整个人种绵延的过程中却反而只见铁面无私的霹雳手段呢！

虽然，整个旅程比一只手掌长不了多少，但选手却需要跑上二三个小时或五六个小时，算起来也是累得死人的长跑了。因此，如果情况不理想，全军覆没的情形也不免发生。另外一种情况也很常见，那就是选手平安到达，但对方迟到了，于是精子必须等待，事实上精子从出发到守候往往需要支持十几个小时。

好了，终于最勇壮的一位到达终点了，通常在终点线附近会剩下大约一百名选手，最后的冲刺当然是极为紧张的，但这胜利者得到什么呢？有鲜花、金牌在等他吗？有镁光灯等着为他作证吗？没有，这幸运而疲倦的英雄没有时间接受欢呼，他必须立刻部署打第二场战，他要把自己的头帽自动打开，放出一些分解酵素，而这酵素可以化开卵子的一角护膜。那卵子，曾于不久前自卵巢出发，并在此中途相待，等待来自另一世界的英雄，等待膜的化解，等待对方的舍身投入。

生命完成的感恩

这一刹那，应该是大地倾身，诸天动容的一刹。

有没有人因精卵的神迹而肃然自重呢？原来一身之内亦自如万古乾坤，原来一次射精亦如星辰纳于天轨，运行不息。故事里的孙悟空，曾顽皮地把自己变作一座庙宇，事实上，世间果有神灵，神灵果愿容身于一座神圣的殿堂，则那座殿堂如果不坐落于你我的此身此体还会是哪里呢？

　　附：这样说吧，如果你行过街头，有人请你抽奖，
　　如果你伸手入柜，如果柜中上亿票券只有一张是可以
　　得奖；而你竟抽中了，你会怎样兴奋，何况奖额不是
　　一百万一千万，而是整整一部"生命"，你曾为自己这
　　样成胎的际遇而有过一丝一毫的感恩吗？

　　　　　　　　原载一九八五年十一月十五日《牛顿杂志》

你不能要求简单的答案

年轻人啊，你问我说："你是怎样学会写作的？"

我说："你的问题不对，我还没有'学会'写作，我仍然在'学'写作。"

你让步了，说："好吧，请告诉我，你是怎么学写作的？"

这一次，你的问题没有错误，我的答案却仍然迟迟不知如何出手，并非我自秘不宣——但是，请想一想，如果你去问一位老兵："请告诉我，你是如何学打仗的？"

——请相信我，你所能获致的答案绝对和"驾车十要"或"电脑入门"不同。有些事无法作简单的回答，一个老兵之所以成为老兵，故事很可能要从他十三岁那年和弟弟一齐用门板扛着被日本人炸死的爹娘去埋葬开始，那里有其一生的悲愤郁结，有整个中国近代史的沉痛、伟大和荒谬。不，你不能要求简单的答案，你不能要一个老兵用明白扼要的字眼在你的问卷上做填充题，他不回答则已，如果回答，就必须连着他的一生的故事。你必须同时知道他全身的伤疤，知道他的胃溃疡，知道他五十年来朝朝暮暮的豪情与酸楚……

年轻人啊，你真要问我跟写作有关的事吗？我要说的也是：除非，我不回答你，要回答，其实也不免要夹上一生啊（虽然一生并未过完）！一生的受苦和欢悦，一生的痴意和绝决忍情，一生的有所徇和有所舍。写作这件事无从简单回答，你等于要求我向你述说一生。

两岁半，年轻的五姨教我唱歌，唱着唱着，就哭了，那歌词是这样的："小白菜呀，地里黄呀，三岁两岁，没有娘呀……生个弟弟，比我强呀，弟弟吃面，我喝汤呀……"

我平日少哭，一哭不免惊动妈妈，五姨也慌了，两人追问之下，我哽咽地说出原因："好可怜啊，那小白菜，晚娘只给他喝汤，喝汤怎么能喝饱呢？"

这事后来成为家族笑话，常常被母亲拿来复述，我当日大概因为小，对孤儿处境不甚了然，同情的重点全在"弟弟吃面他喝汤"的层面上，但就这一点，后来我细想之下，才发现已是"写作人"的根本。人人岂能皆成孤儿而后写孤儿？听孤儿的故事，便放声而哭的孩子，也许是比较可以执笔的吧。我当日尚无弟妹，在家中骄宠恣纵，就算逃难，也绝对不肯坐入挑筐。挑筐因一位挑夫可挑前后两箩筐，所以比较便宜。千山迢递，我却只肯坐两人合抬的轿子，也算是一个不乖的小孩了。日后没有变坏，大概全靠那点善于与人认同的性格。所谓"常抱心头一点春，须知世上苦人多"的心情，恐怕是比学问、见解更为重要的，人之所以为人的本源。当然它也同时是写作的本源。

七岁，到了柳州，便在那里读小学三年级。读了些什么，一概忘了，只记得那是一座多山多水的城，好吃的柚子堆在桥的两侧卖。桥在河上，河在美丽的土地上。整个逃离的途程竟像一场旅行。听爸爸一面算计一面说："你已经走了大半个中国啦，从前的人，一生一世也走不了这许多路的。"小小年纪当时心中也不免陡生豪情侠意。火车在山间蜿蜒，血红的山踯躅开得满眼，小站上有人用小沙甄焖了香肠饭在卖，好吃得令人一世难忘。整个中国的大苦难我并不了然，知道的只是火车穿花而行，轮船破碧疾走，一路慒慒懂懂南行到广州，仿佛也只为到水畔去看珠江大桥，到中山公园去看大象和成天降下祥云千朵的木棉树……

那一番大播迁有多少生离死别，我却因幼小只见山河的壮阔，千里万里的异风异俗，其一夜的山月，某一春的桃林，某一女孩的歌声，某一城堞的黄昏，大人在忧思中不及一见的景致，我却一一铭记在心。乃至一饭一蔬一果，竟也多半不忘。古老民间传说中的天机，每每为童子见到，大约就是因为大人易为思虑所蔽。我当日因为浑然无知，反而直窥入山水的一片清机。山水至今仍是那一砚浓色的墨汁，常容我的笔有所汲饮。

小学三年级，写日记是一件很痛苦的回忆。用毛笔，握紧了写（因为母亲常绕到我背后偷抽毛笔，如果被抽走了，就算握笔不牢，不合格），七岁的我，哪有什么可写的情节，只好对着墨盒把自己的日子从早到晚一遍遍地再想过。其实，等我长大，真的执笔为文，才发现所写的散文，基本上也类乎日记。也许不是"日记"而是"生记"，是一生的记录。一般的人，只有幸"活一生"，而创作的人，却能"活二生"。第一度的生活是生活本身；第二度则是运用思想再追回它一遍，强迫它复现一遍。萎谢的花不能再艳，磨成粉的石头不能重坚，写作者却能像呼唤亡魂一般把既往的生命唤回，让它有第二次的演出机缘。人类创造文学，想来，目的也即在此吧？我觉得写作是一种无限丰盈的事业，仿佛别人的卷筒里填塞的是一份冰淇淋，而我的，是双份，是假日里买一送一的双份冰淇淋，丰盈满溢。

也许应该感谢小学老师的，当时为了写日记把日子一寸寸回想再回想的习惯，帮助我有一个内省的深思的人生。而常常偷来抽笔的母亲，也教会我一件事：不握笔则已，要握，就紧紧地握住，对每一个字负责。

八岁以后，日子变得诡异起来，外婆猝死于心脏病。她一向疼我，但我想起她来却只记得她拿一根筷子，一片制钱，用棉花自己捻线来用。外婆从小出身富贵之家，却勤俭得像没隔宿之粮的人。其实五岁那年，我已初识死亡，一向带我的用人因肺炎而死，不知是几"七"，家门口铺上炉灰，等着看他的亡魂回不回来，铺炉灰是为了检查他的脚印。我至今几乎还能记起当时的惧怖以及午夜时分一声声凄厉的狗号。外婆的死，再一次把死亡的巨痛和荒谬呈现给我，我们折着金箔，把它吹成元宝的样子，火光中我不明白一个人为什么可以如此彻底消失了？葬礼的场面奇异诡秘，"死亡"一直是令我恐惧乱怖的主题——我不知该如何面对它？我想，如果没有意识到死亡，人类不会有文学和艺术，我所说的"死亡"，其实是广义的，如即聚即散的白云，旋开旋减的浪花，一张年头鲜艳年尾破败的年画，或是一支心爱的自来水笔，终成破敝。

文学对我而言，一直是那个挽回的"手势"。果真能挽回吗？大概不能吧？但至少那是个依恋的手势，强烈的手势，照中国人的说法，则是个天地鬼神亦不免为之愀然色变的手势。

读五年级的时候，有个陈老师很奇怪地要我们几个同学来组织一个"绿野"文艺社。我说"奇怪"，是因为他不知是有意或无意的，竟然丝毫不拿我们当小孩子看待。他要我们编月刊；要我们在运动会里做记者并印发快报；他要我们写朗诵诗，并且上台表演；他要我们写剧本，而且自导自演。我们在校运会中挂着记者条子跑来跑去的时候，全然忘了自己是个孩子，满以为自己真是个记者了，现在回头去看才觉好笑。我如今也教书，很不容易把学生看作成人，当初陈老师真了不起，他给我们的虽然只是信任而不是赞美，但也够了。我仍记得白底红字的油印刊物印出来之后，我们去一一分派的喜悦。

　　我间接认识一个名叫安娜的女孩，据说她也爱诗。她要过生日的时候，我打算送她一本《徐志摩诗集》。那一年我初三，零用钱是没有的，钱的来源必须靠"意外"，要买一本十元左右的书因而是件大事。于是我盘算又盘算，决定一物两用。我打算早一个月买来，小心地读，读完了，还可以完好如新地送给她。不料一读之后就舍不得了，而霸占礼物也说不过去，想来想去，只好动手抄，把喜欢的诗抄下来。这种事，古人常做，复印机发明以后就渐成绝响了。但不可解的是，抄完诗集以后的我整个和抄书以前的我不一样了。把书送掉的时候，我竟然觉得送出去的只是形体，一切的精华早为我所吸取，这以后我欲罢不能地抄起书来，例如：同老师借来的冰心的《寄小读者》，或者其他散文、诗、小说，都小心地抄在活页纸上。感谢贫穷，感谢匮乏，使我懂得珍惜，我至今仍深信最好的文学资源是来自双目也来自腕底。古代僧人每每刺血抄经，刺血也许不必，但一字一句抄写的经验却是不应该被取代的享受。仿佛玩玉的人，光看玉是不够的，还要放在手上抚触，行家叫"盘玉"。中国文字也充满触觉性，必须一个个放在纸上重新描摹——如果可能，加上吟哦会更好，它的听觉和视觉会一时复苏起来，活力弥弥。当此之际，文字如果写的是花，则枝枝叶叶芬芳可攀；如果写的是骏马，则嘶声在耳，鞍辔光鲜，真可一跃而云。我的少年时代没有电视，没有电动玩具，但我反而因此可以看见希腊神话中赛克公主的绝世美貌，黄河冰川上的千古诗魂……

　　读我能借到的一切书，买我能买到的一切书，抄录我能抄录的一切片段。

刘邦项羽看见秦始皇出游，便跃跃然有"我也能当皇帝"的念头，我只是在看到一篇好诗好文的时候有"让我也试一下"的冲动。这样一来，只有对不起国文老师了。每每放了学，我穿过密生的大树，时而停下来看一眼枝丫间乱跳的松鼠，一直跑到国文老师的宿舍，递上一首新诗或一阕词，然后怀着等待开奖的心情，第二天再去老师那里听讲评。我平生颇有"老师缘"，回想起来皆非我善于撒娇或逢迎，而在于我老是"找老师的麻烦"。我一向是个麻烦特多的孩子，人家两堂作文课写一篇五百字"双十节感言"交差了事，我却抱着本子从上课写到下课，写到放学，写到回家，写到天亮，把一个本子全写完了，写出一篇小说来。老师虽一再被我烦得要死，却也对我终生不忘了。少年之可贵，大约便在于胆敢理直气壮地去麻烦师长，即便有老天爷坐在对面，我也敢连问七八个疑难（经此一番折腾，想来，老天爷也忘不了我），为文之道其实也就是为人之道吧？能坦然求索的人必有所获，那种渴切直言的探求，任谁都要稍稍感动让步的吧？

你在信上问我，老是投稿，而又老是遭人退稿，心都灰了，怎么办？

你知道我想怎样回答你吗？如果此刻你站在我面前，如果你真肯接受，我最诚实最直接的回答便是一阵仰天大笑："啊！哈——哈——哈——哈——哈！……"

笑什么呢？其实我可以找到不少"现成话"来塞给你作标准答案，诸如"勿气馁"啦、"不懈志"啦、"再接再厉"啦、"失败为成功之母"啦，可是，那不是我想讲的。我想讲的，其实就只是一阵狂笑！

一阵狂笑是笑什么呢？笑你的问题离奇荒谬。

投稿，就该投中吗？天下哪有如此好事？买奖券的人不敢抱怨自己不中，求婚被拒绝的人也不会到处张扬，开工设厂的人也都事先心里有数，这行业是"可能赔也可能赚"的。为什么只有年轻的投稿人理直气壮地要求自己的作品成为铅字？人生的苦难千重，严重得要命的情况也不知要遇上多少次。生意场上、实验室里、外交场合，安详的表面下潜伏着长年的生死之争。每一类的成功者都有其身经百劫的疤痕，而年轻的你却为一篇退稿陷入低潮？

记得大一那年，由于没有钱寄稿（虽然，稿件视同印刷品，可以半价——唉，邮局真够意思，没发表的稿子他们也视同印刷品呢！——可惜我当时连这半价邮费也付不出啊！）于是每天亲自送稿，每天把一番心血交给门口警卫以后便很不好意思地悄悄走开——我说每天，并没有记错，因为少年的心易感，无一事无一物不可记录成文，每天一篇毫不困难。胡适当年责备少年人"无病呻吟"，其实少年在呻吟时未必无病，只因生命资历浅，不知如何把话删削到只剩下"深刻"，遭人退稿也是活该。我每天送稿，因此每天也就可以很准确地收到二天前的退稿，日子竟过得非常有规律起来，投稿和退稿对我而言就像有"动脉"就有"静脉"一般，是合乎自然定律的事情。

那一阵投稿我一无所获——其实，不是这样的，我大有斩获，我学会用无所谓的心情接受退稿。那真是"纯写稿"，连发表不发表也不放在心上。

如果看到几篇稿子回航就令你沮丧消沉——年轻人，请听我张狂的大笑吧！一个怕退稿的人可怎么去面对冲锋陷阵的人生呢？退稿的灾难只是一滴水一粒尘的灾难，人生的灾难才叫排山倒海呢，碰到退稿也要沮丧——快别笑死人了，所以说，对我而言，你问我的问题不算"问题"，只算"笑话"，投稿投不中有什么大不了！如果你连这不算事情的事也发愁，你这一生岂不愁死？

传统中文系的教育很多人视之为写作的毒药，奇怪的是对我而言，它却给了我一些更坚实的基础。文字训诂之学，如果你肯去了解它，其间自有不能不令人动容的中国美学，声韵学亦然。知识本身虽未必有感性，但那份枯索严肃亦如冬日，繁华落尽处自有无限生机。和一些有成就的学者相比，我读的书不算多，但我自信每读一书于我皆有增益。读《论语》，于是我竟有不胜低徊之致；读史书，更觉页页行行都该标上惊叹号。世上既无一本书能教人完全学会写作，也无一本书完全于写作无益。就连看一本滥书，也令我恍然自惕，为文万不可如此骄矜昏昧，不知所云。

有一天，在别人的车尾上看到"独身贵族"四个大字，当下失笑，很想在自己车尾上也标上"已婚平民"四个字。其实，人一结婚，便已堕入平民阶级，一旦生子，几乎成了"贱民"，生活中种种繁琐吃力处，只好一肩担了。平民是难有闲暇的，我因而不能有充裕的写作时间，但我也因而了解升斗小民在庸庸碌碌、乏善可陈生活背后的尊严，我因怀胎和乳养的过程，而能确实怀有"彼亦人子也"的认同态度，我甚至很自然地用一种霸道的母性心情去关爱我们的环境和大地。我人格的成熟是由于我当了母亲，我的写作如果日有臻进，也是基于同样的缘故。

你看，你只问了我一个简单的问题，而我，却为你讲了我的半生。文章千古事，得失寸心知，记得旅行印度的时候，看到有些小女孩在编丝质地毯，解释者说：必须从幼年就学起，这时她们的指头细柔，可以打最细最精致的结子，有些毯子要花掉一个女孩一生的时间呢！文学的编织也是如此一生一世吧？这世上没有什么不是一生一世的，要做英雄、要做学者、要做诗人，要做情人，所要付出的代价不多不少，只是一生一世，只是生死以之。

我，回答了你的问题吗？

原载一九八七年十月十四日《中央日报·副刊》

林中杂想

一

我躺在树林子里看《水浒传》。

事情是这样开始的，暑假前，我答应学生"带队"，所谓带队，是指带"医疗服务队"到四湖乡去。起先倒还好，后来就渐渐不怎么好了。原来队上出了一位"学术气氛"极浓的副队长，他最先要我们读胡台丽的《媳妇入门》，这倒罢了，不料他接着又一口气指定我们读杨懋春的《乡村社会学》，吴湘相的《晏阳初传》，苏兆堂翻译的《小龙村》等等。这些书加起来怕不有一尺高，这家伙也太烦人了，这样下去，我们医学院的同学都有成为人类学家和社会学家的危险。

奇怪的是口里虽嘟嘟囔囔地抱怨，心里却也动心，甚至下决心要去看一本早就想看的萨孟武的《水浒传与中国社会》。问题是要看这本书就该把《水浒传》从头再看一遍。当时就把这本厚厚的章回塞进行囊，一路同去四湖。

而此刻，我正躺在林子里看《水浒》，林子是一片木麻黄，有几分像好汉出没的黑松林，这里没有好汉，奇怪的是倒有一批各自说着乡音的退伍军人（在这遍地说着海口腔的台西地带，哪来的老兵呢），正横七竖八地躺在石凳上纳凉，我睡的则是一张舒服的折床，是刚才一个妇人让给我的，她说："喂，我要回家吃饭了，小姐，你帮我睡好这张床。"

咦，世间竟有如此好事，我当即把内含巨款的皮包拿来当枕头（所谓巨款，其实也只有五千元，我一向不爱多带钱，这一次例外，因为自觉是"领队老师"，说不定队上有"不时之需"），舒舒服服躺下，看我的《水浒》。当时我也刚吃过午饭，太阳正当头，但经密密的木麻黄一过滤，整个林子荫荫凉凉的，像一碗柠檬果冻。

我正看到二十八回，武松被刺配二千里外的孟州，路上其实他尽有机会逃跑，他却宁可把松下的枷重新戴上，把封皮贴上，一步步自投孟州而来。

二

一路看下去，不能不叫痛快，武松那人容易让人记得的是景阳岗打虎的那一段。现在自己人大了，回头看那一段，倒也不觉可贵，他当时打虎，其实也是非打不可，不打就被虎吃，所以就打了，此外看不出他有什么高贵动机，只能证明，他是天生的拳击好手罢了。倒是二十八回里做了囚徒的武松，处处透出洒脱的英雄骨气。

初到配军，照例须打一百杀威棒，武松既不去送人情，也不肯求饶，只大声大气说：

> 都不要作众人闹动。要打便打！我若是躲闪一棒的，不是打虎好汉！从先打过的都不算，重新再打起！我若叫一声，便不是阳谷县为事的好男子——两边看的人都笑道："这痴汉弄死！且看他如何熬！"——

武松不肯折了好汉的名，仍然嚷着：

> 要打便打毒些，不要人情棒儿，打我不快活！

不想事情有了转机，管营想替他开脱，故意说：

新到囚徒武松，你路上途中曾害甚病来？

武松不领情，反而犟嘴：

"我于路不曾害！酒也吃得，饭也吃得，肉也吃得，路也走得！"管营道："这厮是途中得病到这里，我看他面皮才好，且寄下他这顿杀威棒。"两边行仗的军汉低低对武松道："你快说病。这是相公将就你，你快只推曾害便了。"武松道："不曾害！不曾害！打了倒干净！我不要留这一顿'寄库棒！寄下倒是钩肠债，几时得了！'"两边看的人都笑。管营也笑道："想你这汉子多管害热病了，不曾得汗，故出狂言。不要听他，且把去禁在单身房里。"

及至关进牢房，其他囚徒看他未吃杀威棒，反替他担忧起来，告诉他此事绝非好意，想必是使诈，想置他于死，还活龙活现地形容"塞七窍"的死法叫"盆吊"，用黄沙压则叫做"大布袋"。不料武松听了，最有兴趣的居然是想知道除了此两法以外，还有没有第三种，他说：

还有什么法度害我？

当下，管营送来美食。

武松寻思道："敢是把这些点心与我吃了却来对付我？……我且落得吃了，却再理会！"武松把那镟酒来一饮而尽，把肉和面都吃尽了。

武松那一饮一食真是潇洒！人到把富贵等闲看，生死不萦怀之际，并且由于自信，相信命运也站在自己这一边时，才能有这种不在乎的境界，才能要这种高级的天地也奈何他不得的无赖。吃完了，他冷笑一声：

看他怎地来对付我！

等正式晚饭送来，他虽怀疑是"最后的晚餐"，还是吃了。饭后又有人提热水来，他虽怀疑对方会趁他洗澡时下毒手，仍然不在乎，说：

我也不怕他！且得洗一洗。

这几段，真的越看越喜，高起兴来，便翻身拿笔画上要点，加上眉批，恨不得拍掌大笑，觉得自己也是黑松林里的好汉一条，大可天不怕地不怕地过它一辈子。

三

回想起前天随队来四湖的季医生跟我说的一段话，她说："你看看，这些小朋友，他们问我，目前群体医疗的政策虽不错，但是将来卫生署总要换人的呀，换了人，政策不同，怎么办？"

两人说着不禁摇头叹气，我们其实不怕卫生署的政策不政策，我们怕的是这才二十岁左右的年轻人，为什么先自把初生之犊的锐气给弄得没有了？

是因为一直是好孩子吗？是因为觉得一切东西都应该准备好，布置好，而且，欢迎的音乐已奏响，你才顺利地踏在夹道花香中起步吗？唐三藏之取经，岂不是"向万里无寸草处行脚"，盘古开天辟地之际，混沌一片，哪里有天地？天是由他的头颅顶高的，地是由他踏脚处来踩实踩平的。为什么这一代的年轻人，特别是年轻人中最优秀的那一批，却偏偏希望像古代的新媳妇，一路由别人抬花轿，抬到婆家。在婆家，有一个姓氏在等她，有一个丈夫在等她，有一碗饭供她吃——其实，天晓得，这种日子会好过吗？

武松算不得英雄、算不得豪杰，只不过一介草莽武夫，这一代的人却连这点草莽气象也没有了吗？什么时候我们才不会听到"饱学之士"的"无知之言"道："我没办法回国呀，我学的东西太尖端，国内没有我吃饭的地方呀！"

孙中山革命的时候，是因为有个"中华民国筹备处"成立好了，并且聘他当主任委员，他才束装回国赴任的吗？曹雪芹是因为"国家文艺基金会"委托他着手撰写一部"当代最伟大的小说"，才动笔写下《红楼梦》第一回的吗？

能不能不害怕，不担忧呢？甚至是过了许多年回头一望的时候，才猛然想起来大叫一声说："哎呀，老天，我当时怎么都不知道害怕呢？"

把孔子所不屑的"三思而行"的踌躇让给老年人吧！年轻不就是有莽撞往前去的勇气吗？年轻就是手里握着大把岁月的筹

码，那么，在命运的赌局里做乾坤一掷的时候，虽不一定赢，气
势上总该能壮阔吧？

四

前些日子，不知谁在服务队住宿营地的门口播放一首歌，那
歌因为是早晨和中午的代用起床号，所以每天都要听上几遍，其
实那首歌唱得极有味道．沙嘎中自有其抗颜欲辩的率真，只是走
来走去刷牙洗澡都要听他再三重复那无奈的郁愤，心里的感觉有
点奇怪：

> 告诉我，世界不会变得太快
> 告诉我，明天不会变得更坏
> 告诉我，人类还没有绝望
> 告诉我，上帝也不会疯狂
> ……
> 这未来的未来，我等待……

听久了，心里竟有些怅然，为什么只等待别人来"告诉我"呢？
一颗恭谨聆受的心并没有"错"，但，那么年轻的嗓音，那么强
盛的肺活量，总可以做些什么可以比"等待别人告诉我"更多的
事吧？少年振衣，岂不可作千里风幡看？少年瞬目，亦可壮作万
古清流想．如此风华，如此岁月，为什么等在那里，为什么等人
家来"告诉我"呢？

为什么不是我去"告诉人"呢！去啊！去昭告天下，悬崖上
的红心（或作红星）杜鹃不会等人告诉它春天来了，才着手筹备

开花，它自己开了花，并且用花的旗语告诉远山近岭，春天已经来了。明灿逼人的木星，何尝接受过谁的手谕才长倾其万斛光华？小小一只绿绣眼，也不用谁来告诉它清晨的美学，它把翠羽的身子在枝头浓缩为一撇"美的据点"。万物之中，无论尊卑，不都各有其美丽的讯息要告诉别人吗？

有一首英文的长歌，名字叫"to Tell the Untold"，那名字我一看就入迷，是啊，"去告诉那些不曾被告知的人"。真的，仲尼仆仆风尘，在陌生的渡口，向不友善的路人问津，为的是什么？为的岂不是去告诉那些不曾被告知的人吗？达摩一苇渡江，也无非本于和圣人同样的一点初衷。而你我十几年乃至几十年孜孜于知识的殿堂，为的又是什么？难道不是要得到更真切的道和理，以便去告诉后人吗？我们认真，其实也只为了让自己告诉别人的话更诚恳、更扎实而足以掷地有声（无根的人即使在说真话的时候也类似谎言——因为单薄不实在）。

那唱歌的人"等待别人来告诉我"并不是错误，但能"去告诉别人"岂不更好？去告诉世人，我们的眼波未枯，我们的心仍在奔驰：去告诉世人，有我在，就不准尊严被抹煞，生命被冷落，告诉他们，这世界仍是一个允许梦想、允许希望的地方；告诉他们，这是一个可以栽下树苗也可以期待清荫的土地。

五

回家吃饭的妇人回来了，我把床还她，学生还在不远处的海清宫睡午觉，我站起身来去四面乱逛。想想这世界真好，海边苦热的地方居然有一片木麻黄，木麻黄林下刚好有一张床等我去躺，躺上去居然有千年前的施耐庵来为我讲故事，故事里的好汉又如此痛快可喜。想来一个人只要往前走，大概总会碰到一连串好事的，至于倒霉的事呢？那也总该碰上一些才公平吧？可是事是死的，人是活的，就算碰到倒霉事，总奈何我不得呀！

想想年轻是多么好，因为一切可以发生，也可以消弭，因为可以行可以止可以歌可以哭，那么还有什么可担心的呢？

真的，还有什么可担心的呢？

眼神四则

眼　神

夜深了，我在看报——我老是等到深夜才有空看报，渐渐地，觉得自己不是在看新闻，而是在读历史。

美联社的消息，美国乔治亚州，一个电视台的摄影记者，名叫柏格，二十三岁，正背着精良的器材去抢一则新闻，新闻的内容是"警察救投水女子"。如果拍得好——不管救人的结果是成功或失败——都够精彩刺激的。

凌晨三时，他站在沙凡纳河岸上，九月下旬，是已凉天气了。他的镜头对准河水，对准女子，对准警察投下的救生圈，一切紧张的情节都在灵敏的、高感度的胶卷中进行。至于年轻的记者，他自己是安全妥当的。

可是，突然间，事情有了变化。

柏格发现镜头中的那女子根本无法抓住救生圈——并不是有了救生圈，溺水的人就会自然获救的。柏格当下把摄影机一丢，急急跳下河去，游了四十米，把挣扎中的女人救了上来。

"我一弄清楚他们救不起她来，就不假思索地往河里跳下去。她在那里，她情况危急，我去救她，这是最自然不过的事！"他说。

那天清晨，他空手回到电视台，他没有拍到新闻；他自己成了新闻。

我放下报纸望着窗外的夜色出神。故事前半部的那个记者，多像我和我所熟悉的朋友啊！拥有专业人才的资格，手里拿着精良准确的器材，负责描摹记录纷然杂陈的世态，客观冷静，按时交件，工作效率惊人且无懈可击。

而今夜的柏格却是另一种旧识。怎样的旧识呢？是线装书里说的人溺己溺的古老典型啊！学院的训练无非在归纳、演绎、分析、比较中兜圈子，但沙凡纳河上的那记者却纵身一跃，在凌晨的寒波中抢回一条几乎僵冷的生命——整个晚上我觉得暖和而安全，仿佛被救的是我，我那本质上容易负伤的沉浮在回流中的一颗心。整个故事虽然发生在一条我所不认识的河上，虽然是一个我所不认识的人救了另一个我所不认识的人，但接住了那温煦美丽眼神的，却是我啊！

枯茎的秘密

秋凉的季节，我下决心把家里的"翠玲珑"重插一次。经过长夏的炙烤，叶子早已经疲老殍绿，让人怀疑活着是一项巨大艰困而不快乐的义务，现在对付它唯一的方法就是拔掉重插了。原来植物里也有火凤凰的族类，必须经过连根拔起的手续，才能再生出流动欲滴的翠羽。搬张矮凳坐在前廊，我满手泥污地干起活来，很像有那么回事的样子。秋天的插种让人有"二期稻作"的喜悦，平白可以多赚额外一季绿色呢！我大约在本质上还是农夫吧？虽然我可怜的田园全在那小钵小罐里。

拔掉了所有的茎蔓，重捣故土，然后一一摘芽重插，大有重整山河的气概，可是插着插着，我的手慢下来，觉得有点吃惊……

故事的背景是这样的，选上这种"翠玲珑"来种，是因为它出身最粗贱，生命力最泼旺，最适合忙碌而又渴绿的自己。想起来，就去浇一点水，忘了也就算了。据说这种植物有个英文名字叫"流浪的犹太人"，只要你给它一口空气，一撮干土，它就坚持要活下去。至于水多水少向光背光，它根本不争，并且仿佛曾经跟主人立过切结似的，非殷殷实实地绿给你看不可！

此刻由于拔得干净，才大吃一惊发现这个家族里的辛酸史，原来平时执行绿色任务的，全是那些第二代的芽尖。至于那些芽下面的根茎，却早都枯了。

枯茎短则半尺，长则尺余，既黄又细，是真正的"气若游丝"，怪就怪在这把干瘪丑陋的枯茎上，分明还从从容容地长出些新芽来。

我呆看了好一会儿，直觉地判断这些根茎是死了，它们用代僵的方法把水分让给了下一代的小芽——继而想想，也不对，如果它死了，吸水的功能就没有了，那就救不了嫩芽了，它既然还能供应水分，可见还没有死，但干成这样难道还不叫死吗？想来想去，不得其解，终于认定它大约是死了，但因心有所悬，所以竟至忘记自己已死，还一径不停地输送水分，像故事中的沙场勇将，遭人拦腰砍断，犹不自知，还一路往前冲杀……

天很蓝，云很淡，风微微作凉，我没有说什么，"翠玲珑"也没有说什么，我坐在那里，像接触一份秘密文件似的，觉得一部"翠玲珑"家族的存亡续绝史全摊在我面前了。

那天早晨我把绿芽从一条条烈士形的枯茎上摘下来，一一重插，仿佛重缔一部历史的续集。

"再见！我懂得，"我替绿芽向枯茎告别，"我懂得你付给我的是什么，那是饿倒之前的一口粮，那是在渴死之先的一滴水，将来，我也会善待我们的新芽的。"

"去吧！去吧！我们等的就是这一天啊！"我又忙着转过来替枯茎说话，"活着是重要的，一切好事总要活着才能等到，对不对？你看，多好的松软的新土！去吧，去吧，别伤心，事情就是这样的，没什么，我们可以瞑目了……"

在亚热带，秋天其实只是比较忧悒却又故作飒爽的春天罢了，插下去的"翠玲珑"十天以后全都认真地长高了，屋子里重新有了层层新绿。相较之下，以前的绿仿佛只是模糊的概念，现在的绿才是鲜活的血肉。不知道冬天什么时候来，但能和一盆盆"翠玲珑"共同拥有一段温馨的秘密，会使我自己在寒流季节也生意盎然的。

黑发的巨索

看完大殿，我们绕到后廊上去。

在京都奈良一带，看古寺几乎可以变成一种全力以赴的职业，早上看，中午看，黄昏看，晚上则翻查资料并乖乖睡觉，以便养足精神第二天再看……我有点怕自己被古典的美宠坏了，我怕自己因为看惯了沉黯的大柱、庄严的飞檐而终于浑然无动了。

那一天，我们去的地方叫东本愿寺。

大殿里有人在膜拜，有人在宣讲，院子里鸽子缓步而行，且不时到仰莲般的贮池里喝一口水。梁间燕子飞，风过处檐角铃声铮然，我想起盛唐……

也许是建筑本身的设计如此，我不知自己为什么给引到这后廊上来，这里几乎一无景观，我停在一只大柜子的前面，无趣的老式大柜子，除了搁架大约有一人高，四四方方，十分结实笨重，柜子里放着一团脏脏旧旧的物事。我仔细一看，原来是一捆粗绳，跟臂膀一般粗，缠成一圈复一圈的圈形，直径约一米。这种景象应该出现在远洋船只进出的码头上，怎么会跑到寺庙里来呢？等看了说明卡片，才知道这种绳子叫"毛纲"。"毛纲"又是什么？

我努力去看说明，原来这绳子极有来历：那千丝万缕竟全是明治年间的女子的头发。当时建寺需要大材，而大材必须巨索来拉，而巨索并不见得坚韧，村里的女人于是便把头发剪了，搓成百尺大绳，利用一张大橇，把极重的木材一一拖到工地……

美丽是什么？是古往今来一切坚持的悲愿吧？是一女子在落发之际的凛然一笑吧？是将黑丝般的青发，委弃尘泥的甘心捐舍吧？是一世一世的后人站在柜前的心惊神驰吧？

所有明治年间的美丽青丝岂不早成为飘飞的暮雪，所有的暮雪岂不都早已随着苍然的枯骨化为滓泥？独有这利剪切截的愿心仍然千回百绕，盘桓如曲折的心事。信仰是什么？那古雅的木造结构说不完的，让沉沉的黑瓦去说，黑瓦说不尽的，让飞檐去说，飞檐说不清的让梁燕去说，至于梁燕诉不尽的、廓然的石板前庭形容不来的、贮水池里的一方暮云描摹不出的以及黄昏梵唱所勾勒不成的，却让万千女子青丝编成的巨索一语道破。

不必打开的画幅

"唉，我来跟你说一个我的老师的故事。"他说。

他是美术家，七十岁了，他的老师想必更老吧？"你的老师，"我问，"他还活着吗？"

"还活着吧，他的名字是庞薰琴，大概八十多岁了，在北平。"

"你是在杭州美专的时候跟他的吗？那是哪一年？"

"不错，那是一九三六年。"

我暗自心惊，刚好半个世纪呢！我不禁端坐以待。下面便是他牢记了五十年而不能忘的故事：

他是早期留法的，在巴黎，画些很东方情调的油画，画着画着，也画了九年了。有一天，有人介绍他认识当时一位非常出名的老评论家，相约到咖啡馆见面。年轻的庞先生当然很兴奋很紧张，兴冲冲地抱了大捆的画去赴约。和这样权威的评论家见面，如果作品一经品题，那真是身价百倍，就算被指拨一下，也会受教无穷。没想到人到了咖啡馆，彼此见过，庞先生正想打开画布，对方却一把按住，说："不急，我先来问你两个问题——第一，你几岁出国的？第二，你在巴黎几年了？"

"我十九岁出国，在巴黎待了九年。"

"唔，如果这样，画就不必打开了，我也不必看了，"评论家的表情十分决绝而没有商量的余地，"你十九岁出国，太年轻，那时候你还不懂什么叫中国。巴黎九年，也嫌太短，你也不知道什么叫西方——这样一来，你的画里还有什么可看的？哪里还需要打开？"

年轻的画家当场震住，他原来总以为自己不外受到批评或得到肯定，但居然两者都不是，他的画居然是连看都不必看的画，连打开的动作都嫌多余。

那以后，他认真地想到束装回国，以后他到杭州美专教书，后来还试着用铁线描法画苗人的生活，画得极好。

听了这样的事我噤默不能赞一词，那名满巴黎的评论家真是个异人。他平日看了画，固有卓见，此番连不看画，也有当头棒喝的惊人之语。

但我——这五十年后来听故事的人——所急切的和他却有一点不同，他所说的重点在昧于东方、西方的无知无从，我所警怵深惕的却是由于无知无明而产生的情无所钟、心无所系、意气无所鼓荡的苍白凄惶。

但是被这多芒角的故事擦伤，伤得最疼的一点却是：那些住在自己国土上的人就不背井离乡了吗？像塑胶花一样繁艳夸张，毫不惭愧地成为无所不在的装饰品，却从来不知在故土上扎根布须的人到底有多少呢？整个一卷生命都不值得打开一看的，难道仅仅只是五十年前那流浪巴黎的年轻画家的个人情结吗？

动情二章

五十万年前的那次动情

三场动情，一次在两百五十万年前，另一次在七十五万年前，最后一次是五十万年前——然后，她安静下来，我们如今看到的是她喘息乍定的鼻息以及眼尾偶扫的余怨。

这里叫大屯山小油坑流气孔区。

我站在茫茫如幻的硫磺烟柱旁，伸一截捡来的枯竹去探那翻涌的水温，竹棍缩回时，犹见顶端热气沸沸，烫着我的掌心，一种动人心魄的灼烈。据说她在一千米下是四百度，我所碰触的一百度其实已是她经过压抑和冷却的热力。又据说硫磺也是地狱的土壤成分，想来地狱也有一番骇人的胜景。

"一九八三年庄教授和德国贝隆教授做了钾氩定年测定，"蔡说，"上一次火山爆发是在五十万年前。"

蔡是解说科科长，我喜欢他的职位。其实人生在世，没什么好混的，真正伟大的事业如天工造物，人间豪杰一丝一毫插手不得。银河的开辟计划事前并没有人想我们会知，太阳的打造图样我们何曾过目？古往今来所有在这地面上混出道来的灿烂名字，依我看来其职位名衔无一不是"述"者，无一不是解说员。孔子和苏格拉底，荷马和杜甫，牛顿和李白，爱因斯坦和张大千，帕瓦罗蒂(意大利歌剧男高音)和徐霞客，大家穷毕生之力也不过想把无穷的天道说得清楚一点罢了。想一个小小的我，我小小的此生此世，一双眼能以驰跑圈住几平方公里智慧？一双脚能在大地上阅遍几行阡陌？如果还剩一件事给我做，也无非做个解说员：

把天地当一篓背在肩上的秘本，一街一巷地去把种种情事说得生鲜灵动，如一个在大宋年间古道斜阳中卖艺的说书人。

蔡科长是旧识，"五十万"的数字也是曾经听过的"资料"，但今天不同，只因说的地方正是事件发生的现场，且正自冒着一百二十度的滚烟，四周且又是起伏彷徨的山的狂乱走势，让人觉得证据凿凿，相信这片地形学上名之为"爆裂口"的温和土地，在五十万年前的确经历过一场惊心动魄的情劫。

我一再伸出竹杖，像一支温度计，不，也许更像中国古代的郎中，透过一根丝线为帐幕里的美人把脉，这大屯山，也容我以一截细竹去探究她的经脉。竹杖在滚沸的泉眼中微微震动，这是五十万年前留下的犹未平缓的脉搏吗？而眼前的七星大屯却这般温婉蕴藉，芒草微动处只如一肩华贵的斗篷迎风凛然。我的信心开始动摇了，是焉非焉？五十万年前真有一场可以烈天焚地的大火吗？曾经有赤浆艳射千里吗？有红雾灼伤森森万木吗？有撼江倒海的晕眩吗？有泄漏地心机密太多而招致的诅咒吗？这诡异不可测的山系在我所住的城北蹲伏不语，把我从小到大看得透透的，但她对我却是一则半解不解的诗谜。事实上，我连"五十万年"是什么意思也弄不懂啊！我所知道的只是一朝一夕，我略略知晓山樱由繁而竭的断代史，我勉强可以想像百年和千年的沧桑，至于万年乃至五十万年的岁月对我而言已经纯粹是一番空洞的理论，等于向一只今天就完成朝生暮死的责任的蜉蝣述说下个世纪某次深夜的月光。这至今犹会烫伤我的沸烟竟是五十万年前的余烬吗？

不能解，不可解，不必有解。

一路走下步道，云簇雾涌之上自有丽日蓝天，那蓝一碧无瑕，亮洁得近乎数学——对，就是数学的残忍无情和绝对。但我犹豫了一下，发觉自己竟喜欢这份纯粹决绝，那摆脱一切拒绝一切的百分之百全然正确无误的高高危危的蓝。相较于山的历劫成灰，天空仿佛是对联的另一句，无形无质无怒无嗔。

穿出密密的箭竹林，山回路转，回头再看，什么都不在了。想起有一次在裱画店里看到画家写的两句话："云为山骨格，苔是石精神。"而大屯行脚之余我所想到的却是"云为山绮想，苔是石留言"。至于那源源地热，又是山的什么呢？大约可当作死火山一段亦甜蜜亦悲怆的忏情录来看吧？

三千公里远的一场情奔

湖极小，但是它自己并不知道。由于云来雾往，取名梦幻，关于这一点，它自己也一并不知。

云经过，失足坠入，浅浅的水位已足够溢为盈盈眼波。阳光经过，失足坠入，煨煨的火种也刚好点燃顾盼的神采。月色经过，山风经过，唯候鸟经过徘徊驻足之余，竟在河中留下三千公里外的孢囊，这是后话，此处且按下不表。

有人说日据时代正名鸭池的就是它，有人说不然。有当地居民说小时候在此看到满池野鸭。有人说今天虽不见水鸟，但仍拾到鸟羽，可见千万年来追逐阳光的候鸟仍然深深眷爱这条南巡的旧时路。有人在附近的其他池子里发现五十只雁鸭，劫余重逢，真是惊喜莫名。这被相思林和坡草密密护持钟爱的一盏清凉，却也是使许多学者和专家讶异困惑而不甚了然的小小谜团。我喜欢在众说纷纭之际，小淖自己那份置身事外的闲定。

湖上遍生针蔺，一一直立，池面因而好看得有如翠绫制成的针插，但湖中的惊人情节却在水韭，水韭是水生蕨类，整场回肠荡气的生生死死全在湖面下悄然无息地进行。有学者认为它来自中国东北，由于做了候鸟免费的搭乘客，一路旅行三千公里，托生到这遥远的他乡。想它不费一文，不劳一趾，却乘上丰美充实的冬羽，在属于鸟类的旅游季出发，一路上穿虹贯日，又哪知冥冥中注定要落在此山此湖，成为水韭世界里立足点最南的一族。如果说流浪，谁也没本事把流浪故事编织得如此潇洒华丽。如果说情奔，谁也没有机会远走得如此彻底，但这善于流浪和冲激的生命却也同样善于扎根收敛。植物系的教授钻井四米，湖底的淤泥里仍有水韭的遗迹。湖底显然另有一层属于水韭的"古代文明"，推算起来，这一族的迁移也有几万年了。水韭被写成了硕士论文，然后又被写成博士论文——然而没有人知道，在哪一年秋天，在哪一只泛彩的羽翼中，夹带了那偷渡的情奔少年，彼此落地繁殖，迁都立国。

使我像遭人念了"定身符咒"一般站在高坡上俯视这小湖而不能移足的是什么呢？整个故事在哪一点上使我噤默不能作声呢？这水韭如此曲折柔细像市场上一根不必花钱买的小葱，却仍像某些生命一样，亦有其极柔弱极美丽而极不堪探索碰触的心情。如此大浪荡和大守成，岂不也是每个艺术家梦寐以求的境界？以芥子之微远行三千里，在方寸之地托身十万年，这里面有什么我说不清却能感知的神秘。

水韭且又有"旱眠"，旱季里池水一枯见底，但在晒干的老株下，沼泽微润，孢子便在其中蓄势待发，雨季一至，立刻伸头舒臂，为自己取得"翠绿权"。

诗人或者可以用优雅的缓调吟哦出"山中一夜雨，树梢百重泉"的句子，但实质的生命却有其奔莽剧烈近乎痛楚的动作。一夜山雨后，小小的湖泊承受满溢的祝福。行人过处，只见湖面轻烟缩梦，却哪里知道成千上万的生命正在作至精至猛的生死之搏。只有一个雨季可供演出，只有一个雨季可资疯狂，在死亡尚未降临之际，在一切尚未来不及之前，满池水韭怒生如沸水初扬——然而我们不知道，我们人类所见的一向只是证明安静、浑无一事的湖面。这世界被造得太奢华繁复，我们在惊奇自己的一生都力不从心之余，谁又真有精力去探悉别种生命的生死存亡呢？谁能相信小小的湖底竟也是生命神迹显灵显圣的道场呢？

梭罗一度拥有瓦尔腾湖，宋儒依傍了鹅湖，而我想要这鲜澄的梦幻湖，可以吗？我打算派出一部分的自己屯守在此，守住湖上寒烟，守住寒烟下水韭的生生世世，且守住那烟织雾纺之余被一起混纺在湖景里的自己。

魂梦三则

天机欲泄

据说，蒙古人有个规矩，认为晨起不可说梦，但吃过早饭以后就可以了，大约认为一个人连早饭都不吃就开始说梦，多少有点没出息吧！

我家旧俗却不然，老一辈的人认为梦中每含天机，天机本是上天"绝对机密"的档案，有些人却身不由己在梦中偷偷洞悉了。因此，梦之可说与不可说，端视其内容凶吉而定。如果是吉祥美好的兆示，那么千万要保密，并且等着在现实世界中一步步欣见其成。如果是凶象，就必须赶快说出，则凶事自败。其所以然者，在于上天颇为小气，不喜天机泄露，你如泄露了，他便偏偏拂逆你，不让你说中。因此，好事被你说出，上天便不让你好事得成，同理，坏事若被说出，上天也就不肯降祸了。有点像今人所说的"见光死"的意味。

所以，我从小若遇美梦，则含藏自喜，有如女子口内秘密含着的情人送的一小片糖果，舍不得让别人知道。如遇噩梦，则委屈尽诉于人，丝毫不留。奇怪的是，年龄渐大，才知有些梦是不悲不喜，无凶无吉的，这才发现梦不是泄天机，梦是泄我自己的一己之机密啊！

我透过梦看自己，研究自己，像某些爱照镜子的少年。我以瞳仁观世界，瞳仁却不能自观，滔滔斯世，我认识最浅的不就是我自己吗？所以，有幸捡到一两个梦境，我总珍惜不已（因梦太滑溜，转瞬即忘），希望在那里面看到属于自己的一部分面目和心情，我因此喜欢记录梦境。

现实世界里的事物，你是可以经之营之的，但对于梦，你什么都不能插手，你只能记述。我喜欢做为一个纯记录者——我之于人生，不也如此吗？

搏　虎

它是一只嫩金色的老虎，身体柔和圆长，表情在冷漠狡狯中有其高贵绝艳。虽然在梦中，我也知道它是一只东方的老虎，而不是西方的狮子。

一只老虎，不知为什么，竟出现在市集上——市集则在梦里。

忽然之间，有人发现这头异类，于是鬼喊一声，大家纷纷狂走。那特别怯弱的，早已跑得不知去向，也有人大概吓昏了，跑虽也在跑，却跑来跑去，像遭鬼迷路似的，仍离不了老虎的前后左右。

那老虎一时之间却也好像还没有决定要干什么，只定定地用它冷冷的宝石似的眼睛四下逡巡（不是有一种宝石叫虎眼吗），我不寒而栗了，我大概属于那种想跑而不知为什么却又没跑成的人。

也有一些人，站在远远的外围张望，不知为什么，居然形成了一堵残忍的人墙砌成的斗兽场。情势很清楚，我们陷在包围之中，命里注定要去对付一只老虎，一只美丽强壮且复残忍的对手，我几乎已感到不战而败的悲哀。

事情却忽然出了变化，有人不知从哪里弄到枪，有人则不知从哪里弄到棒，看来我们必须死战一场。气氛立刻不同了，我虽手中一无所有，却也斗志昂扬，居然迎上身去左蹦右跳，心里想着扰乱它一下也好。有人瞅机会从前面放一枪，有人想办法后面打一棒，那老虎却用睥睨而厌倦不屑的眼神望着我们，打在它身上的枪和棒，它竟浑然不知。

远远的人墙观看我们，把我们的生死交关当做节目欣赏，他们有时尖叫、有时喝彩。我没有时间气他们，也没有力量恨他们，我们，一大群人在斗一只灿烂的、不知失败为何物的老虎。

"啊——"

忽然有人大吼一声，把棒子往地上一丢，转身就走了。

我急起来，叫道："别走啊！千万别罢手！我们还没打赢呢！你为什么要走呢？"

"我——"他的表情不是悲伤，而是比悲伤更多一点的什么，"我只能告诉你，刚才我跳上去要打的时候，忽然对准了它的口腔，我往里一看，啊——我，我忽然决定不能打了——"

他的表情是深深的悲怆，仿佛一下子老了。

他正在向我解释的时候，陆续有别人弃枪曳棒地走开了。我心急如焚，迎上前去，大叫："为什么？怎么回事？都不打了吗？"

他们的表情个个古怪，介于哭不哭、笑不笑之间。他们垂头丧气，有的一言不发而去，有的比较有耐心，却也只肯说一句跟刚才那人类似的话："我们看见它张大了嘴，我们往嘴里一看，知道不能打了。真的，不能打了——没有意思。"

我不信邪，捡起别人不打的棒子，直奔老虎而去。天啊，它那样大、那样强壮，我如何是它的对手？

然后，和别人一样，我来到它的正对面，我举棒猛挥，棒子劈空而下的时候，我自然微微一蹲。忽然，我看见了，它血口大张，但从那口腔看进去，它腹内竟空无一物，呀，它原来只是一张皮包空气的玩具老虎，由于制作太精良，我们竟以为它是真的。

我的棒子停在半空，我和刚才那些人一样哭笑不得。荒谬剧其实比悲剧更为悲剧啊!

我感到全身冰凉,原来我们刚才所有的心绪和动作都是滑稽的胡闹。那些狂走者的悸怖、那些逃不了的人的慌张、那些贾勇而战的英雄气概、那些一击而中的惊喜或数击不中的恼怒、那些奔忙劳累、那些生命交关以及那些自以为聪明的围观、那些幻想能打死猛虎的期待、那些数不尽的纷杂、无以名之的心情……一切的一切,原来都是一念的差误,此处根本无虎,有的只是一只像是老虎的"玩具老虎"。

这样的结局比之战败更不幸百倍!因为战败者毕竟还遭逢过一个强大的对手,而我们,这群市集上的英雄,却自顾自地和"空无"交锋,并且自以为战况剧烈。

醒来的时候,几乎还把梦中的力怯手软也带出梦外来了。微明的天光里,我在想,那老虎是什么呢?众人所嘶吼悸怖,穷力以征逐奋抗的竟是什么呢?是名誉?是学问?是财富?是爱情?抑或根本即是灼灼其表的生命的本身呢?

我们是一群在幻梦中,与幻觉中的金色猛虎相搏,并因其过程而惧而栗,而喜而泣,而狂而怒,而焦虑而骄傲而绝望的人。尤其不幸的,我们的智慧不高,不足以让我们事先直逼真相,并且我们的愚蠢又不够低,不能让我们终身受蒙蔽。

我想,这是我所做的最悲伤的一个梦了。

大　河

水极粹美,介于翡翠与水晶之间,用手臂泼剌一划,仿佛纵浪大化,在有无之间出入悠游,绿是"有",透明是"无",沾臂成湿的是"有",映日成彩的是"无",直指天空的河道是"有",

255

淙淙如韵的声音是"无"。

我在水里游泳，我在水里，水在天里，天在我里。

那是一场梦，我后来才知道，我当时只惊讶世间何以会有如此干干净净、一清见底的水。那一阵子我学游泳，女儿教我一种"水母漂"，可以在水里浮沉摆荡。我喜欢那姿势的名字，仿佛自己真是一只圆圆的有如气泡的水母了。

在梦里，我是狭长的刀剑，划过晶面，在水和水之间拨出一条华丽的轨迹。我渐游渐远，渐渐忘记自己是人，仿佛只觉自己是水族，或者任何一种模糊的生命，我顺着河道慢慢行远了。

如果，那夜的我，沿着梦一直游，一直游，会不会竟而忘返呢？

但在梦中——不知由于幸运或是不幸——我却猛然回头，那一刹间我才发现原来女儿也跟着我游来了，她没有说什么，我也没有说什么，和风惠日，草原夹岸，我忽然发现自己仍是人身，并且是一个母亲。

然后我发现水面长着些翠蔓蔓的植物叶子，便只好和女儿低头在水下潜游，从水底往水面一看，晶艳的阳光照在水面的叶子上，叶子全然透明起来。这才发现，奇怪啊，那原来不是水生的荇藻，它是极为平常的番薯叶子。

我仍继续游，阳光仍继续照在水面晶亮的叶子上，女儿仍继续跟在我脚旁游，我便这样游回了人间，睁开眼，夏日清晨的阳光刚刚照在前廊。

我忽然知道自己为什么梦见番薯叶了，我当时正养了两只番薯，在长夏惊人的生机中，枝叶纠纠绊绊铺满了前廊。梦见直奔天涯的大河，却让河面上长着家中的植物，恐怕是一件矛盾可笑的事吧？梦见这样的梦，多少证明自己不够利落洒脱吧？但人生本来就是一场夹缠不清的大决绝和大留恋啊！

这是一个蒸热无比的夏日，在台北盆地，而我梦见一条清凉透明的河。

来自未来

拿起听筒，是个小男孩，大约五六岁吧，声音干净如钢，却又柔甜似蜜，感觉上是个长得结实憨厚的小孩，他说："喂！我找外婆！"

外婆？这个家里够资格做外婆的人只有婆母，而叫她外婆的那男孩已经二十岁了，何况婆母也于月前辞世。

愣了一秒钟，我说："你打错了！"

小孩立刻乖巧地挂断电话。我有点后悔，应该多逗他讲几句话的，那么好听的小孩子的嫩嗓。何况他必然是个聪明的小孩，说起话来稳重自信，有大将之风。他是谁呢？

于是我站在电话机旁，发起呆来。我是清醒的，我没有做梦，但那感觉却比梦更像梦。我很想问什么人一句话——也许那孩子并没有打错？也许他真是婆母的外孙。这是他十几年前的一通电话，现在迟迟方至。也或许是他现在打的，是他童年的梦魂从成年的身体里游离而出，前来寻找他故去的外婆。

但是，这通电话其实明明可能就是打给我的啊！虽然女儿才十七岁，虽然也许要再等十几二十年后，我才会有一个五六岁的会打电话的小外孙，但也说不定这通电话就是那个孩子打来的啊！他从迢遥的未来打回头，打回现在，他想来探视他的外婆，在她的盛年，在她肌肤犹实，眼目仍清澈，行动如风的年代。

其实，刚才，我如果找些话来跟孩子聊聊，应该不难。例如"你外婆是谁"、"你妈妈叫什么名字"、"你上学了没有"等等，可是那一刹那我大约了解了，如果我问出外婆的名字，一切便都点破了。世上最好的事原是不能说破的，孙悟空历经九九八十一难取得西天经书，便要害他在晒书时吹掉几页才好。至于这个声音洪亮又甜腻的孩子是不是像梅脱林剧本《青鸟》里那个十几年后才会诞生的孩子，我何必问得那么清楚呢？

然后，我有一种柔和幸福的感觉，我在屋子里走来走去，想着，并且忍不住就说出声来："知道吗？我接到了一通神秘的电话，来自未来，有一个小男孩和我说了一句话。"

家人也不搭理我的疯言疯语，我有一点点喜悦，因为独自拥有一桩经验，也有一点点悲伤，我是正在害怕若干年后儿女离去后空巢的悲伤吗？为什么我一直听到那甜甜的孩童的声音呢？

约写于一九八九年

初　心

　　"初，裁衣之始也。"文字学的书上如此解释。

　　人生一世，亦如一匹辛苦织成的布，一刀下去，一切就都裁就了。

初哉首基肇祖元胎……

　　因为书是新的，我翻开来的时候也就特别慎重。书本上的第一页第一行是这样的："初、哉、首、基、肇、祖、元、胎……始也。"

　　那一年，我十七岁，望着《尔雅》这部书的第一句话而愕然，这书真奇怪啊！把"初"和一堆"初的同义词"并列卷首，仿佛立意要用这一长串"起始"之类的字来做整本书的起始。

　　也是整个中国文化的起始和基调吧？我有点敬畏起来了。

　　想起另一部书，《圣经》，也是这样开头的：

　　"起初，上帝创造天地。"

　　真是简明又壮阔的大笔，无一语修饰形容，却是元气淋漓，如洪钟之声，震耳贯心，令人读着读着竟有坐不住的感觉，所谓壮志陡生。有天下之志，就是这种心情吧！寥寥数字，天工已竟，令人想见日之初升，海之初浪，高山始突，峡谷乍裂以及大地寂然等待小草涌腾出土的刹那！

　　而那一年，我十七，刚入中文系，刚买了这本古代第一部字典《尔雅》，立刻就被第一页第一行迷住了，我有点喜欢起文字学来了。真好，中国人最初的一本字典（想来也是世人的第一本字典），它的第一个字就是"初"。

"初，裁衣之始也。"文字学的书上如此解释。

我又大为惊动，我当时已略有训练，知道每一个中国文字背后都有一幅图画，但这"初"字背后不止一幅画，而是长长的一幅卷轴。想来当年造字之人初造"初"字的时候，也是煞费苦心之余的神来之笔。"初"这件事无形可绘，无状可求，如何才能追踪描摹？

他想起了某个女子的动作，也许是母亲，也许是妻子，那样慎重地先从纺织机上把布取下来，整整齐齐的一匹布，她手握剪刀，当窗而立，她屏息凝神，考虑从哪里下刀，阳光把她微微毛乱的鬓发渲染成一轮光圈。她用神秘而多变的眼光打量着那整匹布，仿佛在主持一项典礼，其实她努力要决定的只不过是究竟该先做一件孩子的小衫好呢？还是先裁自己的一幅裙子？一匹布，一如渐渐沉黑的黄昏，有一整夜的美梦可以预期——当然，也有可能是噩梦，但因为有可能成为噩梦，美梦就更值得去渴望——而在她思来想去的当际，窗外陆陆续续流溢而过的是初春的阳光，是一批一批的风，是雏鸟拿捏不稳的初鸣，是天空上一匹复一匹不知从哪一架纺织机里卷出的浮云……

那女子终于下定决心，一刀剪下去，脸上有一种近乎悲壮的决然。

"初"字，就是这样来的。

人生一世，亦如一匹辛苦织成的布，一刀下去，一切就都裁就了。

整个宇宙的成灭，也可视为一次女子的裁衣啊！我爱上"初"这个字，并且提醒自己每清晨都该恢复为一个"初人"，每一刻，都要维护住那一片初心。

初发芙蓉

《颜延之传》里这样说："颜延之问鲍照，己与谢灵运优劣，照曰：'谢五言诗如初发芙蓉，自然可爱，君诗如铺锦列绣，雕绩满眼。'"

六朝人说的芙蓉便是荷花，鲍照用"初发芙蓉"比谢灵运，实在令人羡慕，其实"像荷花"不足为奇，能像"初发水芙蓉"才令人神思飞驰。灵运一生独此四字，也就够了。

后来的文学批评也爱沿用这字眼，周济（介存斋）《论词杂著》论晚唐韦庄的词便说："端己词清艳绝伦，初日芙蓉春日柳，使人想见风度。"

中国人没有什么"诗之批评"或"词之批评"，只有"诗话""词话"，而词话好到如此，其本身已凝聚饱实，且华丽如一则小令。

清露晨流新桐初引

《世说新语》里有一则故事，说到王恭和王忱原是好友，以后却因政治上的芥蒂而分手。只是每次遇见良辰美景，王恭总会想到王忱。面对山石流泉，王忱便恢复为王忱，是一个精彩的人，是一个可以共享无限清机的老友。

有一次，春日绝早，王恭独自漫步到幽极胜极之处，书上记载说："于时清露晨流，新桐初引。"

那被人爱悦，被人誉为"濯濯如春月柳"的王恭忽然怅怅然冒出一句："王大故自濯濯。"语气里半是生气半是爱惜，翻成白话就是："唉，王大那家伙真没话说——实在是出众！"

不知道为什么，作者在描写这段微妙的人际关系时，把周围环境也一起写进去了。而使我读来怦然心动的也正是那段"于时清露晨流，新桐初引"的附带描述。也许不是什么惊心动魄的大景观，只是一个序幕初启的清晨，只是清晨初初映着阳光闪烁的露水，只是露水装点下的桐树初初抽了芽，遂使得人也变得纯洁灵明起来，甚至强烈地怀想起那个有过嫌隙的朋友。

李清照大约也是被这光景迷住了，所以她的《念奴娇》里竟把"清露晨流，新桐初引"的句子全搬过去了。一颗露珠，从六朝闪到北宋，一叶新桐，在安静的扉页里晶薄透亮。

我愿我的朋友也在生命中最美好的片刻想起我来。在一切天清地廓之时，在叶嫩花初之际，在霜之始凝，夜之始静，果之初熟，茶之方馨。在船之启碇，鸟之回翼，在婴儿第一次微笑的刹那，想及我。

如果想及我的那人不是朋友，而是敌人（如果我有敌人的话），那也好——不，也许更好，嫌隙虽深，对方却仍会想及我，必然因为我极为精彩的缘故。当然，也因为一片初生的桐叶是那么好，好得足以让人有气度去欣赏仇敌。

原载一九八八年一月一日《中国时报·大地副刊》

不知道他回去了没有？

车子是一辆野鸡车，拉够客人就走的那种。路程是从中坜到台北—— 一小时的因缘聚散。

大家互不相识，看来也没有谁打算应酬谁，车一上路，大家就闭目养起神来。

"慢点，慢点，"后座有一个老妇人叫起来，"不要超车——"

"免惊啦！"司机是志得意满的少年家，"才开一百就叫快，我开一百四都不怕的。"

大家又继续养神，阳光很好，好到让人想离开车子出去走走。

"要说出事情，也出过一次的啦！"没有人问他，他自顾自地说起来，"坏运，碰到一个老芋仔（指老兵），我原来想，这人没有老婆儿子，不会来吵。后来才知道，他的朋友不知有多少哇！全来了，我想完了，这下不知要开多少钱。最后他们老连长出来说话了，他说：'人死了，不用赔。火葬费我们大家凑，也不要你出。但有一天可以回大陆的时候，你就要给他披麻戴孝，把他送回安徽去下葬。'"

"安徽？阿娘喂，我哪里知道安徽在哪里啊？"

"可是那时候也没办法，他又不要钱，我只好答应了。现在那老连长还一年半年就打电话来，我想想就怕，安徽是不是比美国还远啊？"

——这是十五年前的旧事了，开放回大陆探亲以后，我常想起司机口中那遭人撞死的老芋仔。他，和他的骨灰，不知有没有回去？不知有没有人为他披麻戴孝地送他回到安徽？

原载一九九二年二月十二日《中国时报·人间副刊》

盒　子

过年，女儿去买了一小盒她心爱的进口雪藏蛋糕。因为是她的"私房点心"，她很珍惜，每天只切一小片来享受，但熬到正月十五元宵节，也终于吃完了。

黄昏灯下，她看着空去的盒子，恋恋地说："这盒子，怎么办呢？"

我走过去，跟她一起发愁，盒子依然漂亮，是闪烁生辉的金属薄片做成的。但这种东西目前不回收，而，蛋糕又已吃完了……

"丢了吧！"我狠下心说。

"丢东西"这件事，在我们家不常发生，因为总忍不住惜物之情。

"曾经装过那么好吃的蛋糕的盒子呢！"女儿用眼睛，继续舔着余芳犹在的盒子，像小猫用舌头一般。

"装过更好的东西的盒子也都丢了呢！"我说着说着就悲伤愤怒起来，"装过莎士比亚全部天才的那具身体不是丢了吗？装过王尔德，装过撒母耳·贝克特，装过李贺，装过苏东坡，装过书法家台静农的那些身体又能怎么样？还不是说丢就丢！丢个盒子算什么？只要时候一到，所有的盒子都得丢掉！"

那个晚上，整个城市华灯高照，是节庆的日子哩，我却偏说些不吉利的话——可是，生命本来不就是那么一回事吗？

曾经是一段惊人的芬芳甜美，曾经装在华丽炫目的盒子里，曾经那么招人爱，曾经令人欣慕垂涎，曾经傲视同侪，曾经光华自足……而终于人生一世，善舞的，舞低了杨柳楼心的皓月。善战的，踏遍了沙场的暮草荒烟。善诗的，惊动了山川鬼神。善于聚敛的，有黄金珠玉盈握……而至于他们自己的一介肉身，却注定是抛向黄土的一具盒子。

"今晚垃圾车来的时候，记得要把它丢了，"我柔声对女儿说，"曾经装过那么好吃的蛋糕，也就够了。"

原载一九九一年三月八日《联合报·副刊》

盘

颁奖典礼结束了,我看到他迎面走来,今天他既不是领奖人,也不是颁奖人,他是个安静的帮场人。

他的职业是电视台的美工。不过,照我想,电视台大概不十分需要大刀阔斧的美工。每次跟戏,他不忍让自己的两手闲着,所以就拿些竹子来雕,雕久了,也就自然变成了一个竹雕艺术家了。

看到他走过来,心里万分高兴,手心里立刻胀满上次把玩那些竹器的温凉清润的感觉。这时,一位夏夫人刚好走过,我忍不住立刻拉住她,很"鸡婆"地说:"你知道吗?他是个竹雕艺术家,小小物事,你不知雕得有多可爱呢!"

年轻的"竹雕人"身上刚好带着照片,便掏出来给夏夫人看,雍容的夏夫人一面看一面颔首微笑说好,但我却火焦起来,一面结结巴巴气急败坏地分辩道:"不是的,不是的,真的全不是这回事,这些照片不对,完全不对!……那些竹雕一进了照片就完了,那竹雕真的放在你手上的时候才不是这样的呢,完全不是的,跟照片完全不一样……"

"我知道,"夏夫人娴雅凝定,"竹雕,大概像玉一样,要'盘'。"

我松了一口气,我情急之间找不到的那个字,她轻轻易易就吐出来了。

"盘"是玩玉的人专用的动词,它不是摸不是搓不是揉甚至不是爱抚,它是手指的试探,是以肌肤的贞静柔温去体念器物的贞静柔温。"盘"是物我之间眼神的往返顾盼,呼吸脉搏中的依依相属。

　　啊！我也要好好地盘一下，盘一下我所拥有的岁月和记忆。

　　　　原载一九九二年四月一日《中国时报·人间副刊》

花盆的身世

　　窗台上放着个花盆，它本来是块石头，中间挖空了，周围加雕了六个人头，盆里养着常翠的叶子。

　　他，我的山地朋友，走进我的屋子，一眼就看到那个花盆。

　　"啊！"他平平静静地说，"这，是我师父雕的嘛！"

　　倒是我吓了一跳！

　　"这是我跟大头目买的，大头目是你师父？"

　　"是啊，我做雕刻就是跟他学的啊！"

　　"你怎么认出来的？"

　　"我一看就知道啊！"他说得轻松，仿佛这花盆是他弟弟，理所当然，他一眼就该认得。

　　"我看到这盆子的时候，盆里种着花，"我说，"我请大头目卖我，他不肯。可是我不忍走，一直蹲在地下看那花盆，他后来心软了，就把花改种到别的花盆里去，把这盆子卖给了我。"

　　他笑笑，淡淡的，看得出来他是喜悦的——但我忍不住奇怪，在离家近四百公里的大城里重逢师父的手泽，如果是我，一定会垂泪，一定要大呼小叫，或者，至少也要唏嘘感慨，为这只花盆的前生后世而情伤。

　　可是，他不同，他是一个健康的山地男子，他用自己健康的情感来看师父的作品。至于动不动就生"今昔之悲"，恐怕是出于汉民族特有的历史情怀吧！我想想，觉得他的反应其实也很好，再想想，我自己可能作的反应也不坏。

　　这以后，我似乎更珍重那花盆，因为它除了是大头目的作品，又是"朋友的师父的作品"，简直有点"亲上加亲"的意味。于是，时不时的，我用喷雾器把石头花盆喷得潮潮润润的。我想骗骗那石头，让它误以为自己仍住在山上，仍然日日餐霞饮露，仍是一座含烟带雨的石头。

原载一九九二年七月八日《中国时报·人间副刊》

一张纸上，如果写的是我的文章

少年时，曾听人说过一句很毒很毒的话，因而半生不能忘记——其实，毒话之所以毒，多半因为它是事实。

事情是这样的：当时，有位长辈过生日，他把家藏的宣纸拿出来，找人画上画，要作为礼堂里当日视觉的焦点。那纸极大，约莫两人高一人宽。长辈从大陆带出来，珍藏多年，可以算是绝版纸吧！

因为纸大，一幅画连画了好多天，等画快画好了，有位行家走来一看，淡淡地扔下了一句话："唉，可惜了——这纸，如果不画，会比画了值钱！"

事隔三十年，我仍然不能忘记当时他摇头惋叹的表情。

他来看画，然而他没有看到画。他看到了一些颜色和线条，然而他没有看到画。他看到了树、花和石头，然而，他没有看到画。

只是，他看见了绘事后面的素纸，他并不狂妄，至少，他懂得尊重造纸艺术。

我不画画，但我不免常常戒慎惊惧，因为不知道自己的作品会不会反而减损了一张纸的原有价值。一张纸或出于树，或出于竹，或出于众草，但都一度曾是旺盛的生命。如今它既为人类而粉身碎骨，我有什么权利去随便浪费一张洁白的纸呢？

一张纸，如果印成钞票，可以增加千倍万倍的身价。一张纸，如果写成手谕，可以指挥千军万马。而一张纸上如果写上的是我的文章呢？

所以，如果有编辑对我说"随便给我们写点什么啦"，我总有点生气。随便写？我为什么要随便写？我半生以来为了想好好写作，甚至不敢以写作为业，我怕自己沦落，怕自己和文学之间的纯洁的爱意竟至成了"养生之计"。所以，我必须跟一般人一样，用多年的努力打下自己事业的基础，然后，我才能无欲无求地来写作，既然如此虔诚专致，怎么可以"随便写写"呢？

　　如果一张纸没有因为我写出的文字而芬芳，如果一双眼没有因读过我的句子而闪烁生辉——写作，岂不是一项多余吗？

　　　　　原载一九九二年一月二十八日《中华日报·副刊》

受苦者的肢体

隔了六十年，用录影带来看当年的卓别林闹剧，依然要流泪，感觉上居然好像是旧片重看。其实此片虽是旧片，我却明明是第一次看啊！

那些眼泪错觉上也像是重流的，仿佛六十年前流过，今日又再流一次。但六十年前我根本不存在啊！

感谢默片，如果电影一开头就能克服技术上的种种困难，演出今天这种有声电影，我们就没有卓别林这个人了，这损失真不知有多么大呢！

因为唐朝没有飞机，所以才有唐三藏一步一步行过万里去取经的故事。

因为秦朝没有电脑，伏生便把经书输入自己心中，那最深最安全的资料库。

因为没有语言，默片便用肢体为警句，不断用肢体来摧挫敲打我们迟钝的心。

古希腊的剧场和中国剧场有一件事很类似，两者的戏基本上都是演给神明看的。人看戏，算是沾光。希腊人因而不容舞台上有血腥场面，剧情中如果有人要悬梁上吊或自剜双目，可以，但一律安排在后台，观众只能靠报信人的口头叙述来知情。中国舞台尺度比较宽，中国神明似乎并不反对看杀人场面，但所有杀人的动作都虚晃一招，点到为止。平剧里被杀的人只须把头一偏，自行走到后台了事。

然而电影来了，影片把人的生活纤毫毕露地展现出来。电影院恍若入夜后的岩穴，伸手不见五指。在这里，人人都恢复为一个单独的原始人，去单独听人述说一则族人的传奇，看人不再是庙宇举行宗教节庆演出之际"万头攒动"中的"观众之一"。他是被"人工夜幕"的黑暗紧紧裹住的单独的自己。

卓别林在这时候出现，幽黑的剧院中，他让我们的眼睛清清楚楚看到受苦者的肢体，以前舞台上不要给我们看的受苦细节，他竟拿来给我们看了。例如好端端坐着，却因地板太烂，椅腿插陷进去，他跌得鼻青脸肿。例如站在大工厂的机器前，他把自己卡进机带里去，只好跟着电力运转。又例如他重复做着上螺丝钉的动作，下了班两手仍然惯性地扭动不止。又例如在军队里，他一副"活老百姓"相，班长每教他"向后转"，他总把两腿扭成一根麻花，而"向后转"的动作却无法完成。

他在受苦，他的肉体在人世间遭尽挨磨。没有语言、没有修辞，只有一个愣愣的小人物顶在那里，顶在那里用他的肢体——那是他仅有的资产，因为金钱和智慧显然他都不拥有——受苦受难。看卓别林，我们一面笑，一面流泪，因为我们都蓦然想起另一个同样也在受苦的人，另外那个受苦者的屈辱和酸辛，你猜对了，就是那个叫"我"的受苦者。

原载一九九三年十二月十四日《中国时报·人间副刊》

顾二娘和欧基芙

"这块砚台和别的砚台不同，"故宫博物院的导览小姐停下来，让我们看看灯光下那幽玄生辉的石头，"这砚台，制作的人叫顾二娘，女人做砚台，很少见的。"

我们都驻足省视那砚台，经她一说，果真看来有点女性趣味，想起吴文英的词"有当时，纤手凝香"，这砚台，也恍惚仍凝聚着三百年前那女子的芬芳手泽。

然而，它又简朴清雅而不见繁缛，石材也选得好，沉黑柔腻。论其色，不像矿物，而像最最深情的眉睫的颜色。

我对古玩不内行，以前也没想过"砚台皆系男人手制"的事。听解说小姐之言才猛然惊醒，原来"琢砚"的精工，本是男人专利——一切技艺性的传承本不包括女子。但这顾二娘怎么会有这手手艺的呢？

"她丈夫早死，没孩子，侄子又小，只好她接手来做。"

对，因为接手，所以有了手艺。

顾二娘的侄子后来长大了，技艺已成，便入了宫，奇怪的是顾家有几代琢砚高手，但留名砚史的反而是这位媳妇。大概高手必须入宫，入宫以后，就失去了草莽性格，处处要揣摩王侯的品味，反而绑手绑脚，不及这顾二娘，于悠闲自在中，深得石趣。

令人低徊的是"她丈夫死了"那句话，让我猛然想起前些年谢世的美国女画家欧基芙（Georgia O'Keeffe），她早年跟着摄影家丈夫住纽约，后来，丈夫死了，她搬到新墨西哥州的圣塔菲古城。面对西南部的漠漠砂碛，她重新定位属于美国本土的风景，一直画到九十九岁才死，生命力真是旺盛惊人。

顾二娘和欧基芙用传统社会眼光去看都是"苦命女子"。但事实却不然，她们的生命遭此一劫反而一空依傍而独立自主起来。

　　顾二娘是出生于十七世纪末的人，欧基芙则出生于十九世纪末，顾二娘一生雕琢砚台，欧基芙则跑去画荒原上鲜花和枯骨交错的生生死死。她们原来都可能穷愁一世，但她们却都活得光鲜耀目，熠熠逼人。

　　我再三看橱柜中那精致的砚台，沉实细腻，阅过三百年间的兴亡，而依然安娴贞定，不禁为那一小方的美丽而目驰神授。原来巴掌大的一凹石砚里亦自有它自家的宇宙大化，风雷沼泽，亦自有其春柳舒碧，蒹葭含霜。啊！这令人思之不尽的顾二娘。

　　　　　　　　原载一九九三年十二月二十八日《联合报·联副》

一则关于朝颜的传说

我听到这样一个故事：

在树枝的高桠上，有一只那年夏天刚孵化出来的小鹡鸰。

在树下草坡上，有一地灿开的朝颜，也就是我们说的牵牛花。只是在那远古的时代，它们都习惯于平长在地上，从来不知道什么叫攀爬。

这天清晨，小鹡鸰正在享受母亲刚捕捉到的小虫。

小虫十分美味，小鹡鸰大口地吞吃，母亲不吃，它在一旁絮絮叨叨地说话："今天天气真好，天空很蓝，云很白。"

这一点，小鹡鸰懂，因为，蓝天和白云，它在窝里抬起头来就能看到。

"草地很绿，很柔软。"母亲继续说。

绿和柔软，小鹡鸰也懂，因为它们栖身的大树长满绿色的树叶，而它们小小的巢里也经常填满母亲不知从哪里衔来的柔软的苇芒。

"而且，草地上爬满了大片美丽的紫色朝颜。"

"紫色是什么？"这一次小鹡鸰完全不懂了。

"紫色是一种颜色，它是由太阳的红和天空的蓝互相调合成的。"

然而小鹡鸰想不出那是什么奇怪的颜色。

"朝颜又是什么？"

"朝颜是一种花，像一只可以吹的喇叭。"

小鹡鸰一点也听不懂，"奇怪，花是什么？喇叭又是什么？"

"还有，那'美丽'又是什么？"

"美丽，"妈妈的眼睛闪烁，"啊，叫我怎么说呢？美丽是一种叫你一见之下，就忽然心折忽然谦逊的东西。"

"你不能带它来给我看吗？"小鹤鹑急了，因为它更不懂什么叫心折和谦逊。

"不能，"母亲说，"美丽的紫色朝颜是离不得土地的，它会立刻萎谢而死。"

"可是我想看一眼美丽的紫色朝颜啊！"

母亲没料到小鹤鹑在情急之下会叫得那么大声。

连不远处的朝颜也听见了。

这样的声音里透着渴望和哀求，使它的心为之一紧。

"是的，我不可以离开土地，但是，让我试着爬上树去，让小鹤鹑看一眼吧！"

于是它非常艰难地向大树挪移。三天之后，才勉强到达树根，而在它开始试着爬树的时候，自己柔细的指头被大树干刮破了，它没有料到树皮竟然如此粗糙，然而它忍着痛继续往上爬去。

七天之后，它爬到小鹤鹑的窗口，筋疲力尽之际，它听到那母亲的声音"啊，孩子，快来看，这就是我所说的美丽的紫色的朝颜。它来了，它把自己的美自己送来了。"

从此以后，朝颜变成一种脚跟虽不离地，手臂却能垂直爬上山坡篱笆或岩石的奇异小花。

原载一九九三年十二月二十八日《联合报·联副》

生命，以什么单位计量

这是一家小店铺，前面做门市，后面住家。

星期天早晨，老板娘的儿子从后面冲出来，对我大叫一句："我告诉你，我的电动玩具比你多！"

我不知道他在跟谁说话，四面一看，店里只我一人，我才发现，这孩子在跟我作现代版的"石崇斗富"。

"你的电动玩具都是小的，我的，是大的！"小孩继续叫阵。

老天爷，这小孩大概太急于压垮人，于是饥不择食，居然来单挑我，要跟我比电动玩具的质跟量。我难道看起来像一个会玩电动玩具的小孩吗？我只得苦笑了。

他其实是个蛮清秀的小孩，看起来也聪明机伶，但他为什么偏偏要找人比电动玩具呢？

"我告诉你，我根本没有电动玩具！"我弯腰跟那小孩说，"一个也没有，大的也没有，小的也没有——你不用跟我比，我根本就没有电动玩具，告诉你，我一点也不喜欢电动玩具。"

小孩目瞪口呆地望着我，正在这时候，小孩的爸爸在里面叫他："回来，不要烦客人。"

（奇怪的是他只关心有没有哪一宗生意被这小鬼吵掉了，他完全没想到说这种话的儿子已经很有毛病了。）

我不能忘记那小孩惊奇不解的眼神。大概，这正等于你驰马行过草原，有人拦路来问："远方的客人啊，请问你家有几千骆驼？几万牛羊？"

你说："一只也没有，我没有一只骆驼，一只牛，一只羊，我连一只羊蹄也没有！"

又如雅美人问你:"你近年有没有新船下水? 下水礼中你有没有准备够多的芋头? "你却说:"我没有船,我没有猪,我没有芋头!"

　　这是一个奇怪的世界,计财的方法或用骆驼或用芋头,或用田地,或用妻妾,至于黄金、钻石、房屋、车子、古董一一都是可以计算的单位。

　　这样看来,那孩子要求以电动玩具和我比画,大概也不算极荒谬吧!

　　可是,我是生命,我的存在既不是"架""栋""头""辆",也不是"亩""艘""匹""克拉"等等单位所可以称量评估的啊!

　　我是我,不以公斤,不以公分,不以智商,不以学位,不以畅销的"册数"。我,不纳入计量单位。

原载一九九三年十二月二十八日《联合报·联副》

我知道你是谁

一

在这八月的烈阳下，在这语音聱牙的海口腔地区，我们开着车一路往前走，路上偶然停车，就有人过来点头鞠躬，我站在你身旁，狐假虎威似的，也受了不少礼。

——这时候，我知道你是谁，你的名字叫做"医生"。

到了这种乡下地方，我真是如鱼得水，原因说来也简单可笑，只因我爱瓮。而这里，有取之不尽的破瓦烂罐。老一辈用的咸菜瓮，如今弃置在墙角路旁，细细的口，巨大的腹——像肚子里含蕴了千古神话的老奶奶，随时可以为你把英雄美人、成王败寇的故事娓娓说上一箩筐。

而这样的瓮偶然从蔓草丛里冒出头来，有时蹲在一只老花猫的爪下，有时又被牵牛花的紫毯盖住，沉沉睡去。

"老师，你看上了什么瓮，就告诉我，这里的人我都认识，瓮这种东西，反正他们也不太用了，只要我开口，他们大概总是肯卖肯送的。"

然而这也不是什么"伯乐过处，万马空群"的事业，所谓爱瓮，也不过乞得一两只回家把玩把玩，隐隐然觉得自己拥有一些像"宇宙黑洞"般的神秘空间罢了。

捡了两个瓮，你忽然说："我得去一位老阿婆家，我估计她这两天差不多了，我得去给她签死亡证明。"

我们走进三合院，是黄昏了，夕阳凄艳，小孩子满院乱跑，红面番鸭走前巡后，一盆纸钱熊熊烧着，老阿婆是过世了。

全家人在等你，等你去签名，等你去宣告，宣告一个生命庄严的落幕。我站在旁边，看安静的中堂里，那些谦卑认命的眼睛（真的，跟死亡，你有什么可争的呢）。也许是缘分吧？我怎会千里迢迢跑到这四湖乡来参与一个老妇人的终极仪式呢？斜阳依依，照着庭院中新开的"煮饭花"（可叹那煮饭一世的妇人，此刻再也不能起身去煮饭了），我和这些陌生人一起俯首为生命本身的"成""坏"过程而悲伤。

——那时候，我知道你是谁，你这曾经与我一同分享过大一国文课程的孩子，如今，你的名字叫"医生"。

二

借住在蔡家，那家人，我极喜欢，虽然有点受不了海口腔的台语。

喜欢那只牛，喜欢那夜晚多得不可胜数的星星，喜欢一家人脸上纯中国式的淡淡木木的表情（是当今世上如此稀有的表情啊）。

你说，这一带的农人，他们使用农药，农药令整个台湾受害，但他们自己也是受害人。在撒毒的时候，他们自己也慢性中毒，许多人得了肝病。蔡老先生的肝病其实也不轻了。送我回蔡家，顺便也给蔡老先生看看病。

"自从用药以后，"你暗暗对我说，"出血止住，大便就比较漂亮了。"

对一生追求文学之美的我来说，你的话令我张口错愕，不知如何回答。在这个世界上，像"漂亮"这样的形容词和"大便"

这样的主词是无论如何也接不上头的啊！

然而我知道，你说这话是诚心诚意的，这其间自有某种美学。

我对这种美学肃然起敬。

只因我知道持这种美学的人是谁，那是你——医生。

三

人山人海，医院门口老是这样，我和季坐在诊疗室一隅，等你看完最后的病人。

走进诊疗室的是一个小男孩和他的母亲，母亲很紧张，认为小孩可能有疝气。小孩大概才六七岁吧！

你故意和小孩东聊西扯，想缓和一下气氛，而那母亲，那乡下地方的女人，对聊天倒很能进入情况，可以立刻把什么人的什么事娓娓道来，小孩的恐惧也渐渐有点化解的样子。

由于孩子长得矮，你叫他站在诊疗床上。

"脱下裤子来让我看看！"大概你认为时机成熟了。

没想到小男孩比电检处更讲究"三点不露"的原则，他一手护住裤腰，一手用力推了你一把，嘴里大叫一声："你三八啦！"

我和季忍俊不禁，大笑起来。

我想起小时候看的一幅漫画，一个小男孩用他暗藏的水枪射了医生一头一脸，然后，他理直气壮地向尴尬的母亲解释道："是他，他先用槌子敲我膝盖，我才射他的！"

原来小病人有那么难缠。我想，这种事也只是很小很小的case罢了，麻烦的事，一定还多着呢！

但我相信你能对付的，因为，我知道你是谁，你的名字叫"医生"。

四

"有时候，我充满无力感。"

下午的诊所里，你的侧影有些忧伤。

"我忽然发现医疗能做的很少，环境才是最重要的，如果水不好了，食物不对了，医疗又能补救什么呢？"

你碰到我此生最痛最痛的问题了，我不敢和你谈下去。全世界的环境都坏了，台湾也坏了。幼小时节那些清澈见底的小河，河里随便一捞就是一把的小鱼小虾哪里去了？那些树、那些鸟、那些蝉、那些萤火虫，都一一到哪里去了？

我知道你的忧伤，你的痛。正如在百年前的习医的孙中山和鲁迅心中，也各有其痛。我认识你，你的忧世的面容。你，一个"医生"。

五

"病人一直拉肚子，一直拉，但是却找不出原因来，"你说，"经过会诊，还是找不出原因来，最后，就送到精神科来。"

那是一场小型的有关精神病学的演讲，但不知为什么，听着听着，令人眼中胀满泪意。

"我慢慢和他谈话，发现他是个只身在台的老兵，想回老家，可是那时候还没解严，不准回去。他原来是该痛哭流涕的，可是这又是个不让男人可以哭的社会，他的身体于是就选择了腹泻来抗议……"

这是精神医学吗？我竟觉得自己在听一首诗的精心的笺注，一首属于这世纪的悲伤史诗的笺注。

那个病人，就如此一直流耗着，一直消减着。我想起这事，就要落泪，为病人，也为那窥及灵魂幽秘处的精神医学……

是的，我知道你是谁，你这因了解太多而悸动不已的人，你，医生。

六

因为要参加一个校际朗诵比赛，你们便选了诗，进行练习。我是指导老师，在台下一遍遍地听，一遍遍地修正。

其中有一句独诵是你的，但每次你用极低沉哀缓的声音念："当——我——年——老——"同学就哧哧地笑出声来。并不是你念得不好，而是一颗年轻的心实在不知道什么叫"年老"。把"年老"两字交给十八岁的人去念一念，对他们已足以构成一个荒谬古怪的笑话，除了好笑还是好笑，此外再无其他。

但是，事情渐渐居然变得不再好笑了。那句话像什么奇怪的咒语，渐渐逼到眼前来了。老韩院长匆匆去了，一位姓周的职员也去了——我一直记得他絮絮叨叨地跟我说，你知道吗？你知道吗？开始有阳明的时候，那些办公桌是怎么运来的，全是我用我这个背一张张背上来的呀。——然而，他们走了。

曾有一个同学，极长于模仿老韩院长的声音，凡遇什么有趣的场合，总要抓他表演一番。他则老喜欢学那一段老韩院长最爱自卖自夸赞赏阳明人的话："We are second to none."

当年他学的时候，大家都开心、都笑，都有大人物遭丑化的无伤大雅的喜悦。而现在，我多想再听一遍那仿制的声音，也许听了以后会哭，但毕竟是久违的故人的声音，就算是仿制的。

"当——我——年——老——"

原来那样的诗不仅是供作朗诵比赛用的句子，它真的蹦到我们的生活里来了。不,不仅是"当我年老",还可以是"当我死去——"

我看着你,你正盛年,但那咒语是谁都逃不过的。于是,我看见你们茂美的青发渐渐凋萎稀少,眼角的鱼纹越趄游来……

"当我年老……"

当我年老,我知道你们的精神生命里会有一滴半滴属于我的血,我为此,合十感谢。

当你年老,我知道属于你的一生已经全额付出。

二千年前的英雄恺撒可以这样扬声呼喊:

　　　我来了
　　　我看见了
　　　我征服了

你我却可以轻轻地说:

　　　我来了
　　　我看见了
　　　我给予了

而在你漫长一生的给予之后,我会躲在某个遥远的云端鼓掌、喝彩,说:"啊,我知道你是谁,你是医生。"

　　后记:这里所写的人都是跟阳明有关的师生,但不指一个人。

　　　　　　原载一九九二年五月二十二日《联合报·副刊》

我想走进那则笑话里去

围坐喝茶的深夜，听到这样的笑话：

有个茶痴，极讲究喝茶，干脆去住在山高泉洌的地方，他常常浩叹世人不懂品茶。如此，二十年过去了。

有一天，大雪，他瀹水泡茶，茶香满室，门外有个樵夫叩门，说："先生啊！可不可以给我一杯茶喝？"

茶痴大喜，没想到饮茶半世，此日竟碰上闻香而来的知音，立刻奉上素瓯香茗，来人连尽三杯，大呼，好极好极，几乎到了感激涕零的程度。

茶痴问来人："你说好极，请说说看，这茶好在哪里？"

樵夫一面喝第四杯，一面手舞足蹈："太好了，太好了，我刚才快要冻僵了，这茶真好，滚烫滚烫的，一喝下去，人就暖和了。"

因为说的人表演得活灵活现，一桌子的人全笑了，促狭的人立刻现炒现卖，说："我们也快喝吧，这茶好啊！滚烫哩！"

我也笑，不过旋即悲伤。

人方少年时，总有些耽溺于美。喝茶，算是生活美学里的一部分。凡有条件可以在喝茶上讲究的人总舍不得不讲究。及至中年，才不免悯然发现，世上还有美以外的东西。

大凡人世中的美，如音乐，如书法，如室内设计，如舞蹈，总要求先天的敏锐加上后天的训练。前者是天分，当然足以傲人，后者是学养，也是可以自豪的。因此，凡具有审美眼光之人，多少都不免骄傲孤慢吧？《红楼梦》里的妙玉已是出家人，独于"美字头上"勘不破，光看她用隔年雨水招待贾母、刘姥姥喝茶，喝完了，她竟连"官窑脱胎白盖碗"也不要了——因为嫌那些俗人脏。

黛玉平日虽也是个小心自敛的寄居孤女，但一谈到美，立刻扬眉瞬目，眼中无人，不料一旦碰上妙玉，也只好败下阵来，当时妙玉另备好茶在内室相款，黛玉不该问了一句："这也是旧年的雨水？"

妙玉冷笑一声："你这么个人，竟是个大俗人，连水也尝不出来！这是五年前我在玄墓蟠香寺住着收的梅花上的雪，统共得了那一鬼脸青的花瓮一瓮，总舍不得吃，埋在地下，今年夏天才开了，我只吃过一回，这是第二回了。你怎么尝不出来？隔年蠲的雨水，哪有这样清凉？如何吃得？"

风雅绝人的黛玉竟也有遭人看作俗物的时候，可见俗与不俗有时也有点像才与不才，是个比较上的问题。

笑话里的俗人樵夫也许可笑——但焉知那"茶痴"碰到"超级茶痴"的时候，会不会也遭人贬为俗物？

为了不遭人看为俗气，一定有人累得半死吧！美学其实严酷冷峻，间不容发。其无情处真不下于苛官厉鬼。

日本的十六世纪有位出身寒微的木下藤吉郎，一度改名羽柴秀吉，后来因为军功成为霸主，赐姓丰臣，便是后世熟知的丰臣秀吉。他位极人臣之余很想立刻风雅起来，于是拜了禅僧千利休学茶道。一切作业演练都分毫不差，可是千利休却认为他全然不上道。一日，丰臣秀吉穿过千利休的茶庵小门，见墙上插花一枝，赶紧跑到师父面前，巴巴地说了一句看似开悟的话："我懂了！"

千利休笑而不答——唉！我怀疑这千利休根本是故布陷阱。见到花而大叫一声"我懂了"的徒弟，自以为因而可以去领"风雅证书"了，却是全然不解风情的。我猜千利休当时的微笑极阴险也极残酷。不久之后，丰臣就借故把千利休杀了，我敢说千利休临刑之际也在偷笑，笑自己有先见之明，早就看出丰臣秀吉不能身列风雅之辈。

丰臣秀吉大概太累了，"风雅"两字令他疲于奔命，原来世上还有些东西比打仗还辛苦。不如把千利休杀了，从此一了百了。

相较之下，还是刘姥姥豁达，喝了妙玉的茶，她竟敢大大方方地说："好虽好，就是淡了些。"

众人要笑，由他去笑，人只要自己承认自己蠢俗，神经不知可以少绷断多少根。

那一夜，在众人的哄笑声中，我真想走到那则笑话里去，我想站在那茶痴面前，他正为樵夫的一句话气得跺脚，我大声劝他说："别气了，茶有茶香，茶也有茶温，这人只要你的茶温不要你的茶香，这也没什么呀！深山大雪，有人因你的一盏茶而免于僵冻，你也该满足了。是这人来——虽然是俗人——你才有机会可以得到布施的福气，你也大可以望天谢恩了。"

怀不世之绝技，目高于顶，不肯在凡夫俗子身上浪费一丝一毫美，当然也没什么不对。但肯起身为风雪中行来的人奉一杯热茶，看着对方由僵冷而舒活起来，岂不更为感人——只是，前者的境界是绝美的艺术，后者大约便是近乎宗教的悲悯淑世之情了。

原载一九九三年十月二十九日《中国时报·人间副刊》

喂！外太空人，有闲再来坐

我常常在想，唉，不知那张CD现在怎么样了？那张镀金的CD。

什么CD？谁唱的？不，不是流行歌曲的唱片，那时候是一九七七年，我不知道那时候有谁灌CD唱片。我说的那张CD是当年美国太空总署（NASA）出资灌制的。

一九七七年，八月二十日，轰然一声，在加州的范德堡空军基地，推进器把航海者二号（Voyager2）送进了太空，到现在，航海者二号还在太空里翩翩散步呢！

我说的那张CD，便藏在这艘船里，是个搭便船的乘客。

一九七七年是什么意思呢？有个朋友，他的女儿恰巧便在一九七七年八月二十日这天清晨呱呱坠地。而今年，那如花似玉的女儿进了大学一年级——我这样说，你大概就懂一九七七年的意思了。

十八年来，请原谅我好奇心的毛病不时要发作一下。那张唱片至今也在太空里飘呀飘的，飘了十八年，渐渐地离银河系愈来愈远了。当年假定的外太空听众，有谁听过那张唱片吗？听过的家伙，请记得给我打个电话。

选那一年发射，是美国科学界精打细算以后的决定。那一年碰上"五星联珠"。也就是说，土星、木星、天王星、海王星加上地球全站成一排。这种机会三百多年才碰上一次，此刻发射太空飞船，可以一石四鸟，把其他四颗星上的资料一下子全照回地球来。

当时康奈尔大学有位沙冈教授（Corl Sagan）一向致力于太

空科学推广教育，他认为航海者二号赶在吉日良辰出门去摄影固然不错。不过，天地玄黄，宇宙洪荒，焉知太空船在茫茫大化中走着晃着不会碰上什么奇怪的生物呢？如果碰上了也算有缘，我们应该想个法子和他们互通声气一下。怎么通呢？他们于是想了几个办法。

第一，是拍些地球图片，其中包括万里长城啦，中国餐馆啦。

第二，是弄些音乐给太空生物听听，老外的音乐，是哪一首我不知道，老中的国乐，则是"高山流水"（哎呀，就是钟子期听到伯牙弹的那一种）。

第三，是录一张CD唱片，包括六十五种地球语言，其中德语、法语、英语当然在内，属于中国的语言居然一口气塞了三个进去，分别是国语、粤语和闽南语。前两者的话是这样问的："太空朋友！你们都好吗？我们都很想念你们！"

这段话当年是由一个可爱的、口齿稚拙的小孩说的。录音的地点，则安排在康大校长室。

至于闽南语呢？哈！闽南语更可爱了，那段话是这样讲的："太空朋友！呷饱没？有闲架搁（再）来坐！"

啊！翘首云空，不知道何年何月何日，在何星何座，有何物亲自来打开那太空船？当他拿起那六十五种人类的声音，不知他听得懂的是法文、西班牙文还是中文、日文？如果是中文，又是国语、粤语，或闽南语里的哪一种呢？啊，这三种语言我都极爱，但愿那生物，好好"听CD，学中文"，我们有朝一日，就可以彼此对话了。

——不过，想想也要失笑，我总该先跟同公寓的人说一说"呷饱没？"然后再去揣想那张CD的下场吧？

寂寞的"航海者二号"啊！但愿你载去的那声问候，早早碰到前来聆听的那一位。

（本文资料蒙简建堂博士提供并亲为订正，特此致谢。）

原载一九九五年六月五日《中国时报·人间副刊》

肖狗与沙虱

真实故事之一

我有个甥侄辈的小孩，算是聪明的，分在资优班。

有次众亲戚聚集，他因为刚入小学，十分兴奋，便忍不住抢先发言，长辈看他机伶可爱，也都听他，他的宏论如下："你们知道吗，世界上虽然有十二生肖。可是，其实都是做个样子的啦，真正说，大部分的人都是属狗的。"

大家望着他发呆，不知他怎么会发此高论。

"你怎么会这么想呢？"

"这是事实嘛！"他对自己的伟大发现显然十分得意，"你看，我属狗，我问坐在我前面的同学，他也属狗，后面的也属狗。左边右边，全班我都去问，差不多都属狗。"

大家听了，当然哄堂。

这小孩的笑话，放在学术行里倒很容易归类。他的调查数据因取样有问题而不正确。试想他在同班同学里前问后问，问来问去都是跟自己同一年次的人，他们当然有理由都属狗。

真实故事之二

塔克拉玛干大沙漠，这号称"有进无出"的绝域，七年前吸引了一队澳洲人前去探险，他们当然雇了一些本地"伕子"料理杂物。而由于人员浩荡，必须雇骆驼拉补给品。而骆驼雇多了，又必须再雇骆驼专拉骆驼粮食。一切妥当，终于上路。

大沙漠的可怕不在狮虎熊罴出没，而在于千里万里寸草不生。你连一只蟑螂也看不见，你走在绝对的死寂里。

探险家是一批怪人，他们吃苦犯难，不图名利。不过，如果上天容许他们发现一弯湖泊，那他们会高兴得在梦里也会笑掉下巴！

走着走着，这一天，好运来了。有人在明明灼灼的大太阳下看到沙地上清清楚楚有一只虱子在爬。哇！不得了！快乐的旅行家简直要落泪了，他们立刻七手八脚拍摄图片，打算立此为证。想想看，人类史上第一个在绝域中发现生物的就是他们啊！

拍完了所有角度的资料，他们又打算把虱子带回去做标本。这时候，拉骆驼的伕子说话了："干吗呀？他们对这只虱子那么热心，还给它拍照。"

"这是不同的，"翻译人员向伕子解释，"一向都说塔克拉玛干绝无生物，可是我们就在沙地上发现了一只，这当然是破天荒啦！"

不料伕子大笑起来："哎呀，这不是什么，这是我家骆驼身上的虱子呀，骆驼走着走着，虱子掉下地来，就这么回事嘛！"

全队的人一时都愣了，前一秒钟的美梦此刻全破灭。该死的虱子，骗人，明明长在骆驼身上的臭虱子，却敢以"沙漠独活侠"的姿态出现！

探险家只犯了一项错：他们看到了"此刻"虱子在沙地上爬，他们没有看到"刚才"它还在骆驼身上，他们昧于历史。

讲完两个故事，学生每每很捧场地大笑，我也每每乘胜追击（这是我做教员的职业病）："笑什么，你们以为只有小孩和探险队才会乱下结论吗？你们以为政客不会错弄统计数据吗？在学术界的专家学者就不会闹这种'少掉了一根历史筋'的笑话吗？——

而你们，你们这些被专家学者的资料喂大的学生，难道就不会吃下错资料吗？小心啊，至少，要有点常识，好吗？"

原载一九九六年三月十八日《中国时报·人间副刊》

有谁死了吗？

办公室附近有个菜场，菜场附近有片空地，我有时会驱车从那里经过。

"空地"这个字眼，在台北是不存在的——果真，没多久这片土地就堆满东西。什么东西？垃圾。不是厨余垃圾，多半是些床垫、桌子、椅子、电视、电扇，有时则是作废的玻璃鱼箱（不知道那些鱼都死到哪里去了），也有时堆着过时的衣服和玩具。

广场前不知从何时开始，竖起了一面牌子，牌上用大字写着"有摄影机，请勿在此倾倒垃圾"。看来当然是唬人的，于是唬者自唬，倒者自倒。我如果不太忙，常会下车看看那一堆堆壮观的"生活渣滓"，怀着十分凄伤的心。干吗要停车看那些奇怪的东西，我自己也说不上来，总觉得那里面有很多悲凉，二十六英寸的荧光幕，周围曾环绕一家人的欢声笑语吧？而现在，戏仍在，戏台却拆了。双人弹簧垫，有多少绮旎的风光，现在只待拖去掩埋。脚踩缝衣机，曾经一家老小的衣服都靠它缝、靠它补，现在却愁苦凄伤，在微雨中木板给淋得滴下水来……

有一天，天气好，我忽然看到一堆亮眼的物事。仔细望去，原来是一些刺绣品。是庙会戏台上常见的那种凸绣，杂以金线银线，艳丽闪烁，令人开不得眼。

奇怪，这一张一张的绣品，当年也是花了大价钱才办出来的吧？如今说丢就丢，不心疼吗？

我仔细辨别那些绣品上的字，叫"广东潮艺国乐社"。把乐团的绣帔纷纷丢掉，不免是件怪事吧？要说这广场垃圾之怪，用无奇不有来形容也不为过。贵重的如电脑，高雅的如油画稿，巨大的如柜子，精小的如玻璃弹珠，每样东西对我而言都是小小的惊奇，但唯这六七张绣帔，令我发呆发愣，不知如何归类。

我不懂潮州音乐，也缺乏这方面的资讯，一时也无从去打听本末。想起十五年前去泰国难民营的时候，看潮州难民表演，有个戏码是"莲香戏鞋"，可惜因为赶时间，没看到就走了，不意事后反而牢牢记住，因为是个遗憾。

潮州人是些特别的人，我对他们无限钦佩。在屏东，他们能把一片地住成了"潮州镇"（舍弟就是潮州中学毕业的），他们又盖了韩文公的庙，虽然韩愈一向也没把潮州放在眼里，被贬之后也只在那里住过一年，心里还怨得要死，潮州人却把他奉为神明，敬了一千年。我尤其佩服潮州人做的好菜——即使在香港，满街都是粤菜天下，潮州菜却仍然一枝独秀，与粤菜分庭抗礼。潮州人一定是那种对自己多一分敬意和自信的人。潮州人的音乐，想来也是特别的，至于那些每周聚拢来练习这些音乐的团员，想来也一一老了。老成凋谢之后会不会难以为继呢？我一面看那些明艳的绣帔，一面揣想猜度。

然后，也许某个重要的团员死了，这个团员单身，临死堆了一屋子当年演奏潮州音乐用的东西。狠心的房东不想保留什么，便雇来一台小货车，把所有的东西丢个精光，房子重刷一遍，粉白雪亮，重新租给了别人（啊！不知新房客午夜梦回之际，是否仍听到管弦呕哑的余韵）。

如果不是有人死，如果不是别人伸手来强丢，我不能相信任何一个"舞台人"会横下心来丢掉这一幅幅华丽亮艳的舞台绣帔。

站在广场边，我努力去构思整个故事的情节。却像在写一篇写坏的小说，自己也圆不了场。

绣帔旁边有一张蓝色会员证，我捡了起来，一张一英寸大的照片贴在上头，二三十年前的那种证照。影中人穿着白衬衫，领子扣得死死的，影中人也许三十，也许五十，因为严肃，竟至看不出年龄来了。

就是他吗？死的人就是他吗？我把会员证捡起来，夹在资料夹里，有人死了吗？有故事落幕了吗？我不知道找谁去问。

广场漠漠，这是一个善于遗弃的城市。

原载一九九六年五月六日《中国时报·人间副刊》

"浮生若梦啊!"他说

那一年,他是文学院院长,我是中文系里的小助教。

但校车上会相逢,有时候也同座。他总是妙语如珠。他瘦小清癯,表情不多,讲起笑话来,冷冷一张脸,却引得全车笑翻:"从前,在英国有一个人,患了失眠,就去看医生,"他的措辞简单、老实,我以为是真人真事,"医生就给了他药,他回去一吃,病就好了,睡得很沉,睡着了,还梦见自己到了太平洋上的一个小岛,美女如云,列队欢迎他。他的朋友刚好也患失眠,听到有这种好事,赶快也去看医生,也拿了药,回家也照样吃了。于是呢,果真也睡着了。而且,说巧不巧的,也梦到太平洋上一个小岛,但不幸的是,他一靠岸,就有土人来追杀他,害得他跑得气都透不过来……他很生气,跑去质问医生,医生说:'哎呀,当然不同啰,你的朋友是私人付费,你呢?是公保支付。'"

讲完笑话,云淡风轻,他又去捣弄他的烟斗,也不管一车人笑得前仰后合,他已完全的事不干己了。

他其实是政治系的教授,也不知为什么,做了文学院院长,有一天,又闲聊,他忽然说:"你觉得文学有用吗?"

这话对大学中文系刚毕业的我而言,简直是亵渎。文学,是不容怀疑的!

"譬如,举个例子,"他慢条斯理地说起来,"我从前小时候听人说'浮生若梦',怎么说,我都不懂,人生怎么会像梦呢?现在,到了我这个年岁,懂了。懂了的时候,又觉得不用你来说。所以说,既然不懂的时候,说了也不懂,懂的时候,完全不用你来说——那么,文学又有什么用呢?"

本来准备要辩论的话说不出来了，反而牢牢地记下他举的例子。我自己仍然信仰文学，但他的话陷我于反复思索，至今仍不时困扰我。我也记得他的脸，像春天早晨烟岚散去后的晴山，淡淡的，仿佛什么事都没有发生过，可是，分明那话里有多少惊动生命之痛的大悲情在搅和啊！

最后一次去看他是探病，他已中风，坐在一张大椅子上，不能说话。冬天的暖阳穿窗而入，照在他浅灰色的长袍上，他嘴角的口水沿着前襟流下（当年出产幽默风趣的嘴角啊）！一直流、一直流，一只猫在他身上跳来跳去，他的目光呆滞，凝望着不知什么地方的地方。

"浮生如梦"？文学究竟能做些什么？我想再跟他讨论，但他已仿佛是被另一个主人买去的家奴。他曾经属于学术，学术是一个宽厚博大的主人，容得你古今上下去自纵自如。但他的新主人极其残酷，鞭笞他如鞭白痴，不久，他谢世。

他的脸，淡淡的，似喜非喜，似悲无悲。生平总是丢下一句笑话，自己不笑，就游离开了。或者，丢下一句悲伤的话做开头，自己也不续下去，竟躲起来了。

"浮生如梦"啊！浮生是什么？梦是什么？我不知道，我只记得他的脸——淡然无事的脸。

原载一九九五年九月二十五日《中国时报·人间副刊》

女子层

十年前的事了。

为了去看富士山顶的高山湖泊，我先到东京落脚一夜。旅行社为我订了一家旅店，我去柜台报到的时候，那职员忽然问我："你一个人吗？"

我说是。

"你在东京有没有男朋友？"

我大吃一惊，怎么这种事也在询问之列？多礼的日本职员怎会这样问话？而且，我也不确定他所谓的"男朋友"是什么意思。

"我……我有朋友……那朋友是男的。"

我在东京本来一个鬼也不认识，但临行有位热心的朋友听说我居然只身旅行，偏要介绍他的一位日本朋友给我，怕我万一有事流落异邦，可有处投靠。我告诉旅馆职员的"男朋友"，便指此人而言。

那职员大概也明白，我被他搞糊涂了。

"这样说吧，如果他来见你，你们在哪里见面？"

"在廊厅呀！"

"他不用进你房间？"

"不用。"

我忍住笑，我带进房间干什么？朋友介绍他这朋友给我，原是供我做"备用救生员"的，我带他进房间干什么？神经病！

"好，这样的话，"他的表情豁然开朗了，"你可以住在我们的女子层，女子层里比较自由，男人不可以上女子层，女子层里全是女子。"

我算得上是个五湖四海乱跑的人，什么旅馆也算都见识过了，但这家旅店的这种安排我竟没见过，不得不承认这构想新奇有趣。

上得楼来，入眼四壁全是浅浅的象牙粉红（有点像故宫为了配合最近展出罗浮宫名画而髹漆的粉色），心情不禁一振，觉得有一种被体贴被礼遇被爱宠的感觉。

至于浴室里的陈设虽然无非是洗发精、沐浴乳，但都精致巧美，看来竟像细心的妈妈为远归的女儿预备的。至于床罩、枕头、梳妆品和室内布置其温馨旖旎处就不必一一细说了。

不过，令我印象最深刻的却不是这些，而是在床头柜上放着的那本装订考究的日记册子。册子厚厚的，里面写满房客留下的一鳞半爪。我不识日文，没办法完全看懂那些有缘和我住同一间房睡同一张床的女孩子的心声，但仗着日记里有些汉字，我也多少读懂了一点。

例如有个女孩说，那天是她生日，她一人身在旅邸，想起父母亲友之恩，内心深为感激。也有的说，有幸一憩此屋，不胜欣喜。也有的讲些人生感怀。虽然并不是什么高言大智，但一一自有其芳馨的手泽。

那光景，竟有些像住在天主教的女子中学宿舍里，美丽的女儿国，男人还未曾在生命中出现，女孩儿彼此悄声细语，谈些心事。至于那情感特别相投的，就彼此交换日记来看，那里面有一种情逾姊妹的亲热。

我后来旅行他地，也不曾看过类似的旅馆，所以对它十分怀念。你当然可以讥笑他们用象牙粉红来讨好女性未免太肤浅，但毕竟这其间有一份心，而身为女子，对对方"有一份心"的事是不会忘恩的。

我真的很怀念那家旅馆的女子空间。

原载一九九五年十月九日《中国时报·人间副刊》

六　桥
——苏东坡写得最长最美的一句诗

　　这天清晨，我推窗望去，向往已久的苏堤和六桥，与我遥遥相对。我穆然静坐，不敢喧哗，心中慢慢地把人类和水的因缘回想一遍：

　　大地，一定曾经是一项奇迹，因为它是大海里面浮凸出来的一块干地。如果没有这块干地，对鲨鱼当然没有影响，海豚，大概也不表反对，可是我们人类就完了，我们总不能一直游泳而不上岸吧！

　　岸，对我们是重要的，我们需要一个岸，而且，甚至还希望这个岸就在我们一回头就可以踏上去的地方（所谓"回头是岸"嘛）！我们是陆地生物，这一点，好像已经注定了。

　　但上了岸，踏上了大地，人类必然又会有新的不满足。大地很深厚沉稳，而且像海洋一样丰富。她供应的物质源源不绝。你可以欣赏她的春华秋实，她的横岭侧峰，但人类不可能忘情于水，从胎儿时代就四面包围着我们的水。水，一旦离开我们而去，日子就会变得很陌生很干瘪。

　　而古代中国是一个内陆国家，要想看到海，对大多数的人而言，并不容易。中国人主动去亲近的水是河水、江水、湖水。尤其是湖，它差不多是小规模的海洋。中国人动不动就把湖叫成海，像洱海、青海。犹太人也如此，他们的加利利海分明只是湖。

　　有了湖，极好——但人类还是不满足。人类是矛盾的，他本来只需要大水中有一块可以落脚的陆地，等有了陆地他又希望陆地中有一块小水名叫湖。有了这块小湖水，他更希望有一块小陆地，悄悄插入湖中，可以容他走进那片小水域里——那是什么？那是堤。

如果要给"堤"设一个谜语供小孩猜，那便该是：

水中有土、土中有水、水中又有土

苏堤、白堤便是经两位大诗人督修而成的"诗意工程"。诗人，本是负责刺探人类心灵活动的情报员，他知道人类内心的隐情密意。他知道人类既需要大地的丰饶稳定，也需要海洋的激情浪漫。于是白居易挖了湖了又筑了堤（农人因而得灌溉之利，常人却收取柳雨荷风），后来苏东坡又补一堤。有名的白堤、苏堤就是指这两条带状的大地。

更有意思的是，有了长堤之后，有人更希望这块小土地上仍能有点水意。于是，苏堤中间设了六道桥，这六道桥的名字分别是映波、锁澜、望山、压堤、东浦、跨虹。桥有点拱背，中间一个圆洞，船只因而可以穿堤而过。如果再为"六桥"设一道谜题，那也容易，不妨写成下面这种笨笨的句子：

水中有土、土中有水、水中又有土、土中又有水

这天早晨，我呆呆地望着这全长二点八公里的苏堤。由于拥有六座桥，刚好把苏堤分成七个段落，算来恰如一句七言。啊！那一定是苏东坡写得最长最大的一句七言了，最有气魄而且最美丽。

苏堤因为是无中生有的一块新地（浚湖而得的最高贵华艳的废土），所以不作经济利益的打算，只用来种桃花和杨柳。明代袁宏道形容此地，说："六桥杨柳一络，牵风引浪，潇疏可爱。"

苏轼的诗也说:"六桥横绝天汉上。"如果你随便抓一个中国人来,叫他形容天堂,大概他讲来讲去也跳不出"六桥烟柳"或"苏堤春晓"的景致。六桥,大概已是中国人梦境的总依归了。

我自己最喜欢的和六桥有关的句子出自元人散曲:

贵何如,贱何如?六桥都是经行处(作者刘致)

对呀,在春暖花开的时候,难不成因为他是 ×主席或 ×部长,就可以用八只眼睛来看波光潋滟吗?不,在面对桃红柳绿的时刻,我们都只能虔诚地用两腿走过风景,用两眼膜拜,用一颗心来贮存,如此而已。

绝美的六桥,是大家都可以平等经行的,恰如神圣的智慧,无人不可收录在心。眼望着苏东坡生平所写下的最长最美的一句诗,我心里的喜悦平静也无限华美悠长。

原载一九九五年十一月六日《中国时报·人间副刊》

东邻的竹和西邻的壁

午夜，我去后廊收衣。

如同农人收他的稻子，如同渔人收他的网，我收衣的时候，也是喜悦的，衣服溢出日晒后干爽的清香，使我觉得，明天，或后天，会有一个爽净的我，被填入这些爽净的衣衫中。

忽然，我看到西邻高约十五公尺的整面墙壁上有一幅画。不，不是画，是一幅投影。我不禁咋舌，真是一幅大立轴啊！

大画，我是看过的，大千先生画荷，用全开的大纸并排连作，恍如一片云梦大泽。我也曾在美国德州，看过一幅号称世界最大的画。看的时候不免好笑，论画，怎能以大小夸口？德州人也许有点奇怪的文化自卑感，所以动不动就要强调自己的大。那幅画自成一间收藏馆，进云看的人买了票，坐下，像看电影一样，等着解说员来把大画一处处打上照灯，慢慢讲给你听。

西方绘画一般言之多半作扁形分割，中国古人因为席地而坐，所以有一整面的墙去挂画，因而可以挂长长的立轴。我看的德州那幅大画便是扁形的，但此刻，投射在我西邻墙上的画却是一幅立轴，高达十五公尺的立轴。

我四下望了望，明白这幅投影画是怎么造成的了。原来我的东邻最近大兴土木，为自己在后院造了一片景致。他铺了一片白色鹅卵石，种上一排翠竹，晚上，还开了强光投射灯，经灯一照，那些翠竹便把自己"影印"到那面大墙上。

我为这意外的美丽画面而惊喜呆立，手里还抱着由于白昼的恩赐而晒干的衣服，眼中却望着深夜灯光所幻化的奇景。

这东邻其实和我隔着一条巷子，我们彼此并不贴邻，只是他们那栋楼的后院接着我们这栋的后院。三个月前他家开始施工，工程的声音成天如雷贯耳，住这种公寓房子真是"休戚与共"，电锯电钻的声音竟像牙医在我牙床上动工，想不头痛也难。三个月过去，我这做邻居的倒也得到一份意外的奖品，就是有了一排翠生生的绿竹可以看。白天看不算，晚上还开了灯供你看，我想，这大概算是我忍受噪音的补偿吧？

我绝少午夜收衣服，所以从来没有看到这种娟娟竹影投向大壁的景致，今晚得见，也算奇缘一场。

古代有一女子，曾在夜晚描画窗纸上的竹影，我想那该算是写实主义的笔法。我看到的这一幅却不同,这一幅是把三公尺高的竹子，借着斜照的灯光扩大到十五公尺，充满浪漫主义的荒渺夸大的美感。

此刻，头上是台北上空有限的没有被光害完全掐死的星光，身旁又有奇诞如神话的竹影，我忽然充满感谢。想我半生的好事好像都是如此发生的：东邻种了一丛竹，西邻造了一堵壁，我却是站在中间的运气特别好的那一位，我看见了西园修竹投向东家壁面的奇景。

对，所有的好事全都如此发生，例如有人写了《红楼梦》，有人印了《红楼梦》，有人研究了红学，而我站在中间，左顾右盼，大快之余不免叫人来一起来瞧瞧，就这样，竟可以被叫作教授。又例如人家上帝造了好山好水，工人又铺了好桥好路，我来到这大块文章之前，喟然一叹，竟因而被人称为作家……

东邻种竹，但他看到的是落地窗外的竹，而未必见竹影。西邻有壁，但他们生活在壁内，当然也见不到壁上竹影。我既无竹也无壁，却是奇景的目击者和见证人。

是啊，我想，世上所有的好事都是如此发生的……

原载一九九五年十二月四日《中国时报·人间副刊》

小鸟报恩记

台风过后的清晨，我驱车经过中山北路。走到接近福林桥的位置，看见路旁樟树下有一只鸟。是白头翁，落在水洼里，不知是死是活，快车道停车不成，我只好绕到忠诚路去，把车停好，再回来探看它。

它仍然瑟缩在地上，大概昨夜从树上跌下来的吧？我因车上刚好有件外套，便拿来权充毛毯，把它包了，记得听说鸟类胆子小，容易受惊，我现在虽来救它，在它看来未必不像绑票，像掠抢俘虏。又尝听说让鸟类处于黑暗中，它会安静些。果真，包了衣服以后，它乖乖的，像只驯良的家猫。

白头翁其实很常见，它们的族群似乎比较凶悍，常常把别的鸟赶跑，从来没听说白头翁可以饲养，也不知它吃什么。回到家里，我因怕它乱飞不安全，也只好弄只笼子来，作为"加护病房"。并且准备了鸡肉小米和清水，看它选择哪一样？当然，也许它只吃活飞虫——那我便无能为力了。

也许是在病中，它既不吃荤，也不吃素，只肯喝点水，我觉得十分过意不去，仿佛招待不周，怠慢了客人，自己惭愧万分。

唉！这只小鸟不知命运如何，我本来自以为稍稍懂得一点鸟知识的。我甚至知道白头翁另有一族亲戚叫黑头翁，住在东海岸一带。但没有用，我还是没有办法"劝君更进一粒粟"。小鸟事件大概是我生平所做的许多笨事里的一件新纪录，如果它因为照顾不周而溘逝，我岂不悔死？

"它会不会死呀？"就这样念着叨着，我一天不知要偷窥它几十次，只见它失魂落魄地站在笼子里，不发一声，不啄一粟，我又只敢偷窥它，唯恐打扰了它的领域感。

它独自占据一间卧房，那是儿子出国读书以后的房间。房子对鸟而言又是什么呢？我不禁思忖，那方方的，白白的，没有绿枝也没有虫吟的空间。

台风之后是雨，雨后是晴天，它已在我家住了两天了。第三天清早我带它回中山北路老家。想一想，不确定它能不能恢复正常生涯，小鸟如果摔落在中山北路上是可怕的。我于是又绕到忠诚路，那里有一座公园。我打开笼门，轻轻取出它来，也没看清楚它怎么振翅的，总之，我还没回过神来，它已倏然一纵飞到百公尺外去了，其实近处也有树，但它不放心，它一径飞到远丛中去了。飞得速度之快，使我绝对不敢相信它就是窝在我家笼子里那只病兮兮的鸟。

鸟去了，只有风鸣众柯。

想起小时候念的儿童故事，受伤的小鸟离开寄养家庭的时候，总不免迁延徘徊，一步三回头，有依依不舍之意。而且，过不几天，它竟会衔颗钻石什么的回来相酬。我看我收养的这只白头翁便知道它不曾读过这类童话，完全不知世间竟有此等陋规。它离开我的时候大概乐昏了头，也不向我打听一下住址，以便来日衔宝报恩。

——然而，我却觉得自己已收到了报恩礼物。当它像箭一般的疾射而去的时候，它那双自由的翅膀所拍出的韵律，所隐藏的欢呼，是我生平所听到的最美丽的感恩颂歌。

原载一九九六年一月一日《中国时报·人间副刊》

回头觉

几个朋友围坐聊天，聊到"睡眠"。

"世上最好的觉就是回头觉。"有一人发表意见。

立刻有好几人附和。回头觉也有人叫"还魂觉"，如果睡过，就知道其妙无穷。

回头觉是好觉，这种状况也许并不合理，因为好觉应该一气呵成，首尾一贯才对，一口气睡得饱饱，起来时可以大喝一声："八小时后又是一条好汉！"

回头觉却是残破的，睡到一半，闹钟猛叫，必须爬起，起来后头重脚轻，昏昏倒倒，神智迷糊，不知怎么却又猛想起，今天是假日，不必上班上学，于是立刻回去倒头大睡。这"倒下之际"那种失而复得的喜悦，是回头觉甜美的原因。

世间万事，好像也是如此，如果不面临"失去"的惶恐，不像遭剥皮一般被活活剥下什么东西，也不会憬悟"曾经拥有"的喜悦。

你不喜欢你所住的公寓，它窄小、通风不良，隔间也不理想。但有一天你忽然听见消息，说它是违章建筑，违反都市计划，市府下个月就要派人来拆了。这时候你才发现它是多么好的一栋房子啊，它多么温馨安适，一旦拆掉真是可惜，叫人到哪里再去找一栋和它相当的好房子？

如果这时候有人告诉你这一切不过是误传，这栋房子并不是违建，你可以安心地住下去——这时候，你不禁欢欣喜忭，仿佛捡到一栋房子。

身边的人也是如此，惹人烦的配偶，缠人的小孩，久病的父母，一旦无常，才知道因缘不易。从癌症魔掌中抢回亲人，往往使我们有叩谢天恩的冲动。

原来一切的"继续"其实都可以被外力"打断"，一切的"进行"都可能强行"中止"，而所谓的"存在"也都可以剥夺成"不存在"。

能睡一个完美的觉的人是幸福的，可惜的是他往往并不知道自己拥有那份幸福。因此被吵醒而回头再睡的那一觉反而显得更幸福，只有遭剥夺的人才知道自己拥有的是什么。

让我们想像一下自己拥有的一切有多少是可能遭掠夺的，这种想像有助于增长自己的"幸福评分指数"。

原载一九九六年六月二十六日《中华日报》

鸟巢蕨，什么时候该丢？

我买了一丛鸟巢蕨，那是十年前的旧事了。

说"一丛"不太正确，应该说是"一丛半"。小丛的鸟巢蕨，偎在大丛边上，看来如母子相依。我喜欢那姿态，不觉心动买下。及至回到家里，不料那大丛越长越大，小丛缩在大丛之下，逐渐萎小，最后终于枯干黄卷而至消失。

鸟巢蕨又名台湾山苏，在林野中处处都可遇到，它又常常长在老树上，一副非常随遇而安的样子。我因那"台湾山苏"的名字而格外疼惜它，凡是冠上中国或台湾之名的动植物，总让我心动。例如"台湾相思"或"中华鲟鱼"，听来真像和自己刚认过宗又叙罢家谱的堂兄弟。

而这位堂兄弟不幸夭损了一个，我不能不感伤。终于，我想出办法来了，我要去找原来卖鸟巢蕨的花店，问他们能不能为我补种半丛小蕨，付钱没有关系，我喜欢它原来的构图，我喜欢小蕨稚弱依人的样子。

花店一向是个美丽的地方，花店里的小姐也是。我抱着鸟巢蕨走进店来，小姐惊奇地望着我。我有点抱歉，向来，只有人抱着植物出去，哪有人抱着植物进来？

"是这样的……我半年前买的……死了……可不可以请你在同位置再为我补种一丛？……"

"半年了？"美丽的小姐有点不屑，"半年了你也就可以丢掉了，都市里的人买绿色植物来养，谁不是养养就死了？我看你也不必麻烦了，就把这盆丢到垃圾车里去算了，你再选一盆新的，我算你便宜。哪里有像你这样买了盆植物就一直养下去不丢的？"

这一次，轮到我睁大眼睛看她了。美丽的她，怎么会说出这番怪论来？凭什么植物只是"养眼消费品"，看烦了就丢？一棵树，只要照料得好，是混个百年乃至千年都没有问题的。要丢，它来丢我还差不多，我是绝对没有资格去丢它的。

　　鸟巢蕨能活多久？我不太知道，但它的嫩叶一重重抽出来，生生不息。就我的想法，百年应该也不是问题，我何忍让它夭折。花店店员只知推销产品，别理她就算了。

　　我把鸟巢蕨重新带回家，几乎是落荒而逃，两下里都有点劫后余生的意味。我赌气好好养它，它至今活着，如翡翠，如碧波，既不打算死，也没有倦勤或退休之意。每当它抽出一张通透如"祖母绿"的新叶，如同赌徒又展示出一张王牌，我就会神秘一笑，对它说："哈！好家伙，你知道吗？你这条命是捡回来的！十年前就有个坏女孩劝我把你甩了呢！"

　　鸟巢蕨似笑非笑，我想它什么都知道，但它什么都不说，只一径绿着。非常绿非常绿地绿着。

　　　　　　　原载一九九六年八月二十八日《中华日报》

我捡到了一个小孩！

主人把孩子包好，开了门，出来，放在门口路边上。

旁边早有人等在那里，把孩子抱起来，大声叫嚷："我捡到了一个小孩！又健康又活泼的男孩，谁肯收养他呀？"

"我，"主人又开门走了出来，"我愿意收养他！"

捡到孩子的人故作慎重地考虑了一下："我虽然不认识你，不知道你是谁，但既然有缘在此相遇，想必出于神的安排，你就收下这孩子吧！"

以上的情节是我在一部古装日本影片里看到的，描述贵族子弟出生后唯恐因为太娇生惯养而长不大，所以用设计好的方法把他的身份变成"弃婴"，既是卑贱的弃婴，则天地鬼神都不会忌刻他的好命，他也就可以平平安安地长大了。

古人对孩子，每因缺乏安全感而有许多瞒神欺鬼的妙招，我所听说的有以下几种：

第一，取个极粗鄙难听的名字，例如叫"乞食""拾粪"，鬼神不懂"名实之间其实未必相符"的道理，以为名字难听便是出身贫贱的意思。贫贱的小孩也就不值得去害他了。

第二，在男孩耳朵上穿个洞，戴上耳环，让鬼神误以为他只是女孩子，女孩子不值钱，鬼神无意妒嫉他。

第三，到佛教或道教的庙里，做一场法事，经过这个仪式，把孩子变成"小和尚"或"小道士"。还特别定做一套"法服"，孩子自此假装是从人间消失了，自此是方外之身了。有点像现在的人表面上放弃中国籍取得美国籍，事实上仍然住在台湾，仍然过中国人的日子，"美籍"只是他的另外一重保障就是了。

以上这些曲折迂回诡计多端的方法，少年时听了不免失声窃笑，及至身为人母，才发觉这些故事中其实不乏令人流泪的深情。我们欺骗鬼神，其实是因为恐惧。我们恐惧，是因为怕失去我们所挚爱的孩子，我们只好用尽一切手腕。

然而，医药卫生进步了，婴儿夭亡率降低了，我们渐渐忘了那些把戏。但午夜看日本古装电影里的那一段"弃婴"故事，却不觉泫然眼湿。这仪式真美，若是时光倒流，让我重新初为人母，我也愿效法这个仪式。当我抱住那小小"弃婴"的当儿，我会垂目祈祷，说：

> 上天啊，谢谢你让我捡到这个意外的惊喜
>
> 他不是我的，他是出于你的恩典的礼物
>
> 我愿抚养他，教育他
>
> 但他不是我的，我不能独自占有他
>
> 他是你的，他是天下人的
>
> 我只为这一段暂时与他相处的岁月而感恩叩谢
>
> 但这孩子是大路上捡来的
>
> 他也必回到大路上去
>
> 他毕竟是天下人的

怀着"不独据"的心情教养孩子，也许是比较更合理的吧！

原载一九九六年九月二十五日《中华日报》

一只玉羊

它是一只羊，一只玉羊，静静地卧在橱架上，我也静静地看着它。

它的质地不好，用不着多么大的学问，就连我这样的外行也知道，那块玉已经差不多可以称之为石头了。

它的雕工也不好，粗疏的几刀，几乎有点草草了事。

何况它的价钱也不算太便宜。

但是，我终于决定，还是要把它买下来。当时我正走丝路，走到新疆的和田。

小学时候读地理，一直以为和田玉是一种瓜果的名字，后来有次写作文，还说自己梦中到了新疆，吃了甜蜜的和田玉，被老师说了一顿，气得终生不忘。

而当我来到和田，和田已无玉，据说好玉都到了苏州，那里师傅的手巧，懂得碾作。

和田倒是有甜蜜多汁的葡萄，我想葡萄才是真正的和田玉，和我童年梦中的滋味一样悠长。

但我还是决定买下那只玉羊，感动我的理由只有一个：那羊一眼看去，便知道是深深懂得羊的人雕出来的。搞不好那雕刻师傅本身便是牧羊人，养着成千上百的羊……

如果有人问我从哪一痕刀法里看出雕刻家是个熟悉羊只的人，我也说不上来，但那浑厚的大角，安定的神情，跪坐时端凝的架势都不是江南巧匠学得来的。这只玉羊的作手想必是闭着眼睛也能摹拟出羊的风姿神态的人。

我买它，便是基于这一重感动。我不是买羊，而是买了某个从小跟羊一起长大的人对羊的喜爱的感觉。

每当我把玩那只小羊，那种真实的喜爱的感觉就会来到我心中。

类同的感动后来在台北看"克尔玛克蒙古人"跳兔子舞的时候又出现一次。纯朴的舞者把自己扮成一只兔子，多疑的、不安的兔子，一会儿掀动鼻子，一会儿溜目回顾，一会儿拔腿狂奔，一会儿刨土自娱……他的舞不讲内涵，不讲象征、不求深度，他就是老老实实扮了一只兔子，但那其间有舞者从小在大草原上和兔子千百次交换目光之后的熟稔，使人动容的其实就是那份熟稔。

艺术能求精致当然很好，但最重要最感人的恐怕还是血肉相连的那份深知熟谙吧？

原载一九九六年十月二十三日《中华日报》

"你的侧影好美！"

　　中午在餐厅吃完饭，我慢慢地喝下那杯茶，茶并不怎么好，难得的是那天下午并没有什么赶着做的事，因此就慢慢地一口一口地啜着。

　　柜台那里有个女孩在打电话，这餐厅的外墙整个是一面玻璃，阳光流泻一室。有趣的是那女孩的侧影便整个印在墙上，她人长得平常，侧影却极美。侧影定在墙上，像一幅画。

　　我坐着，欣赏这幅画，奇怪，为什么别人都不看这幅美人图呢？连那女孩自己也忙着说个不停，她也没空看一下自己美丽的侧影。而侧影这玩意儿其实也很诡异，它非常不容易被本人看到。你一转头去看它，它便不是完整的侧影了，你只能斜眼去偷瞄自己的侧影。

　　我又坐了一会儿，餐厅里的客人或吃或喝——他们显然都在做他们身在餐厅该做的事。女孩继续说个不停，我则急我的事，我的事是什么事呢？我在犹豫要不要跑去告诉那女孩关于她侧影的事。

　　她有一个极美的侧影，她自己到底知道不知道呢？也许她长到这么大都没人告诉过她，如果我不告诉她，会不会她一生都不知道这件事？

　　但如果我跑去告诉她，她会不会认为我神经兮兮，多管闲事？

　　我被自己的假设苦恼着，而女孩的电话看样子是快打完了。我必须趁她挂上电话却犹站在原来位置的时候告诉她。如果她走回自己座位彼再拉她站回原地去表演侧影，一切就不再那么自然了。

　　我有点气自己，小小一件事，我也思前想后，拿捏不出个主意来。啊！干脆老实承认吧！我就是怕羞，怕去和陌生人说话，有这毛病的也不止我一个人吧！好，管他的，我且站起来，走到那女孩背后，破釜沉舟，我就专等她挂电话。

她果真不久就挂了电话。

"小姐！"我急急叫住她，"我有一件事要告诉你……"

"喔……"她有点惊讶，不过旋即打算听我的说词。

"你知道吗？你的侧影好美，我建议你下次带一张纸，一支笔，把你自己在墙上的侧影描下来……"

"啊！谢谢你告诉我。"她显然是惊喜的，但她并没有大叫大跳。她和我一样，是那种含蓄不善表达的人。

我走回座位，吁了一口气。我终于把我要说的说了，我很满意我自己。"对！其实我这辈子该做的事就是去告诉别人他所不知道的自己的美丽侧影。"

原载一九九六年十一月二十七日《中华日报》

其实，你跟我都是借道前行的过路人

那天放假，是端午节的假。从前，端午节是不放假的，原因不详。似乎是，从民国开始，新派的当权人士就对农历节庆有点仇视。但挨挨蹭蹭混了七十年多，发现老百姓还是爱过老节，终于投了降，把清明、端午、中秋的假一一照放。想来，说不定，有一天连旧历的花朝日或重阳节都放假也未可知。

那一天，因为是第一次得到一个新鲜的端午假日，十分兴奋，于是全家出发，驾上车，浩浩荡荡赴大屯山去赏蝶，以为庆贺。奇怪的是，事近十年，现在回想起来，那蝴蝶漂亮的青翅倒不算印象深刻，使我惊愕难忘的倒是另一幅景象。

蝴蝶并非不美丽，但它的美对我而言是"意料中事"，并无意外可言。我在导游手册上找到"蝴蝶廊"的名字，就"按图索蝶"前往大屯山一探，果真找到了它们。

但另外的那个景象却是我"碰"上的，导游手册里完全没提到。

那天我从阳投公路左转，往大屯山主峰的方向开去，蝴蝶廊便在大屯山主峰上。天气晴和，它们三三两两在阳光下舒翅，它们的翅膀有如青天一角，又如土耳其蓝玉。看完蝴蝶，我继续前往于右任墓，忽然，毫无防备，它，出现在车前。

它显然极度惊惶，它是一条碧绿色的小蛇。蛇虽然也有嘴脸眼睛，但蛇的表情大约是我们人类读不懂的吧？只是它急恐窜逃的样子我看得懂，它的肢体在痉挛中飞迅蠕动，把那翡翠一般优雅的皮色舞成一片模糊晃动的碎琉璃。

我在它横越马路的地方轻轻刹车，距它大约四公尺，我停在那里对它说："不要怕，我让你，你是行人，你先过。"

窄窄的山路，对它竟是天险难渡。不知是不是因为柏油路面不利于它的蠕动，它看来张皇失措。

"对不起，吓到你了，你的名字是不是叫小青？今天是端午节，你知不知道，今天这日子跟你们蛇族的故事有关呢！"

它战栗，这是它生死攸关、存亡续绝的时刻。

"不要这样，这条路又不是我的，我们两个都只不过是偶然借道前行的过路人罢了！你好好走嘛！这座山与其说属于我的祖先，不如说是属于你的祖先。我打扰了你们的领域，我说道歉都来不及，你又何必吓成这样呢？"

小蛇窜入草丛，转瞬消失。

事情过了快十年了，它那抖动如飞鞭的身形，它那痛苦扭折的S形常在我眼前晃动，我为自己和人类文明加诸它的苦楚而深感苦楚。

不知它如今还活着吗？曾经，某年某月某日某时，我与它，两个同被初夏阳光蛊惑而思有所动的生物，一起借道而行，行经光影灿烂的山路。它是那样碧莹美丽，我不能忘记。

原载一九九六年十二月二十五日《中华日报》

炎　凉

　　我有一张竹席，每到五六月，天气渐趋暖和，暑气隐隐待作，我就把它找出来，用清茶的茶叶渣拭净了，铺在床上。

　　一年里面第一次使用竹席的感觉极好，人躺下去，如同躺在春水湖中的一叶小筏子上。清凉一波波来拍你入梦，竹席恍惚仍饱含着未褪尽的竹叶清香。

　　生命中的好东西往往如此，极便宜又极耐用。我可以因一张席而爱一张床，因一张床而爱一栋屋子，因一栋屋子爱上一个城……

　　整个初夏，肌肤因贴进那清凉的卷云而舒缓自如。触觉之美有如闻高士说法，凉意沦肌浃髓而来。古人形容喻道之透辟，谓一时如天女散花。天女散花是由上而下，轻轻撒落——花瓣触人，没有重量，只有感觉。但人生某些体悟却是由下而上，仿佛有仙云来轻轻相托，令人飘然升浮。凉凉的竹席便有此功。一领清簟可以把人沉淀下来，静定下来，像空气中热腾腾的水雾忽然凝结在碧沁沁的一茎草尖而终于成为露珠。人在席上，也是如此。阿拉伯人牧羊，他们故事里的羊毛毯是可以飞的。中国人种地，对植物比较亲切。中国人用植物编的席子不飞——中国人想，飞了干吗呀？好好地躺在席子上不比飞还舒服吗？中国圣贤叫人拯救人民，其过程也无非是由"出民水火"到"登民衽席"。总之，世界上最好的事莫过于把自己或别人放在席子上了。初夏季节的我便如此心满意足地躺在我的竹席上。

　　可惜好景不常，到了七八月盛夏，情形就不一样了。刚躺下去还好，多躺一会儿，席子本身竟然也变热了。凉席会变热，天哪，这真是人间惨事。为了环保，我睡觉不用冷气，于是只好静静地和热浪僵持对抗。我反复对自己说:"不热,不算太热,我还可以忍受,这也没什么大不了,哼,谁怕谁啊……"念着念着,也就睡着了。

然后,便到了九月,九月初席子又恢复了清凉。躺在席上,整个人摊开,霎时变成了片状,像一块金子被锤成薄薄的金箔,我贪享那秋霜零落的错觉。

九月中,每每在一场冷雨之后,半夜乍然惊醒,是被背上的沁凉叫醒的——唉,这凉席明天该收了。我在黑暗中揣想,竹席如果有知,也会厌苦不已吧?七月嫌它热,九月又嫌它凉,人类也真难伺候。

想来一生或者也如此,曾经嫌日程排得太紧,曾经怨事情做个不完,曾经烦稿约演讲约不断,曾经大叹小孩子缠磨人……可是,也许,有一天,一切热过的都将乍然冷却下来,令人不觉打起寒战。

不过,也只好这样吧!让席子在该铺开的时候铺开,在该收卷的时候收卷。炎凉,本来就半点由不得人的。

原载一九九七年一月二十九日《中华日报》

圆桌上的亲情构图

这家餐厅一看就知道并不是什么美食主义者肯来光顾的地方。它是一家大旅馆的附属餐饮部，虽然倒也明窗净几，但既缺乏佳馔名肴的排场，也没有路边小吃的活泼生鲜性格独具。

我们那天中午去这家餐厅是因为应邀参加某项高雄市政府的文化活动，事情完了，受官方招待一顿饭。官方当然不能带我们去小摊子，又不可能招待真正的盛筵，这种地方就变成了中庸之道的选择。

也许因为是星期假日，每张桌子都有人，每把椅子上都有人。陪我们来的官员一直庆幸订位早，否则，找不到吃中饭的地方，对他而言简直是怠忽职守。

同桌有位法国教授，坐定了以后，他说："你们看，每张桌上都是一个大家族呢！从祖父母到孙子。这种事，在法国，你简直看不到。"

我起先也没注意，经他一说，我才注意到，原来每桌都有一二个老人，四五个中年人，加上五六个小孩。这样浩浩荡荡，各自成军，看来倒也真的很壮观。而我为什么居然视而不见呢？大概我认为事情本来理当如此。上馆子，对一般家庭而言，也算一笔小开销，很少有人是天天上馆子的。好不容易等到星期假日，做儿子的不上班，做孙子的不上课，正好可以一齐去吃饭。这倒让我想起一句成语——"扶老携幼"——来了，这成语真是好，简单四个字，便把一幅图画勾勒得那么翔实生动，古人用词真是精妙。

想想，人生最幸福的阶段大概就在有老可扶、有幼可携的日子吧？虽然辛苦一点，但三代同桌的圆满构图并不是经常可期的。

对我来说，那些上有老下有小的人带着三代来吃饭是十分自然的事。更何况，桌上看来还包括成年以后各自分居的弟兄姐妹。趁此假日，一齐聚拢来，让孩子被祖父母检阅一番，也是盛事啊！

"真是好！"法国教授一桌桌看去，"在法国，餐厅里总是一男一女，既没有老的，也没有小的！"

我随着他赞赏的目光看去，只觉一家家父慈子孝，正合《世说新语》一书中所谓的"名教中亦自有乐地"，原来道德伦理的世界中也有其动人的美学。

这餐厅的菜，果不出我所料，除了实惠，既不精美，也不具个性。但那感动了法国教授的"餐厅天伦图"使我心软了，我呆呆地望着那些扶老携幼的小市民，心里想着，真的，也许在全世界，都不见得很容易看到这种圆桌上的亲情构图，这家餐厅仍然是值得记忆的。

原载一九九七年三月二十六日《中华日报》

圈圈叉圈法

专家，到底是一种什么样的人呢？我有时不免惊愕好奇。

偶然，在电视上看到一位专家，专家观众和小孩说话（似乎，观众原来都不知该如何跟自己的小孩说话），专家说："如果时间已经晚了，譬如说，是晚上十点了，你的孩子却不专心做功课，只把一只排球往墙上扔得砰砰响，楼下的邻居也许立刻就要来抗议了。你怎么办呢？你不能直接制止他，你应该用'圈圈叉圈'法来沟通……"

什么叫"圈圈叉圈"法呢？专家继续解释："那就是说，你要指责人的时候，不要直接先说指责语，要先说两句好听的，然后说那句重点，最后再加上一句甜点。譬如说对那个扔球的孩子，你应该先说：'哇，不得了，我还不知道你的球艺如此高超呢！'然后你更进一步赞美他：'现在十点了，你已经累了一整天了，此刻还能打得那么好，也真是难得了！''不过'，你可以很小心地加一句，'现在晚了，你能不打球不吵到三楼的话会比较好些'，最后你还要安抚他一下，说：'早点睡吧！你是个聪明的好孩子，妈妈时刻以你的表现为荣！'这就叫圈圈叉圈法。"

我听了不禁咋舌，原来专家都是这样教人的，我几乎怀疑他们拿了"青少年联盟会"的钱，才如此处处为青少年说话！想起来不免捏一把冷汗，暗叫一声："哇，好险哪！"

如果当年我家的犬子犬女也知道这番"圈圈叉圈沟通法"，那我的"直言法"一定要挨批挨斗了。

孔门弟子子路有"闻过则喜"之德，大禹更有"闻过则拜"的度量。人而一旦贵为总统副总统或行政院长、县市长或立法委员或议员之类的大小官儿，终至养成了"闻过则怒"的反应，唉，那也罢了，反正这种人早给宠坏了，一时也难改其霸权作风。但，如果小小孩子，心灵尚在纯洁阶段，是非还未昏昧之际，父母也必须用讨好小人的方法来讨好他，这岂不是明明白白摆着要陷他于不义吗？

如果设想我自己是专家口中的那个孩子，如果我的父母用这种"圈圈叉圈法"来跟我说话，我一定会立刻提高警觉，对自己说："天哪，要来的终于来了，我的父母大概'有话要放'了，否则他们今天干吗灌起迷汤来？而且，真是离奇呀！难不成我是凶神恶煞吗？何必用这种口吻来跟我讲话，难道我在人格上就那么弱不禁风吗？瞧他们那副屁滚尿流的恶心相，真是标准小人！"

世人之间，本来也并不是人人皆能直话直说的，但如今专家告诉我们连父子夫妻之间也要专拣"甜话"来说，不免令人心寒！对孩子猛灌溢美之词这件事简直等于要小孩子从小喝糖水（比例是糖三份水一份），而不给他喝简单明了的白水，久而久之，不一口蛀牙才怪。

将来的世代，除了有"蛀牙族"，恐怕在专家的纵容下也会冒出一批"蛀耳族"来吧？

"你错了，请不要再做下去！"

能这样简简单单对家人说话是多么幸福啊！

原载一九九七年五月十四日《中华日报》

"你欠我一个故事！"

一

那个人，我不知道他的名字，却和他打过两次照面——也许是两次半吧！

大约是民国八十年，我因事去北京开会。临行有个好心又好事的朋友，给了我一个地址，要我去看一位奇医，我一时也想不出自己有什么大病，就随手塞在行囊里。

在北京开会之余，发现某个清晨可以挤出两小时空当，我就真的按着地址去张望一下。那地方是个小陋巷，奇怪的是一大早八点钟离医生开诊还有一小时，门口已排了十几个病人，而那些病人又毫无例外的全是台胞。

他们各自拎个热水瓶，问他们干吗？他们说医生会给他们药。又问他们诊疗费怎么算，他们说随便包，不过他们都会给上千元台币。

其中有个清癯寡欢的老兵站在一旁，我为什么说他是老兵？大概因为他脸上的某和烽烟战尘之后的沧桑。

"你是从台湾过来的吗？"

"是的。"

"台湾哪里？"

"屏东。"

"呀！"我差点跳起来，"我娘家也住屏东，你住屏东哪里？"

"靠机场。"

"哎呀！"我又忍不住叫了一声，"我娘家就在胜利路呢！——

那，你府上哪里？"

"江苏徐州。"

其实最后那个问题问得有点多余，我几乎早已知道答案了，因为他的口音和我父亲几乎是一模一样的。

"生什么病呢？"

"肺里长东西。"

"吃这医生的药有效吗？"

"好像是好些了，谁知道呢？"

由于是初次见面，不好深谈人家的病，但又因为是同乡兼邻居，也有份不忍遽去之情。于是没话说，只淡淡地对站着。不料他忽然说："我生病，我谁都没说，我小孩在美国读书，我也不让他们知道，知道了又有什么用？还不是白操心。他们念书，各人忙各人的，我谁也不说，我就自己来治病了。"

"哎呀！这样也不太好吧？你什么都自己担着，也该让小孩知道一下啊！"

"小孩有小孩的事，就别去让他们操心了——你害什么病？"

"我？哎，我没什么病，只听人说这里有位名医，也来望望。啊哟，果真门庭若市，我还有事，这就要走了。"

我走了，他的脸在忙碌的日程里渐渐给淡忘了。

二

民国八十二年，我带着父亲回乡探亲，由于父亲年迈，旅途除了我和母亲之外，还请了一位护士J小姐同行。

等把这奇异的返乡仪式完成，我们四人坐在南京机场等飞机返台。在大陆，无论吃饭赶车，都像在抢什么似的心慌。此刻，因为机场报到必须提早两小时，手续办完倒可神闲气定地坐一下。

我于是和J小姐起身把候机室逛了一圈。候机室不大，商场也不太有吸引力，我们走着走着，不知不觉在一位旅客面前停了下来。

J小姐忽然大叫了一声说："咦？怎么你也在这里？"

我定睛一看，不禁同时叫了起来："咦？又碰到了，我们不是在北京见过面吗？你吃那位医生的药后来效果如何？病都好了一点吗？"

"唉，别提了，别提了，愈吃愈坏了，病也耽误了，全是骗钱的！"

J小姐说，他们是邻居，在屏东。

聊了一阵，等上飞机我跟J小姐说："他这人也真了不起呢！病了，还事事自己打点，都不告诉他小孩！"

"啊呀！你乱说些什么呀？"J小姐瞪了我一眼，"他哪有什么小孩？他住我家隔壁，一个老兵，一个孤老头子，连老婆都没有，哪来小孩？"

我吓了一跳，立刻噤声，因为再多说一句，就立刻会把这老兵在邻里中变成一个可鄙的笑话。

三

白云勤拭着飞机的窗口。

唉，事隔两年，我经由这偶然的机缘知道了真相，原来那一天，他跟我说的全是谎言。

但他为什么要骗我呢？他骗我，也并没有任何好处可得啊！

想着想着我的泪夺眶而出：因为我忽然明白了，在北京那个清晨，那人跟我说的情节其实不是"谎言"，而是"梦"。

在一个遥远的城市，跟一个陌生人对话，不经意地，他说出了他的梦，他的不可能实践的梦；他梦想他结了婚，他梦想他拥有妻子，他梦想他有了儿子，他梦想儿子女儿到美国去留学。

然而，在现实的世界里，他没有钱，没有地位，没有学问，没有婚姻，没有子女，最后，连生命的本身也无权掌握。

他的梦，并不算夸张，本来也并不太难于兑现。但对他而言，却是雾锁云埋，永世不能触及的神话。

不，他不是一个说谎的人，他是一个说梦的人。他的虚构的故事如此真切实在，令我痛彻肝肠。

四

回到台湾之后，我又忙着，但照例过一阵子就去屏东看看垂老的父亲，看到父亲当然也就看到了照顾父亲的J小姐。

"那个老兵，你的邻居，就是我们在南京机场碰到的那一个，现在怎么样了？"

"哎呀，"J小姐一向大嗓门，"死啦！死啦！死了好几天也没人知道，他一个人，都臭了，邻居才发现！"

啊！那个我不知道名字的朋友，我和他打过两次半照面，一次在北京，一次在南京。另外半次，是听到他的死讯。

五

十多年过去了，我忽然发现，我其实才是老兵做梦也想做的那个人。

我儿是建中人，我女是北一女人，他们读完台大后，一个去了加州理工学院，一个去了N.Y.U。然后，他们回来，一个进了中研院，一个进了政大英文系，为人如果能由自己挑选命运，恐怕也不能挑个更好的了。

如果，我是那个陌生老兵在说其"梦中妄语"时所形容的幸运之人，其实我也有我的惶惑不安，我也有我的负疚和深愧。整个台湾的安全和富裕，自在和飞扬，其实不都奠基在当年六十万老兵的牺牲和奉献上吗？然而，我们何以报之？

去岁六月，N.Y.U在草坪上举行毕业典礼，我和丈夫和儿子飞去美国参加，高耸的大树下阳光细碎，飞鸟和松鼠在枝桠间跑来跑去，我们是快乐的毕业生家人。此时此刻，志得意满，唯一令人烦心的事居然是：不知典礼会不会拖得太久，耽误了我们在牛排馆的订位。

然而，虽在极端的幸福中，虽在异国五光十色的街头，我仍能听见风中有冷冷的声音传来："你，欠我。"

"我欠你什么？"

"你欠我一个故事！我不会说我的故事，你会说，你该替我说我的故事。"

"我也不会说——那故事没有人会说……"

"可是我已经说给你听了，而且，你明明也听懂了。"

"如果事情被我说得颠三倒四，被我说得词不达意……"

"你说吧！你说吧！你欠我一个故事！"

我含泪点头，我的确欠他一个故事，我的确欠众生一段叙述。

六

然后，我明白，我欠负的还不止那人，我欠山川，我欠岁月。春花的清艳，夏云的奇崛，我从来都没有讲清楚过。山峦的复奥，众水的幻设，我也语焉不详。花东海岸腾跃的鲸豚，丛山峻岭中黥面的织布老妇，世上等待被叙述的情境是多么多啊！

天神啊！世人啊！如果你们宽容我，给我一点时间，一点忍耐，一点期许，一点纵容，我想，我会把我欠下的为众生该作的叙述，在有生之年慢慢地一一道来。

二零零三年四月五日夜
细雨纷纷的清明，拖着打石膏的右腿坐在轮椅上写的

尘　缘

　　大约两岁吧，那时的我。父亲中午回家吃饭，匆匆又要赶回办公室去。我不依，抓住他宽边的军腰带不让他系上，说："你戴上这个就是要走了，我不要！"我抱住他的腿不给他走。

　　那时代的军人军纪如山，父亲觉得迟到之罪近乎通敌。他一把抢回了腰带，还打了我——这事我当然不记得了，是父亲自己事后多次提起，我才印象深刻。父亲每提此事，总露出一副深悔的样子，我有时想，挨那一顿打也真划得来啊，父亲因而将此事记了一辈子，悔了一辈子。

　　"后来，我就舍不得打你。就那一次。"他说。

　　那时，两岁的我不想和父亲分别。半个世纪之后，我依然抵赖，依然想抓住什么留住父亲，依然对上帝说："把爸爸留给我吧！留给我吧！"

　　然而上帝没有允许我的强留。

　　当年小小的我不知道自己为什么留不住爸爸，半世纪后，我仍然不明白父亲为什么非走不可？当年的我知道他系上腰带就会走，现在的我知道他不思饮食，记忆涣散便也是要走。然而，我却一无长策，眼睁睁看着老迈的他杳杳而逝。

　　记忆中小时候，父亲总是带我去田间散步，教我阅读名叫"自然"的这部书。他指给我看螳螂的卵，他带回被寄生蜂下过蛋的虫蛹。后来有一次我和五阿姨去散步，三岁的我偏头问阿姨道："你看，菜叶子上都是洞，是怎么来的？"

　　"虫吃的。"阿姨当时是大学生。

"那，虫在哪里？"

阿姨答不上来，我拍手大乐。

"哼，虫变蛾子飞跑了，你都不知道，虫变蛾子飞跑了！你都不知道！"

我对生物的最初惊艳，来自父亲，我为此终生感激。

然而父亲自己蜕化而去的时候，我却痛哭不依，他化蝶远飏，我却总不能相信这种事竟然发生了，那么英挺而强壮的父亲，谁把他偷走了？

父亲九十一岁那年，我带他回故乡。距离他上一次回乡，前后是五十九年。

"你不是'带'爸爸回去，是'陪'爸爸回去。"我的朋友纠正我。

"可是，我的情况是真的需要'带'他回去。"

我们一行四人，爸爸妈妈我和护士。我们用轮椅把他推上飞机，推入旅馆，推进火车。火车一离南京城，就到了滁县。我起先吓了一跳，"滁州"这种地方好像应该好好待在欧阳修的《醉翁亭记》里，怎么真的有个滁州在眼前。我一路问父亲，现在是什么站了，他一一说给我听，我问他下一站的站名，他也能回答上来。奇怪，平日颠三倒四的父亲，连吃过了午饭都会旋即忘了又要求母亲开饭，怎么一到了滁州城附近就如此凡事历历分明起来？

"姑娘（即姑母）在哪里？"

"渚兰。"

"外婆呢？"

"住宝光寺。"

其他亲戚的居处他说来也都了若指掌，这是他魂里梦里的所在吧？

"大哥，你知道这是什么田？"三叔问他。

"知道，"爸爸说，"白芋田。"

白芋就是白番薯的意思，红番薯则叫红芋。

不知为什么，近年来他像小学生，总乖乖回答每一道问题。

"翻白芋秧子你会吗？"三叔又问。

"会。"

白芋秧子就是番薯叶，这种叶子生命力极旺盛，如果不随时翻它，它就会不断抽长又不断扎根，最后白芋就长不好了。所以要不断叉起它来，翻个面，害它不能多布根，好专心长番薯。

年轻时的父亲在徐州城里念师范，每次放假回家，便帮忙农事。我想父亲当年年轻，打着赤膊，在田里执叉翻叶，那个男孩至今记得白芋叶该怎么翻。想到这里，我心下有一份踏实，觉得在茫茫大地上，也有某一块田是父亲亲手料理过的，我因而觉得一份甜蜜安详。

父亲回乡，许多杂务都是一位安营表哥打点的，包括租车和食宿的安排。安营表哥的名字很特别，据说那年有军队过境，在村边安营，表哥就叫了安营。

"这位是谁你认识吗？"我们问父亲。

"不认识。"

"他就是安营呀！"

"安营？"父亲茫然，"安营怎么这么大了？"

这组简单的对话，一天要说上好几次，然而父亲总是不能承认面前此人就是安营。上一次，父亲回家见他，他年方一岁，而今他已是儿孙满堂的六十岁老人。去家离乡五十九年，父亲的迷糊我不忍心用老年痴呆解释。两天前我在飞机上见父亲读英文报，便指些单字问他："这是什么字？"

"西藏。"

"这个呢？"

"以色列。"

我惊讶他一一回答，奇怪啊，父亲到底记得什么又到底不记得什么呢？

我们到田塍边谒过祖父母的坟，爸爸忽然说："我们就回家去吧！"

"家？家在哪里？"我故意问他。

"家，家在屏东呀！"

我一惊，这一生不忘老家的人其实是以屏东为家的。屏东，那永恒的阳光的城垣。

家族中走出一位老妇人，是父亲的二堂婶，是一切家人中最老的，九十三了，腰杆笔直，小脚走得踏实迅快，她把父亲看了一眼，用乡下人简单而大声的语言宣布："他迁了！"

迁，就是乡人说"老年痴呆"的意思，我的眼泪立刻涌出来，我一直刻意闪避的字眼，这老妇人竟直截了当地道了出来。如此清晰如此残忍。

我开始明白"父母在"和"父母健在"是不同的，但我仍依恋仍不舍。

父亲在南京旅馆时有老友陈颐鼎将军来访。陈伯伯和父亲是乡故，交情素厚，但我告诉他陈伯伯在楼下，正要上来，他却勃然色变，说："干吗要见他？他做了共产党！"

这陈伯伯曾到过台湾，训练过一批新兵，那时是民国三十五年。这批新兵训练得还不太好就上战场了，结果吃了败仗，以后便成了台籍滞留大陆的老兵，陈伯伯也就因而成了共产党人。父亲不原谅这种事。

"我一辈子都是国民党。"他说，一脸执拗。

他不明白说这种话已经不合时宜了。

陈伯伯进来，我很紧张，陈伯伯一时激动万分，紧握爸爸的手热泪直流。爸爸却淡淡的，总算没赶人家出去，我们也就由他。

"陈伯伯和我爸爸当年的事，可以说一件给我听听吗？"事后我问陈妈妈。

"有一次，打仗，晚上也打，不能睡，又下雨，他们两个人困极了，就穿着雨衣，背靠着背地站着打盹。"

我又去问陈伯伯："我爸爸，你对他印象最深的是什么？"

"他上进，他起先当'学兵'，看人家黄埔出身，他就也去考黄埔。等黄埔出来，他想想，觉得学历还不够好，又去读陆军大学，然后，又去美国……"

陈伯伯位阶一直比父亲稍高，但我看到的他只是个慈祥的老人，喃喃地说些六十年前的事情。

爸爸急着回屏东，我们就尽快回来了。回来后的父亲安详贞定，我那时忽然明白了，台湾，才是他愿意埋骨的所在。

民国三十八年，爸爸本来是最后一批离开重庆的人。

"我会守到最后五分钟。"

他对母亲说，那时我们在广州，正要上船，他们两人把一对日本鲨鱼皮军刀各拿了一把，那算是家中比较值钱的东西，是受降时分得的战利品。

"但愿人长久，千里共婵娟。"

战争中每次分手，爸爸都写这句话给妈妈。那时代的人令人不解，仿佛活在电影情节里，每天都是生离死别。

战争节节失利，爸爸真的撑到最后，然后，他坐上飞机飞台湾。老式的飞机必须加油，所以当天下午暂停昆明，父亲似乎很兴奋能多这一番逗留，拍电报来说打算去游滇池。母亲接到电报本来高高兴兴打算第二天迎接丈夫，却不料翌晨一早六点钟打开报纸，头版上斗大的字，云南省主席卢汉午夜投共。江山一夜易主，母亲掷报大恸，父亲在最后一刻被绊住了，成了共产党人的俘虏，生死难卜。

那以后的情节就更像小说，卢汉并没有得到好处，继而对于管理囚犯的事也就有些轻疏。到后来简直比"画地为牢"还自由，监狱成了免费宿舍，各人自可出去闲逛，到时间回来吃回来住便是了。反正那时候整个版图都已经是共产党的，而众囚犯身无长物，又能逃到哪里去？

好在父亲遇见了一个旧日部属，那部属在战争结束后改行卖纸烟，他便给了父亲几条烟，又给了他一张假身份证，把张家闲的名字改成章佳贤，且缝了一只土灰布的大口袋做烟袋，父亲就从少将军官变成烟贩子。背上了袋子，他便直奔山区而去，参加游击队。以后取道法属越南的老挝转香港飞台湾，这一周折，使他多花了一年零二十天才和家人重逢。

那一年里我们不幸也失去外婆，母亲总是胃痛，痛的时候便叫我把头枕在她胃上，说是压一压就好了。那时我小，成天到小池塘边抓小鱼来玩，忧患对我是个似懂非懂的怪兽，它敲门的时候，不归我应门。他们把外婆火化了，打算不久以后带回老家去，过了二十年，死了心，才把她葬在三张犁。

爸爸从来没跟我们提他被俘和逃亡的艰辛，许多年以后，母亲才陆续透露几句。但那些恐惧在他晚年时却一度再现。有天妈妈外出回来，他说："刚才你不在，有人来跟我收钱。"

"收什么钱？"

"他说我是甲级战俘，要收一百块钱，乙级的收五十块。"

妈妈知道他把现实和梦境搞混了，便说："你给了他没有？"

"没有，我告诉他我身上没钱，我太太出去了，等下我太太回来你跟她收好了。"

那是他的梦魇，四十多年不能抹去的梦魇，奇怪的是梦魇化解的方法倒也十分简单，只要说一句"你去找我太太收"就可以了。

幼小的时候，父亲不断告别我们，及至我十七岁读大学，便是我告别他了。我现在才知道，虽然我们共度了半个世纪，我们仍算父女缘薄！这些年，我每次回屏东看他，他总说："你是有演讲，顺便回来的吗？"

我总嗯哼一声带过去。我心里想说的是，爸爸啊，我不是因为要演讲才顺便来看你的，我是因为要看你才顺便答应演讲的啊！然而我不能说，他只容我"顺便"看他，他不要耽误我正事。

有一年中秋节，母亲去马来探妹妹，父亲一人在家。我不放心，特别南下去陪他，他站在玄关处骂起我来："跟你说不用回来、不用回来，你怎么又跑回来了？你回来，回去的车票买不到怎么办？叫你别回来，不听。"

我有点不知所措，中秋节，我丢下丈夫孩子来陪他，他反而骂我。但愣了几秒钟后,我忽然明白了,这个刚铮铮的北方汉子,他受不了柔情,他不能忍受让自己接受爱宠,他只好骂我。于是我笑笑,不理他,且去动手做菜。

父亲对母亲也少见浪漫镜头,但有一次,他把我叫到一边,说:"你们姊妹也太不懂事了!你妈快七十的人了,她每次去台北你们就这个要五包凉面,那个要一只盐水鸭,她哪里提得动?"

母亲比父亲小十一岁,我们一直都觉得她是年轻的那一个,我们忘记她也在老。又由于想念屏东眷村老家,每次就想买点美食来解乡愁,只有父亲看到母亲已不堪提携重物。

由于父亲是军人,而我们子女都不是,没有人知道他在他那行算怎样一个人物。连他得过的二枚云麾勋章,我们也弄不清楚相等于多大的战绩。但我读大学时有次站在公车上,听几个坐在我前面的军人谈论陆军步兵学校的人事,不觉留意。父亲曾任步校的教育长、副校长,有一阵子也代理校长。我听他们说着说着就提到父亲,我心跳起来,不知他们会说出什么话来,只听一个说:"他这人是个好人。"

又一个说:"学问也好。"

我心中一时激动不已,能在他人口碑中认识自己父亲的好,真是幸运。

又有一次,我和丈夫孩子到鹭鸶潭去玩,晚上便宿在山间。山中有几椽茅屋,是些老兵盖来做生意的,我把身份证拿去登记,老兵便叫了起来:"呀,你是张家闲的女儿,副校长是我们老长官了,副校长道德学问都好的,这房钱,不能收了。"

我当然也不想占几个老兵的便宜,几经推扯,打了折扣收钱。

其实他们不知道，我真正受惠的不是那一点折扣，而是从别人眼中看到的父亲正直崇高的形象。

八十九岁，父亲去开白内障，打了麻药还没有推入手术室，我找些话跟他说，免得他太快睡着。

"爸爸，杜甫，你知道吗？"

"知道。"

"杜甫的诗你知道吗？"

"杜甫的诗那么多，你说哪一首啊？"

"我说《兵车行》，'车辚辚'那下面是什么？"

"马萧萧。"

"再下面呢？"

"行人弓箭各在腰，爷娘妻子走相送，尘埃不见咸阳桥，牵衣顿足拦道哭，哭声直上干云霄……"

我的泪直滚滚地落下来，不知为什么，透过一千二百年前的语言，我们反而狭路相遇。

人间的悲伤，无非是生离和死别，战争是生离和死别的原因，但，衰老也是啊！父亲垂老，两目视茫茫，然而，他仍记得那首哀伤的唐诗。父亲一生参与了不少战争，而衰老的战争却是最最艰辛难支的战争吧？

我开始和父亲平起平坐地谈起诗来，是在初中阶段。父亲一时显然惊喜万分，对于女儿大到可以跟他谈诗的事几乎不能置信。在那段清贫的日子里谈诗是有实质的好处的，母亲每在此时烙一张面糊饼，切一碟卤豆干，有时甚至还有一瓶黑松汽水。我一面吃喝，一面纵论，也只有父亲容得下我当时的胡言吧？

父亲对诗，也不算有什么深入研究，他只是熟读《唐诗三百首》而已。我小时常见他用的那本，扉页已经泛黄，上面还有他手批的文字。成年后，我忍不住偷来藏着，那是他民国三十年六月在浙江金华买的，封面用牛皮纸包好。有一天，我忽然想换掉那老旧的包书纸，不料打开一看，才发现原来这张牛皮纸是一个公文袋，那公文袋是从国防部寄的，寄给联勤总部副官处处长，那是父亲在南京时的官职，算来是民国三十五六年的事了。前人惜物的真情比如今任何环保宣言都更实在。父亲走后，我在那层牛皮纸外再包它一层白纸，我只能在千古诗情里去寻觅我遍寻不获的父亲。

父亲去时是清晨五时半，终于，所有的管子都拔掉了，九十四岁，父亲的脸重归安谧祥和。我把加护病房的窗帘打开，初日正从灰红的朝霞中腾起，穆穆皇皇，无限庄严。

我有一袋贝壳，是以前旅游时陆续捡的。有一天，整理东西，忽然想到它们原是属于海洋的。它们已经暂时陪我一段时光了，一切尘缘总有个了结，于是决定把它们一一放回大海。

而我的父亲呢？父亲也被归回到什么地方去了吗？那曾经剑眉星目的英飒男子，如今安在？我所挽留不住的，只能任由永恒取回。

而我，我是那因为一度拥有贝壳而聆听了整个海潮音的小孩。

原载一九九六年十二月四～五日《联合报·副刊》

秋千上的女子

楔　子

　　我在备课——这样说有点吓人，仿佛有多模范似的，其实也不是，只是把秦少游的词在上课前多看两眼而已。我一向觉得少游词最适合年轻人读：淡淡的哀伤，怅怅的低喟，不需要什么理由就愁起来的愁或者未经规划便已深深堕入的情劫……

　　"秋千外，绿水桥平。"

　　啊，秋千、学生到底懂不懂什么叫秋千？他们一定自以为懂，但我知道他们不懂，要怎样才能让学生明白古代秋千的感觉。

　　这时候，电话响了，索稿的——紧接着，另一通电话又响了，是有关淡江大学"女性书写"研讨会的，再接着是东吴校庆筹备组规定要即交散文一篇，似乎该写点"话当年"的情节，催稿人是我的学生张曼娟，使我这犯规的老师惶惶无词……

　　然后，糟了，由于三案并发，我竟把这几件事想混了，秋千，女性主义，东吴读书，少年岁月，粘黏为一，撕扯不开……

　　汉族，是个奇怪的族类，他们不但不太擅长于唱歌或跳舞，就连玩，好像也不太会。许多游戏，都是西边或北边传来的——也真亏我们有这些邻居，我们因这些邻居而有了更丰富多样的水

343

果、嘈杂凄切的乐器、吞剑吐火的幻术……以及，哎，秋千。

在台湾，每个小学，都设有秋千架吧？大家小时候都玩过它吧？

但诗词里"秋千"却是另外一种，它们的原籍是"山戎"，据说是齐桓公征伐山戎的时候顺便带回来的。想到齐桓公，不免精神为之一振，原来这小玩意儿来中国的时候正当先秦诸子的黄金年代。而且，说巧不巧的，正是孔老夫子的年代。孔子没提过秋千，孟子也没有。但孟子说过一句话：咱们儒家的人，才不去提他什么齐桓公晋文公之流的家伙。

既然瞧不起齐桓公，大概也就瞧不起他征伐胜利后带回中土的怪物秋千了！

但这山戎身居何处呢？山戎在春秋时代住在河北省的东北方，现在叫作迁安县的一个地方。这地方如今当然早已是长城里面的版图了，它位在山海关和喜峰口之间，和中共高干常去避暑的北戴河同纬度。

而山戎又是谁呢？据说便是后来的匈奴，更后来叫胡，似乎也可以说，就是以蒙古为主的北方异族。汉人不怎么有兴趣研究胡人家世，叙事起来不免草草了事。

有机会我真想去迁安县走走，看看那秋千的发祥地是否有极高大夺目的漂亮秋千，而那里的人是否身手矫健，可以把秋千荡得特别高，特别恣纵矫健——但恐怕也未必，胡人向来绝不"安于一地"，他们想来早已离开迁安县，迁安两字顾名思义，是鼓励移民的意思，此地大概早已塞满无往不在的汉人移民。

哎，我不禁怀念起古秋千的风情来了。

《荆楚岁时记》上说：秋千，本北方山戎之戏，以习轻趫者，后中国女子学之，楚俗谓之施钩，《涅槃经》谓之罥索。

《开元天宝遗事》则谓：天宝宫中，至寒食节，竞竖秋千，令宫嫔辈，戏笑以为宴乐，帝呼为半仙之戏。都市士民因而呼之。

《事物纪原》也引《古今艺术图》谓：北方戎狄爱习轻趫之态，每至寒食为之，后中国女子学之，乃以条绳悬树之架，谓之秋千。

这样看来，秋千，是季节性的游戏，在一年最美丽的季节——暮春寒食节（也就是我们的春假日）——举行。

试想在北方苦寒之地，忽有一天，春风乍至花鸟争喧，年轻的心一时如空气中的浮丝游絮飘飘扬扬，不知所止。

于是，他们想出了这种游戏，这种把自己悬吊在半空中来进行摆荡的游戏，这种游戏纯粹呼应着春天来时那种摆荡的心情。当然也许也和丛林生活的回忆有关。打秋千多少有点像泰山玩藤吧？

然而，不知为什么，事情传到中国，打秋千竟成为女子的专利。并没有哪一条法令禁止中国男子玩秋千，但在诗词中看来，打秋千的竟全是女孩。

也许因为初传来时只有宫中流行，宫中男子人人自重，所以只让宫女去玩，玩久了，这种动作竟变成是女性世界里的女性动作了。

宋明之际，礼教的势力无远弗届，汉人的女子，裹着小小的脚，蹭蹬在深深的闺阁里，似乎只有春天的秋千游戏，可以把她们荡到半空中，让她们的目光越过自家修筑的铜墙铁壁，而望向远方。

那年代男儿志在四方，他们远戍边荒，或者，至少也像司马相如，走出多山多岭的蜀郡，在通往长安的大桥桥柱上题下："不乘高车驷马，不复过此桥。"

然而女子，女子只有深深的闺阁，深深深深的闺阁，没有长安等着她们去功名，没有拜将台等着她们去封诰，甚至没有让严子陵归隐的"登云钓月"的钓矶等着她们去度闲散的岁月（"登云钓月"是苏东坡题在一块大石头上的字，位置在浙江富阳，近杭州，相传那里便是严子陵钓滩）。

我的学生，他们真的会懂秋千吗？他们必须先明白身为女子便等于"坐女监"，所不同的是有些监狱窄小湫隘，有些监狱华美典雅。而秋千却给了她们合法的越狱权，她们于是看到远方，也许不是太远的远方，但毕竟是狱门以外的世界。

秦少游那句"秋千外，绿水桥平"，是从一个女子眼中看春天的世界。秋千让她把自己提高了一点点，秋千荡出去，她于是看见了春水。春水明艳，如软琉璃，而且因为春冰乍融，水位也提高了，那女子看见什么？她看见了水的颜色和水的位置，原来水位已经平到桥面去了！

墙内当然也有春天，但墙外的春天却更奔腾恣纵啊！那春水，是一路要流到天涯去的水啊！

只是一瞥，另在秋千荡高去的那一刹，世界便迎面而来。也许视线只不过以二公里为半径，向四面八方扩充了一点点，然而那一点是多么令人难忘啊！人类的视野不就是那样一点点地拓宽的吗？女子在那如电光石火的刹那窥见了世界和春天。而那时候，随风鼓胀的，又岂只是她绣花的裙摆呢？

众诗人中似乎韩偓是最刻意描述美好的"秋千经验"的，他的秋千一诗是这样写的：

> 池塘夜歇清明雨，
> 绕院无尘近花坞。
> 五丝绳系出墙迟，
> 力尽才瞵见邻圃。

下来娇喘未能调，

斜倚朱阑久无语。

无语兼动所思愁，

转眼看天一长吐。

　　其中形容女子打完秋千"斜倚朱阑久无语"、"无语兼动所思愁"颇耐人寻味。"远方"，也许是治不愈的痼疾，"远方"总是牵动"更远的远方"。诗中的女子用极大的力气把秋千荡得极高，却仅仅只见到邻家的园圃——然而，她开始无语哀伤，因为她竟因而牵动了"乡愁"——为她所不曾见过的"他乡"所兴起的乡愁。

　　韦庄的诗也爱提秋千，下面两句景象极华美：

紫陌乱嘶红叱拨，（红叱拨是马名）

绿杨低映画秋千。（《长安清明》）

好似隔帘花影动，

女郎撩乱送秋千。（《寒食城外醉吟》）

　　第一例里短短十三字便有三个跟色彩有关的字，血色名马骄嘶而过，绿杨丛中有精工绘画的秋千……

　　第二例却以男子的感受为主，诗词中的男子似乎常遭秋千"骚扰"，秋千给了女子"一点点坏之必要"（这句型，当然是从痖弦诗里偷来的），荡秋千的女子常会把男子吓一跳，她是如此临风招展，却又完全"不违礼俗"。她的红裙在空中画着美丽的弧，那红色真是既奸又险，她的笑容晏晏，介乎天真和诱惑之间，她在低空处飞来飞去，令男子不知所措。

　　张先的词：

那堪更被明月，隔墙送过秋千影。

说的是一个被邻家女子深夜打秋千所折磨的男子。那女孩的身影被明月送过来，又收回去，再送过来，再收回去……

似乎女子每多一分自由，男子就多一分苦恼。写这种情感最有趣的应该是东坡的词：

墙里秋千墙外道，墙外行人墙里佳人笑。笑渐不开声渐悄，多情却被无情恼。

由于自己多情便嗔怪女子无情，其实也没什么道理。荡秋千的女子和众女伴嬉笑而去，才不管墙外有没有痴情人在痴立。

使她们愉悦的是春天，是身体在高下之间摆荡的快意，而不是男人。

韩偓的另一首诗提到的"秋千感情"又更复杂一些：

想得那人垂手立，娇羞不肯上秋千。

似乎那女子已经看出来，在某处，也许在隔壁，也许在大路上，有一双眼睛，正定定地等着她，她于是僵在那里，甚至不肯上秋千，并不是喜欢那人，也不算讨厌那人，只是不愿让那人得逞，仿佛多趁他的心似的。

众诗词中最曲折的心意，也许是吴文英的那句：

黄蜂频扑秋千索，有当时，纤手香凝。

由于看到秋千的丝绳上，有黄蜂飞扑，他便解释为打秋千的女子当时手上的香已在一握之间凝聚不散，害黄蜂以为那绳索是一种可供采蜜的花。

啊，那女子到哪里去了呢？在手指的香味还未消失之前，她竟已不知去向。

——啊！跟秋千有关的女子是如此挥洒自如，仿佛云中仙鹤不受网弋，又似月里桂影，不容攀折。

然而，对我这样一个成长于二十世纪中期的女子，读书和求知才是我的秋千吧？握着柔韧的丝绳，借着这短短的半径，把自己大胆地抛掷出去。于是，便看到墙外美丽的情景；也许是远岫含烟，也许是新秧翻绿，也许雕鞍上有人正起程，也许江水带来归帆……世界是如此富艳难踪，而我是那个在一瞥间得以窥伺大千的人。

"窥"字其实是个好字，孔门弟子不也以为他们只能在墙缝里偷看一眼夫子的深厚吗？是啊，是啊，人生在世，但让我得窥一角奥义，我已知足，我已知恩。

我把从《三才图会》上影印下来的秋千图戏剪贴好，准备做成投影片给学生看，但心里却一直不放心，他们真的会懂吗？真的会懂吗？曾经，在远古的年代，在初暖的薰风中，有一双足悄悄踏上板栗，有一双手，怯怯握住丝绳，有一颗心，突地向半空中荡起，荡起，随着花香，随着鸟鸣，随着迷途的蜂蝶，一起去探询春天的资讯。

原载一九九九年六月十七～十八日《中国时报·人间副刊》

请不要对我说欢迎
——西行手记

然而——亲爱的，请不要对我说欢迎。

我走上我自己的土地，我来依傍这母亲般的后土。你，亲爱的朋友，请真的不要对我说："欢迎！"

虽然，说这话的时候，常伴随着你的笑容，你的掌声，并且加上系着大红绸子的烤全羊，初秋甜沁的瓜果以及艳滴滴的吐鲁番红葡萄酒……然而我还是想告诉你，不要说欢迎，真的不要。一说欢迎，就有了主客之别，但是，像我这样的人，我怎能承认自己是客。

去年九月，曾蒙钱伟长先生设宴款待，一巡酒罢，有位教授掏出台胞证来给钱先生看，一面就诉起苦来："钱先生，你看，我在台湾，他们叫我'外省人'，来到大陆，你们又叫我'台胞'，我是个'姥姥不疼舅舅不爱'的人！"

他说得十分愤慨。

我瞪大眼睛看他，不懂他为什么要这样想？我是不是台湾人，只能由我自己来决定，这分明不需要靠别人说才算数的。既然吃浊水溪的米长大，谁能否决你的台籍身份？但是，如果飞机一落在咸阳机场，李白的《忆秦娥》就会立刻蹦出来："……咸阳古道音尘绝……西风残照，汉家陵阙。"

这时候，我又是百分之百的大陆人，我回到我魂牵梦系的地方。你相信吗？西安街上人潮涌动，但像我一样爱这方土地的人却并不多。

请不要以为我是骑墙派，正如我一方面是百分之百的"人"，一方面又是百分之百的"女人"。同样的，我既是成色十足的中国人，也是不折不扣的台湾人。这两个身份对我而言，真的是缺一不可。

从咸阳机场赴长安城（现名西安）途经渭水，天哪！渭水！这是杜甫的渭河啊！"渭北春天树，江东日暮云"，黑夜中我顾不得违法不违法，赶紧把头探向车窗外，要看一看属于唐代诗人笔下的河。对我而言，这条河既不属于汉唐的刘家李家，也不属于后来宋明的赵家朱家。成吉思汗或皇太极也许各有勋业，但还没有一个英雄可以伟大到拥有一条河。

一条河，只属于她自己。

勉强说，也属于用诗歌用绘画用生活用故事去题咏她的人。

我只能说，这是《诗经》里的河，这是吕尚父垂钓的渭水，这是杜甫吟咏的千里烟波，而我，我是三千年前那蹲在江边呆看吕街尚鱼的小女孩，看他如何被西伯发现。我又是那跟在杜甫身边的小讨厌，一路看他如何捻须苦吟——我既在这条河边神游了一个又一个的世代，而你，亲爱的，你不过才三十，或者四十、五十、六十，你怎能来欢迎我呢？我是先你而至的人，我在此地处处逢故旧，该说欢迎的其实是我啊！

是啊！真的是处处逢故旧！桥山那里，丛山古柏之中有小小的黄帝陵，这个地点，从小学就背得烂熟，仿佛是张藏宝图，你记熟了它的坐标，于是安了心，知道这宇宙间有一个你生命中的秘境——这，就够了。

于是，有一天，我来到这桥山。一切都顺理成章，仿佛天命注定，某年某月某日，我某人理当到此。我深躬到地，并不自以为是客，这是我家祖宗，我来此一祭他的英灵，礼罢只见天清地朗，古柏森森，有若神呵鬼护。

忽然开来一辆黑色轿车，是高干吧？那人虽有些权贵状，倒还懂得收敛，但他身旁那儿子却十分"走资"，穿件花色鲜艳的恤衫，满脸不耐烦："这就是黄帝陵啊？——就这么个小土堆！"

"五千年前嘛！"做父亲的胡乱搪塞，"那时候人有多穷啊！"

"这啥也没看的！"

他掉头而去。

这时候，不知从哪里冒出一个灰发老头，他凑近我，说："其实，这里不是黄帝的坟，这里葬的是他的衣冠。"

"唔——"

"黄帝其实是升天了，但他临升天还回来桥山这里看看老百姓，老百姓舍不得他升天，就想扯住他，结果扯下了靴子和一角龙袍，后来，就埋在这里。"

这野老倒有点意思。

"这里三面环水，一面靠山，高一零二一米，叫'龙首村'，有龙就当然该有虎，十里以外有个'老虎尾巴村'哩！这里的风水可好咧！"

我低头，看地下铺的灰砖，上面竟有民32年的字样。

能碰到这样一个肯相信神话的人真令人感动——否则，那狂妄少年口中的"小土堆"也真的可以成为一种定义——想起自己第一次见《史记》上记载"黄帝，生而神灵，弱而能言"的传说，几至泪下。神话，本有它另外解读的方法，所谓"能言"，指的是他圆融的沟通能力，黄帝的真正本领不在武力而在协商。是他，把众部落化成了邦联，而中华民族，今日需要的岂不正是协商？我们去哪里再求一位能言轩辕氏呢？

一次世界大战结束，许多美军自欧洲战场解甲归田，有人问诗人e·e·隶明思（一般人的名字采大写，但康明思是个特立独行的人，他偏要小写），要回哪一州去过日子，康氏的回答是："和以前一样——我回中国去。"

康氏一生其实并未来中国住下，他指的是，中国哲学是他的安身立命之乡。像康明思这等人，不管他站在黄陵还是曲阜，谁如果说一声欢迎，他会不慌不忙地回答："不，不然，是我欢迎你，我在此处鹄立多时了。"

我今站在黄陵，鞠躬为礼，并不觉得自己比当年在此祭拜的秦皇汉武为小。而且虽然一别四十三年，也不觉生命中有什么东西曾经遭人斩断。我心仿若月中桂树，没有斧头可以砍坏那连绵的脉络。在每一度斲伤之际，它都有本事自动痊愈。

如此，亲爱的朋友，在我肃然致祭的一刹，你且与我一起肃然吧！大可不必说，我们欢迎你。这民族的祖坟是你的也是我的，我们都是一起虔心来上坟的小孙。

至于那长安城里，更是步步逢旧识，黄昏大雁塔下望着西天彩霞，怔怔出神的，不是那唐玄奘吗？马蹄急驰而至，那位一日看尽长安花的得意人是谁啊？正是新登科的诗人孟郊呢！那水边的美女是杜甫丽人行里的虢国夫人吧？而李白呢？李白最好找啦！他总在酒肆里，"李白一斗诗百篇，长安市上酒家眠，天子呼来不上船，自称臣是酒中仙"。至于那行色匆匆赶着去达贵家中演唱的是乐工李龟年。迎面走来的元微之正陪着白乐天的母亲去听说书回来，今天的说书人叫顾复本，讲的故事叫"一枝花"，一枝花其实就是李娃的故事。旁边还有个小观众，是李商隐的儿子，他听的是三国故事，他听得入了神，现在散了场，他还兀自一面走一面学张飞。走着走着，猛地又见一位黑皮肤的大个子，原来是昆仑奴磨勒，当年的外籍用人，这人十分义气呢……

在这城里，摩肩擦踵，全是熟人，你，亲爱的朋友，何须说欢迎我呢？你居然以为我是新来乍到的客人吗？

我在骊山温泉避寒。我在阿房宫中看众女晨起梳妆。在灞陵折柳，为离人伤心的是我。在马嵬坡前，为杨玉环悲啼的是我。这个城，整个和我的生命纠结为一。所以，亲爱的，我怎能听得下那句"欢迎"呢？

我很高兴在那片美丽的后土与你们相遇，"历尽劫波兄弟在"（鲁迅诗），你在，我在，我们相逢，这是好事，他日若能重逢，当然更好——只是，请不用对我说：欢迎。

这万里江山像什么呢？我想江山亦恰似美人，似唐人传奇中华丽且来去自如的女子，她自会向少年英雄投怀送抱。我今行过这片大地，亦只见山曲水折处，——皆是黛眉与眼波，也一一皆向我含情凝睇。这是我的江山，而我，则是他心许的主人——不为别的，只因千年来我们互为知己。

谢谢你的笑容，谢谢你的掌声，谢谢你的馈赠，谢谢那些萦绕不去的歌声，但我们既然在自己的田庄上相遇，就请不必对我说欢迎两字吧！

让我们互勉，互勉更爱这片土地，更隶属于这片土地，更爱属于这片土地且生活在其上的男女老幼，更诚恳地面对这片土地的未来。亲爱的朋友，舍此之外，还有什么值得多说的呢！

原载一九九二年九月十八日《中国时报·人间副刊》

开卷和掩卷

X君，十八岁，神差鬼使，不知怎么选择了读中文系。X君也许是男孩，也许是女孩，也许是有志文学，也许只是分数不够高，读不成别的，只好到中文系来凑合。总之，他来了。

他既决定来中文系，对文学总有几分情意。而这几分情意不敢说一定能惊天动地，但总也不算虚情假意。他希望自己和文学之间的关系能渐入佳境。

然后，开学了。伟大堂皇的学分纷纷上场，他忽然发现自己像结婚礼堂里的新郎：他可以拜天地，拜高堂，他可以用印，可以敬酒，可以吃菜，甚至可以表演亲吻新娘，但他就是不能和新娘一起走开，一起走到花前月下的无人之处，倾心相谈。

X君的大一课程除去体育、英文、历史、宪法不算，剩下来的可能是国文、文字学、文学概论、理则学、文学史。等到二年级，他可能读历代文选、文学史、诗经、诗选、小说选、声韵学或训古学……如果X君够警觉，他会发现一路下来所有的学分，所有的教法，都在塞给他一个东西，这个东西的名字叫："文学学"。

对，是文学学，而不是文学。

什么叫文学学呢？文学学是指文学的周边学问，例如修辞学，例如理则学，例如声韵训诂。

文学学也不算没有意义，像大城市之必须有卫星城镇，像大工业必有卫星工厂，文学也不妨有些基础工程，只是基础工程之后应该继之以亭台楼阁才对。平地架楼，因无根无基而脆弱无依，固所不宜，相反的，只挖一堆地基放在那里，而无以为继也未免可笑。

我们姑且假定X君一向很重视自己的学业成绩（对在台湾长大的学生而言，这个假定不算过分乱猜吧），因此他很努力地想考好他的每一门学科。譬如说，诗选这门课吧，考试之前，X君努力要记清楚的资料很可能是：

一、仄起式的平仄是如何安排的？

二、初唐最重要的诗人是谁？

三、杜甫"香稻啄残鹦鹉粒"是什么意思？

四、"劝君更进一杯酒"和"与尔同销万古愁"之间算不算对句。是否动词对动词，名词对名词，虚字对虚字？

X君在班上的成绩不错，运气好的话他还可能拿到某种奖学金。X君毕业在即，正准备考硕士班研究所，大家都称赞他是中文系高才生——不过，有一个小小的秘密，那就是，X君迄今都还没有碰到文学。

X君和其他好学生一样，从小深信一句话："开卷有益"。

他平生受这句话之惠不少。譬如说，等车的时候，排队等吃饭的时候，他都一卷在握，丝毫不敢浪费时间。他一点点学业上的成就都是靠这句话博取来的。

可惜X君不知道另外一句更重要的话："掩卷有功"。

掩卷有功四个字是我发明的，古人并未明言，虽然古人很善于掩卷。

李白诗中有言："片言苟会心，掩卷忽而笑。"（《翰林读书言怀呈集贤诸学士》）

苏辙的诗中也有一句:"书中多感遇,掩卷辄长吁。"

"掩卷"就是把书合起来的意思。除了"掩卷",古人也用其他的字眼来表示类似的动作,例如:"阖卷""抛卷""合书""掷书"。

除了关上书卷,其他类似的动作如:"掷笔"。

其作用也类似。

开卷而读,是为了吸取资料,但吸取资料只不过把人变成"会走路的电脑光碟片"而已,并不能使我们摧心动容,使我们整个人变得文学化。

"掩卷长太息"才是"教书机"和"读书机"办不到的事情。X君如果"读书破万卷",也未必有益,只待X君一旦"合卷泪沾襟",则他的文学教育就不算空白了。

建国中学长久以来流传着一则故事,有位同学,打开历史考卷一看,有道题目要求详述鸦片战争对近代中国的影响,他匆匆写了两行,忍不住,便掷下考卷,急奔到校园中去痛哭。那一天,他的历史考卷当然是不及格的,但当天其他考卷和成绩漂亮的同学能和他比历史感吗?相较之下能一字字冷静道出《马关条约》的同学反而显得残忍无情吧?

"伏卷"而书的乖乖牌学子何止千人,但"推卷"而起抚膺号啕的却只有那一位啊!

英国十八世纪的历史学家吉朋,写了卷帙浩渺的《罗马衰亡史》。从动念到完成,历时一十四载。所描述的时代则长达一千三百年。其规模气魄略近司马迁写《史记》。吉朋写此书言简意赅,纲举目张,为世所颂。但我真正心折的还是他一七六四年秋天站在卡比托尔的古罗马废墟中,对着断壁颓垣喟然而叹的那份千古历史兴亡感。

书写历史不是靠一个字母一个字母的死功，而是靠望着"大江东去"，油然兴起"浪淘尽，千古风流人物"的那声叹息！

身为中文系的老师，我深知同学诸生能做个"开卷人"的已经不多了——"不开卷的人"就更别提了，他们根本没资格来"掩卷"。可惜的是那些只知开卷而不知掩卷的学生。古人认为读《出师表》《陈情表》应该"有感觉"，否则不忠不孝。今天学生读此二文恐怕大多数的人只在意考试会考那一题。其实，应该"有感觉"的篇章又何止《出师表》《陈情表》！读陈子昂《登幽州台》即使不怆然泪下，也该黯然久之吧？读张岱湖心亭饮茶一章，能不悠然意远吗？

不幸的是，属于文学的、感觉的境界往往难以传递，于是我们只好教授"平平仄仄仄平平"。后者客观、确实、有效率，也容易让学生佩服。当今之世，读杜甫《兵车行》读到哽咽泪下难以为继的老师恐怕多少会让学生看扁吧？

但我要强调的是，那些开卷读书却不曾掩卷叹息的人其实还不会跨入文学的门槛。那些接触过客观资料，主观方面却不曾五内惊动的，仍然只算文学的门外汉。

下面我且举几例，来说明只要细心体会，其实感动无处不在。

譬如说，词牌。一般而言，词牌因为是音乐方面的调名，和文字内容未见得有密切关系。读的时候很容易就掠空而过低调处理，不去管它了。但词牌名仍有那极美的，耐人反复玩味。真的是"合卷"之余茫然四顾，惋叹流连不能自已。

有两首词牌名（现在很少听到），一名"惜花春起早"，一名"爱月夜眠迟"。每当花朝月夕，想起这两个词牌名，只觉其困境亦恰似人生：春朝花绽，怎能不勉力相从？月夜光盈，又怎忍遽舍清辉？然而活着原是一件艰辛的事，谁都能像王维诗中的神勇少年"一身能擘两雕弧"？而美，是如此浩渺不尽，我怎能既追踪"惜花春起早"又抓紧"爱月夜眠迟"？

只是词牌的名字，已足够令人掩卷失神。

另外生动逼人的词牌名还有，如："骤雨打新荷"，唉，如果是"雨打荷"也就罢了，"骤雨"打"新荷"却令人如闻土膏生腥的气息，如触及五月的清甜微润的池面薄烟。方其时也，新荷如青钱小小，比浮萍大不了多少，比雨滴大不了多少。小小的新荷，圈点着水面，圈点着初夏。而初夏这篇文章写得太好，造化神明不知不觉便多圈了几个圈。

此外"一痕沙""一萼红""隔浦莲"也都令人神往心悸，不胜低回。而苏东坡的"无愁可解"则是一派顽皮，意欲挑战"解愁"。人生弄到要靠酒来解愁，则何如根本把自己活成"无愁可解"的境界。既然根本不愁，也就不必麻麻烦烦去想法子再来解什么愁。

不过是几个词牌，不过是三五个字的组句，却令人沉吟，迟疑，不能自拔于无边之美感。

除了词牌，斋名也颇有趣。古人动不动便有个堂皇的斋名，但现实生活中则未必真有什么楼什么轩什么庵什么室什么斋。所谓的斋，往往只在主人的方寸之间鸠工营造。

初中时就听到梁任公《饮冰室文集》，当时只以为饮冰室就是我们吃刨冰的冰果店，代表的是清凉的意思。及至读了《庄子》，才知道全然不是那么回事，原文是"今吾朝受命而夕饮冰，我其内热欤？"注疏中说"晨朝受诏，暮夕饮冰，是明怖惧忧愁，内心熏灼"，原来饮冰是指内心焦灼不安。那么，梁任公原来在恣纵无碍的才华之外亦自有其生当乱世的忧怖，如此一想，也真要掩卷肃容一番。

至于曾国藩，他把自己的住处命名为"求阙斋"。世人无不爱求全，曾氏独求"缺"。以他当时位极人臣的显达背景，他当然比别人更了解居安思危的真谛。求缺，是全福全贵到极致之后的谦逊。对此简单明了的三个字，曾文正公一生风骨气度都毕现眼前，我因这三字而掩卷轻叹，终生俯首。

近人有"无求备斋""知不足斋"，并皆引人深思。周弃子先生取名"未埋庵"，令人思之不胜感伤。一切活着的人不都迟早要大去吗？把此刻的自己看作葬礼未举行前的自己，多少可以减少一些名利心、争逐意，虽然命意嫌衰飒了些。

以上举例重在可叹可感的美感，至于有情有趣可堪一笑的例子也是有的，此处且举苏轼《攓云篇》的诗序为代表：

"云气自山中来，以手拨开，笼收其中，归家云盈笼，开而放之，作攓云篇。"

如果读《出师表》不哭为不忠，读《攓云篇》不掩卷大笑也真可谓"不通气"了。东坡老儿实在无赖得可爱，把山云捉来放在竹笼中，倒好像那些烟岚云雾全是小白驯鸽似的，手到擒来，等笼子一张开，全部白云亦如小鸟振翅而出，急扑扑的穿梭得满屋子都是。

世间宁有此事！但苏轼的谎撒得太可爱了，这一出他自导自演的"捉放云"几乎有些卡通趣味，你除了抚掌大笑之外还能有什么办法！

刚才所说的那位X君，如果在大四毕业之前只会开卷勤读，而不会掩卷悲喜，他这一生就算做到中文系教授，也仍然是个"文学绝缘体"。

但愿读文学的X君不单读了些"文学学"，也早日碰触到"文学"。但愿X君和其他所有接触过文学的Y君，都既能因开卷而受益，亦能拥有掩卷一叹的灵犀。但愿他们不仅是"有脚光碟片"，而是有感应的"文学人"。

原载一九九六年六月《中国现代文学理论》季刊

春水初泮的身体

——观云门《水月》演出

朋友的朋友，是个杰出的蒙古年轻学者。有一次，有人赞美蒙古族人能歌善舞，他愤然，说："哼！请问什么人才跳舞给别人看？你看过皇帝跳舞给别人看的吗？"

言下之意，当权者都是看人跳舞——而跳舞给人看的，其实都是倒霉的弱势人。

我闻此言，乍然愣住，不知该说什么。他显然对自己的民族有悲情，有悲情的人你大概很难跟他争辩。

上天选中的"特权分子"

可是，从那次以后，每逢舞蹈演出，我都睁大眼睛，因为我急于知道，那些舞者——或者说，那些跳舞给别人看的人——是不是弱势的次等人。于是，我看藏人之舞，我看白族之舞，我看巴厘岛之舞，我看平剧昆剧中的舞动系列，我看芭蕾，我看玛莎葛兰姆，我看云门……当然，其中有些是录影带，有时也读杜甫《公孙大娘舞剑》的诗，我试图去碰撞世间一个一个舞者，想知道拥有那样身体的人，是怎样的身世？

如果，让我遇见那愤懑的蒙古年轻学者，我想，我终于有一个结论可以奉告了："不！朋友，我想，你说得不对，在世间芸芸众生中，唯舞者的身体是一副'被祝福的身体'！它们颤动如花，凋零如花，然而却仍是蒙上天深深祝福的身体。也许，他们只是跳舞给人看的人——给皇帝看，或者给市井小民看——但能跳舞

362

的人显然是幸福的，他是上天选中的'特权分子'，他的酬劳便是得到一副'被祝福的身体'！"

是的，这蒙受祝福的身体：

它柔定，若静悬的丝巾，复强悍如大野的朔风。

它延展，如千里相思不绝。它凝缩，如万重不肯说破的忧愁。

它扬升，如晓日之腾云。它垂坠，如乍然中箭的鸿鹄。

它恒动，它亦恒静。

它稚拙天真，柔弱而不事设防。它机敏诡谲，变化诡幻，如魑魅魍魉。

啊！世间怎会有这样的身体！令人惊艳，令人嗟叹。

有人慕财、有人慕德、有人慕权、有人慕才。但茫茫人间，短短身世，真正值得渴想思慕的,无非是这般蒙上天祝福的身体啊！

天神住在舞者的四肢和呼吸里

上古"巫""舞"不分，舞者的身体一向被视为诡奇的，有神灵相附的。与其说，神明住在神圣华美的殿堂里，不如说，天神更爱住在舞者的四肢和呼吸里。

去看云门的新舞《水月》，坐下来的时候，忽然觉得岁岁年年，自己已在舞集的幕前整整守了二十五年了。而此刻，舞者如晨光中的白荷，缓缓展开自己，只是展开，再无其他。于是我们忽然觉得那些敷情的故事或选起的情节都是前世的事了。连早期舞码里那些鹰扬的人物，亮眼的道具，也一并从记忆里消失。所有的视线，今夕都全然回归到舞者的身体上。

许久以来，我们已习惯把身体定位为"固态"的。但今晚，舞者却令它恢复为"液态"。"固态"是胶着的,僵滞的,如崔嵬冰岩。

但此刻冰岩消融，如春水之初泮，并且澌澌然流布四方。

啊！那汩汩而流的身体。那哗哗然如小河按歌的身体。那圆柔无憾的身体。那喜悦无求的身体。那自在任真的身体。那纯净了然的身体。

如果说，人体有百分之七十的成分是水，则舞者体内的水必是轻吻着海沙的潮汐，是生态丰富的沼泽，是暗夜中静静自坠的泪滴，是深情眷眷的欲雨湿云，是喜悦的眼波，是一捧老茶盏上袅袅漫起的烟气。

仿佛婴儿，一无所有，却自有其赤子柔弱而又一无畏惧的身体。被神所祝福，被人所赞叹。

啊！为这美丽柔和的身体，我愿意再守候二十五年。

原载一九九二年一月号《表演艺术》杂志

（京权）图字：01-2010-0257

图书在版编目（CIP）数据

一一风荷举 / 张晓风著. -- 北京：作家出版社，2010. 6
（2025.10 重印）

ISBN 978-7-5063-4929-1

Ⅰ. ①一⋯ Ⅱ. ①张⋯ Ⅲ. ①散文 – 散文集 – 中国 –当代
Ⅳ. ①I267

中国版本图书馆CIP数据核字（2010）第011328号

一一风荷举

作　　者：张晓风
责任编辑：秦　悦
装帧设计：任凌云　孙惟静
出版发行：作家出版社有限公司
社　　址：北京农展馆南里10号　　邮　　编：100125
电话传真：86-10-65067186（发行中心及邮购部）
　　　　　86-10-65004079（总编室）
E-mail:zuojia@zuojia.net.cn
http://www.zucjiachubanshe.com
印　　刷：三河市北燕印装有限公司
成品尺寸：142×210
字　　数：300千
印　　张：12
印　　数：278001-283000
版　　次：2010年6月第1版
印　　次：2025年10月第33次印刷
ISBN　978-7-5063-4929-1
定　　价：39.80元

女子所爱的是一切好气象，好情怀，

是她自己一寸心头万顷清澈的爱意，

是她自己也说不清道不尽的满腔柔情。